KB097980

나의
크레딧카드
왕자님

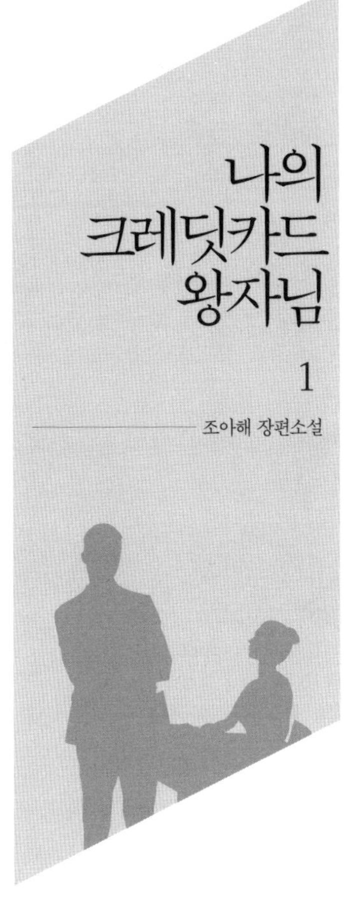

나의 크레딧카드 왕자님

1

조아해 장편소설

고즈넉이엔티 GOZKNOCK ENT

나의
크레딧카드
왕자님 1

초판 1쇄 발행 2018년 3월 10일

지은이 조아해
펴낸이 배선아
펴낸곳 (주)고즈넉이엔티

출판등록 2017년 3월 13일 제2017-000022호
주소 서울시 강서구 공항대로 649 제성빌딩 303호
대표전화 02-6269-8166 **팩스** 02-6166-9199
이메일 gozknock@naver.com

ISBN 979-11-88504-58-9 04810
979-11-88504-57-2 (세트)

차례

1
여기가 어디라고 나타나!

로얄카드 고객 상담실. 오전 8시 58분 15초.

은지는 째깍째깍 넘어가는 시계바늘을 응시했다. 9시가 되려면 2분도 채 남지 않은 시간이었다. 평소라면 헤드셋을 귀에 안정적으로 고정시키기 위해 낑낑대고 있었을 거다. 하지만 오늘은 왠지 손이 가지 않았다. 상담을 할 의욕도 없었다.

콜센터 업무 2년차, 매 분기마다 친절 상담원 자리를 꿰차던 은지에게 오늘은 최악의 날이었다. 그녀의 트레이드마크인 '솔'톤 목소리도 나오지 않았으니까.

오전 8시 59분 20초. 눈앞에 다른 상담원들은 모두 헤드셋을 쓰고 있었다. 은지도 가까스로 그것을 들어올렸다. 신체의 일부처럼 느껴지던 헤드셋이 오늘따라 자신을 짓누르는 돌덩이처럼 느껴졌다.

'하기 싫다! 아무 말도 하기 싫고, 듣기는 더더욱 싫다!'

그럼에도 습관이란 참 무서웠다. 은지는 저도 모르게 모니터 화면 하단에 반짝이는 대기버튼을 클릭했다. 이제 언제든 콜이 연결될 수 있는 상태가 되었다. 다른 말로, 알 수 없는 사람들로 득실거리는 광활한 바다에 혼자 다이빙한 상태라고나 할까. 은지는 늘 이 시간만 되면 입술이 바짝 말랐다. 그래서 누구라고 특정할 수 없는 신에게 기도를 올리곤 했다.

'진상! 진상! 개진상! 고객 전화 받지 않게 하시옵고, 상식이 통하는 콜! 사람다운 콜만 오게 해주시옵소서. 혹여 욕 귀신이 붙은 고객이 방언을 터뜨리려거든 홍해가 갈라지듯 그 주둥이가 쩍 갈라지게 하시옵소서.'

하지만 오늘은 그 기도조차 할 기분이 아니었다. 은지의 정신은 온통 다른 곳에 가 있었다. 아직도 어젯밤 성준에게 들었던 이야기들이 귓가에 선했다.

'우린 갈 길이 달라. 난 뻥 뚫린 고속도로 위를 달려갈 거고, 넌 지금처럼 구불구불한 비포장도로를 터덜터덜 걸어갈 거라고. 알아들어?'

환청! 그래 이건 환청이다. 콜센터에 일하면서 생긴 지긋지긋한 직업병! 은지는 귓가에서 몇 번이고 되감기 되는 목소리를 외면하려 고개를 흔들었다. 하지만 잔인한 목소리는 끈질긴 생명력을 자랑하며 그녀를 괴롭혔다.

"나쁜 새끼!"

은지의 입에서 짧은 비명처럼 그 말이 튀어나왔다.

6년, 자그마치 6년을 함께한 사이였다. 은지와 성준은 성우 아카데미에서 처음 만났다. 성우라는 같은 꿈을 꾸며, 사랑도 키워 나갔다. 비록 지금 은지는 그 꿈을 잠시 접어둔 상태지만.

아버지의 사업 실패는 그녀를 졸지에 가장으로 우뚝 세워놓았다. 은지는 자신의 꿈보다 두 남동생의 입에 들어가는 것을 더 걱정하는 신세가 되었다. 은지가 생계전선으로 뛰어든 사이, 성준은 1년 전 진짜 성우가 되었다.

SBN 방송사 성우 공개채용에는 1200여 명이 몰렸다. 그 중 합격자는 5명. 거기에 성준의 이름이 있었다. 은지는 마치 자신이 꿈을 이룬 것처럼 기뻐했다. 어쩌면 성준 본인보다 더 기뻐했는지 모른다. 그간의 노력과 눈물을 그 누구보다 가까이에서 지켜보며 함께 아파했으니까. 하지만 꿈의 성취가 이별이라는 결말을 가져올 줄은 상상도 못했다.

'나 결혼할 사람 생겼다. SBN 방송사 간부 딸이야. 나도 잘나가고 싶어. 남들처럼 떵떵거리며 살고 싶다고. 이 여자랑 결혼만 하면 SBN에서 미는 주요 프로그램 더빙, 내레이션 모두 다 내가 하게 될 거야. 내 목소리 더 많은 사람들이 들을 수 있게, 그렇게 만들 거야.'

성준은 그 말을 뱉을 때조차 울림이 좋은 발성을 쓰고 있었다. 은지가 설레던 목소리, 왠지 신뢰가 가고 자꾸 듣고만 싶어지는 목소리. 은지의 귓가를 감싸고 있는 헤드셋처럼 너무 익숙해져 자신의 신체 일부 같던 그 목소리가 이별을 고했다. 성공을 위해 이제 너를 떠나겠노라고. 거기까지만 했으면 좋았을 텐데. 성준은 하지 말았어야 하는 마지막 말을 던졌다. 은지는 뼛속까지 사무친 그 말을 떠올렸다.

‘목소리로 먹고 사는 사람들이야 많지. 가수, 성우 그리고 너 같은 콜센터 상담원. 하지만 너랑 나… 급이 완전 달라. 난 적어도 누구처럼 내 목소리를 굽실대거나 사람들 비위 맞추는 데 쓰진 않으니까.’

그래 너 잘났다. 너 올챙이 적에 나한테 한 번만 만나달라고 굽실대고, 내 비위 맞추느라 죽는 소리 했던 거 기억 못하지? 난 다 기억해. 이제 와서 좀 잘나간다고 이러는 거 아냐, 하고 똑 부러지게 말해줬어야 했는데…! 왜 신파 영화 주인공처럼 그의 바짓가랑이를 잡아끌며 눈물이란 눈물을 다 짰던 걸까. 무슨 부귀영화를 누리겠다고. 하지만 그게 그 순간 은지가 할 수 있는 최선이었다. 온 마음을 다 쏟아부어 붙잡아보는 것. 그 대목을 떠올리니 금세 눈가에 눈물이 가득 고였다. 은지는 얼른 손으로 눈물을 훔쳤다.

그때였다. 눈치코치 없는 콜이 걸려왔다. 누구를 상담해줄 기분이 아닌, 누군가에게 상담 받아도 시원찮을 그녀의 상태 따윈 무시한 채, 또 한 명의 감정노동자를 생산하기 위해 부지런히 신호가 울리고 있었다. 은지는 코를 크게 한 번 들이마셨다. 하지만 이미 물기를 머금은 코맹맹이 목소리는 감출 수 없었다.

“안녕하세요. 고객님. 로얄카드 상담원 양. 은. 지. 입니다. 무엇을 도와드릴까요?”

〔제가 어제 카드를 분실했거든요!〕

“그러셨군요, 고객님.”

은지는 그 말을 뱉으며 속으로 말했다.

'저도 사랑하는 사람을 분실했어요.'

"고객님, 개인 정보 확인을 위해 몇 가지 확인 부탁드리겠습니다. 성함과 생년월일 여섯 자리 불러주시겠습니까?"

고객이 은지의 말에 개인정보를 읊기 시작했다. 은지도 속으로 말했다.

'그 사람 이름은 차성준. 나이는 스물아홉….'

고객의 개인정보 확인이 끝나고, 은지는 분실카드 정지를 안내했다.

"고객님, 기존에 사용하시던 분실카드는 정상적으로 정지 처리되었고요, 재발급을 위해 안내해드리도록 하겠습니다."

그 말을 할 때도 은지는 생각했다.

'잃어버린 카드는 버튼 하나면 이렇게 쉽게 정지할 수 있는데…. 마음… 주인 잃은 마음은 어떻게 멈춰야 하지? 너무 아픈데 어떻게 해야 정지할 수 있을까.'

전화를 받느라 꾹 참고 있던 뜨거운 눈물 한 줄기가 뺨을 타고 흘러내렸다.

***

청담동 L 호텔 라운지의 커피숍 살롱드 띠에.

로얄카드 경영전략팀 본부장 도지욱은 영자신문을 보며 누군가를 기다리고 있었다.

쌍꺼풀 없이 길게 찢어진 눈, 핏기 없는 하얀 얼굴과 베일 듯 날카로운 턱선, 붉은빛이 감도는 도톰한 입술은 보는 사람의 숨을 막히게 했다. 외모뿐만 아니라 도지욱이라는 사람에게서 풍기는 차갑고도 이지적인 아우라는 그가 있는 공간마저 압도했다.

로비 쪽에서 여자의 구두 굽 소리가 또각또각 요란하게 들려왔다. 지욱은 영자신문에서 눈을 뗐다. 화장실에 갔던 김 팀장이 연신 방글방글 웃으며 누군가를 에스코트 해오는 게 보였다. 몸매가 훤히 드러나는 블랙 시스루 원피스에 11센티미터가 넘어 보이는 아찔한 킬힐을 신은 여자는 미스코리아 출신 톱 배우 서재인이었다.

그녀가 등장하자 라운지 안에 있던 남자들의 시선이 일제히 한 곳으로 쏠렸다. 재인은 그 시선을 즐기기라도 하듯 더 자신감 넘치는 워킹을 선보였다.

"늦어서 죄송해요, 도지욱 본부장님. 인터뷰가 늦어지는 바람에."

재인이 선글라스를 벗으며 자리에 앉았다. 김 팀장도 지욱의 옆자리로 와 자리를 잡았다. 잠시 후 주차를 마친 재인의 매니저 박 실장이 들어왔다.

그들 앞으로 3단 트레이의 에프터눈 티가 서빙 되었다. 푸아그라와 로브스터를 곁들인 오뜨 애프터눈 티 세트였다. 로얄카드 광고계약 만료를 앞둔 재인을 위해 사측을 대표해 지욱이 준비한 것이었다. 그는 시작도 중요하지만 마지막이 아름다워야 한다고 늘 생각했다.

"늦는다기에, 제가 먼저 주문했습니다."

지욱이 특유의 도도한 목소리로 말했다. 그러자 재인은 입꼬리를 치켜 올리며 미소를 지었다.

"본부장님…. 어쩜, 저랑 취향이 똑같으시네요."

"무슨 용건으로 절 찾으신 겁니까?"

지욱은 재인의 말을 꿀꺽 삼켜버리고는 제 할 말을 했다. 필요 이상의 리액션에 일일이 대응해줄 가치를 느끼지 못했기 때문이다. 재인은 자존심이 상한 듯 뾰로통한 표정을 지었다. 그러자 이쪽저쪽 눈치를 살피던 박 실장이 끼어들었다.

"저, 그게… 우리 재인이 로얄카드 광고계약 연장 관련해서…."

"아, 그거라면 제가 담당하는 부분이 아닙니다."

지욱이 단칼에 자르듯 말했다.

"저희도 담당자가 따로 있다는 건 잘 알죠. 하지만 아무래도 본부장님이 로얄카드의 차기 실세이시기도 하고. 허허허, 이런 이야긴 술자리에서 하는 게 좋은데. 본부장님이 술을 즐겨하지 않는다기에…."

"차기 실세?"

지욱이 코웃음을 쳤다.

"용건 더 없으면 난 이만 일어나보겠습니다."

말이 끝나기가 무섭게 지욱이 옆에 둔 영자신문을 접어 서류가방에 집어넣었다. 옆에 있던 김 팀장이 난감한 듯 재인과 박 실장의 눈치를 살폈다. 그때였다.

"저… 광고계약 연장 말고 본부장님과 둘이 의논할 게 좀 있어서요!"

재인이 다급하게 툭 뱉었다. 잠시 후 김 팀장과 박 실장이 나가고 지욱과 재인 두 사람만 그곳에 남았다.

"할 말이란 게 뭡니까?"

지욱이 무미건조하게 물었다.

"사실… 오늘 광고계약 연장 건은, 핑계였어요. 한 번 만나보고 싶었거든요. 도 본부장님을요."

"나를… 왜요?"

"기사에서도 여러 번 봤고요. 주변에서 괜찮은 분이라는 말도 많이 들었어요. 그래서 한번 알아보고 싶었죠. 아니, 이런 말 다 필요 없구. 단도직입적으로 말할게요. 저, 어때요? 로얄카드 모델 말고… 여자로요."

평소 예능 프로그램에 나와 마음에 드는 남자에게 무조건 먼저 대시한다고 말했던 재인, 그녀다운 당당하고 여유로운 도발이었다. 보통 이런 상황에서는 아무리 철옹성 같은 남자라도 얼굴이 붉어지고 입술이 살짝 벌어지기 마련이다. 재인은 속으로 카운트다운을 했다.

'셋, 둘, 하나.'

지욱이 하하하, 웃음을 터뜨렸다.

'그렇게도 좋은가.'

재인은 안도한 듯 호호호, 그를 따라 웃었다. 그러자 지욱의 웃음소리가 뚝 끊겼다. 그리고 몇 초 후 그가 입술을 떼었다.

"서재인 씨…! 신용카드 한도가 얼마나 되죠?"

"그건 왜…?"

"사람들은 말이죠. 신용카드 한도가 마치 다 제 돈인 줄 착각하곤 하죠. 그런 걸 허영심이라고 하는데, 서재인 씨도 그런 거 같아서."

"무슨 말씀이시죠?"

"지금 눈앞에 보이는 인기, 평생 누릴 것 같은 그 인기 때문에 세상이 모두 제 것 같죠? 모든 걸 마음대로 얻고, 가질 수 있을 것 같고. 하지만 꿈에서 얼른 깨시는 게 좋을 겁니다. 그거 얼마 못 가 금방 사라지거든요. 카드 대금 고지서 나오는 날, 사람들이 뼈저리게 후회하는 것처럼."

지욱은 싸늘하게 굳은 얼굴로 말했다.

"뭐, 뭐라고요?"

재인은 기가 막혀 말문이 턱 막혀버렸다.

"아, 그리고 로얄카드 광고계약 연장 건 말인데. 서재인 씨 당신이 들고 선전하는 우리 신규카드… 그 카드에 대해 아는 게 있으면 한번 말해보시죠."

"네… 네?"

당황한 재인은 말을 잇지 못했다.

"카드를 들고 인형처럼 웃어댈 줄만 알지, 새 카드의 혜택은 뭔지, 기존 카드와 뭐가 차별화된 건지 아는 게 있습니까? 아무것도 모르면서 방긋 웃기만 하면 그거 사람들이 모를 거 같나요? 사람들은 귀신같이 압니다. 진정성 없는 쇼… 금방 눈치 챈다고요. 신용카드는 신뢰를 바탕으로 하는 장사예요. 그런데 거짓말 인형 같은 서재인 씨를 우리가 왜 계속 모델로 써야 하죠?"

옳은 말 제조기라도 되는 듯 달달 읊어대는 지욱 때문에 재인은 만신창이가 된 기분이었다. 톱스타 자존심이 있지 이대로 당할 수만은 없다. 재인은 굳게 다물고 있던 입술을 열었다.

"오늘 아침에 기사를 보니, 로얄카드 회장님이 수행기사에게 한 갑질 때문에 여론이 많이 안 좋던데, 고객들 원성도 자자하고요. 이 상황에서 저만 한 모델 찾기 힘드실 텐데."

"그것까지 서재인 씨가 걱정해줄 필요는 없고. 그럼 난 이만."

지욱은 뒤도 보지 않고 자리를 떠났다. 재인은 톱스타 앞에서도 고개가 빳빳한 저 남자를 용납할 수 없었다. 바짝 열이 오른 그녀는 연신 손부채질을 해댔다.

호텔 로비를 나서는 지욱에게 한 통의 메시지가 도착했다.

〔본부장님, 회장님 호출이십니다.〕

지욱은 쓴웃음을 지으며 생각했다.

'갑질 논란이 대체 뭡니까…. 아버지…!'

***

식음을 전폐하고 멍하니 앉아 있던 은지를 겨우 자리에서 일어나게 한 건 경란이었다. 입사 동기 경란은 스물일곱 동갑내기 친구였다.

두 사람은 상담원 연수기간 동안 몇 번이나 함께 도주할 계획을 세웠었다. 그게 바로 엊그제 일 같은데 벌써 2년차 상담원이 됐다. 감정노동의 끝판왕이라는 명성답게 콜센터의 2년은 다른 회사의 5년과 맞먹을 정도로 힘들었다. 은지와 경란은 다른 회사 동료들에게선 찾아볼 수 없는 전우애를 서로에게 느끼곤 했다.

경란은 회사 로비에 있는 베이커리로 은지를 무작정 끌고 갔다.

그리고는 머핀과 따뜻한 커피를 주문했다.

"이런 때일수록 더 잘 먹어야 한다고. 그딴 자식은 개나 줘버리고."

은지는 빵을 먹는 둥 마는 둥 작게 베어 물고는 고개를 끄덕였다.

말처럼 마음이 쉬우면 세상사 눈물 흘릴 일이 어디 있고, 한숨 쉴 일이 무엇이겠느냐!

"그리고 내가 이것까진 안 꺼내려고 했는데… 자, 이거 하나 원샷해."

경란이 주머니에서 비장하게 무언가를 꺼냈다. 누런 날계란이었다.

"야, 너 요즘 계란 값 엄청 오른 거 알지? 내가 요즘 목이 안 좋아서 몰래 먹으려고 가져 온 건데… 네 솔톤 보이스가 안 들리니까, 어째 콜센터가 영 조용하달까? 이거 먹고 목소리에 힘 좀 내보라구!"

경란이 은지의 손에 날계란을 쥐어줬다. 은지는 괜히 마음이 뭉클해졌다. 날계란이 뭐 대수겠느냐만 이런 친구가 있다는 건 대수가 맞았다. 은지의 눈가에 금세 또 눈물이 고였다.

"야, 좀 작작 울어. 안 그래도 못생긴 세숫대야 퉁퉁 부어서 더 못 봐주겠으니까."

경란의 호들갑에 은지는 울다가 피식 웃음을 터뜨려버렸다. 그때 무심결에 은지의 시선이 빵집 투명유리에 가 닿았다. 그녀의 두 눈이 튀어나올 듯 커졌다.

회사 로비 쪽으로 걸어오고 있는 저 익숙한 몽타주! 은지는 신경이 예민해진 탓에 헛게 보이는 건 아닌가 싶어 몇 번이나 눈을 끔뻑였다. 하지만 그녀의 눈앞에 보이는 사람은 그 남자가 맞았다. 어제부로 엑스 보이프렌드가 된 차. 성. 준.

은지의 시선을 따라 눈을 돌린 경란도 놀라 소리쳤다.

"야! 저거 네 구남친 아니니, 차성준 개쓰레기 자식 아냐?"

조금 전만 해도 이슬이 맺혀 있던 은지의 눈가는 분노의 열기로 인해 싹 말라버렸다.

"나한테 그런 모진 말을 해놓고… 감히 여기가 어디라고 발을 들여!"

늘 높은 음역대의 톤만 구사하던 은지가 자신이 낼 수 있는 가장 낮은 음역대로 성대를 꾹 누르며 말했다. 경란은 그게 위험신호라는 것을 잘 알고 있었다. 지금 은지를 말리지 않으면, 무슨 일이 벌어질지 모른다는 걸. 하지만 경란이 그것을 인지하는 순간, 은지는 이미 빵집을 튀어나가 어딘가로 돌진 중이었다.

"야, 양은지!"

경란이 목청을 돋워 소리쳤다. 로비가 쩌렁쩌렁 울릴 정도로 엄청난 외침이었다. 하지만 은지는 일반적인 음파를 초월한 다른 차원의 세계에 도달한 사람처럼 아랑곳하지 않고 성준을 향해 달려갔다. 그리고는 저 위로 보이는 남자의 매끈한 뒷목덜미를 단숨에 낚아챘다.

"뭐야?"

놀란 성준이 얼른 고개를 돌렸다. 그의 눈앞에 성난 코뿔소처럼 씩씩대고 있는 은지가 보였다.

"지금 뭐하는 거야?"

뒤늦게 성준이 소리쳤다.

"그러는 넌! 사람 가슴에 대못을 박더니 하루 만에 감히 내가 다니는 회사에 발을 들여?"

"너한테 용건 있어서 온 거 아냐. 그러니까 진정하고 돌아가."

"너는 나한테 어제 다 쏟아내서 용건이 없겠지만 그거 알아? 난 듣기만 했어! 그래, 나 원래 듣는 거 잘해. 잘 들어줘야 돈이 들어오거든. 근데 이거 원… 억울해서 살 수가 있어야지! 너 오늘 잘 걸렸다!"

은지가 이판사판 끝장을 보자는 듯 두 손바닥을 툭툭 맞부딪쳤다. 그리고는 고개를 좌우로 흔들며 슬슬 몸을 풀기 시작했다.

그때, 저만치 떨어진 곳에서 양복을 입은 중년 남자가 성준을 향해 소리쳤다.

"차성준 성우님이시죠?"

성준이 얼른 그에게 고개 숙여 인사했다. 그리고는 목소리를 꾹꾹 눌러 말했다.

"로얄카드 라디오 광고 미팅 때문에 온 거야. 그러니까 오해 말고 가서 일이나 봐."

성준은 그 말을 툭 던지고는 쌩하니 중년 남자 쪽으로 가버렸다.

"야! 나 아직 말 다 안 끝났어! 난 아직 시작도 못 했다고!"

은지가 성준의 뒤에 대고 소리쳤다. 하지만 그는 뒤도 돌아보지 않고 제 갈 길을 갔다. 점점 멀어져가는 그의 뒤통수를 보고 있노라니, 은지는 울화통이 터져 미칠 지경이었다.

'겨우 마음을 잡으려고 애쓰던 참인데, 뻔뻔하게 또 나타난 건

너라고! 라디오 광고? 그래 너 혼자 잘 먹고 잘 살아라! 그리고 이건 내 마지막 작별 선물이다!'

화가 머리끝까지 솟구친 은지는 주머니에 있는 걸 조심스레 움켜쥐었다. 그리고는 눈앞에 보이는 한때나마 열렬히 사랑했던, 이제는 야속하기 그지없는 한 남자의 대가리를 향해 겨누었다.

온몸에서 뻗어 나온 분노가 은지의 손안에서 거대한 에너지로 거듭났다. 시속 150킬로미터 강속구로 날계란이 날아갔다. 야비하고 속절없는 대가리를 향하여, 더 높이…! 더 멀리…!

하지만 최종 골인 지점을 눈앞에 두고 타깃이 사라졌다. 그리고 그 자리를 대신할 누군가가 목표지점에 들어와 있었다. 빳빳한 고개를 자랑하는 로얄카드의 실세, 도지욱 본부장이었다. 결점 하나 없어 보이는 완벽한 지욱의 자태로 날아든 누런 날계란 한 알. 그것은 지욱의 높다란 정수리 아래로 살포시 안착했다.

타악!

그 순간 날것은 자신의 모든 것을 드러내고는 부끄러운지 흐물흐물 주저앉았다. 지욱의 블랙 수트에 비린내 진동하는 노란 국물이 뚝뚝 흘러내렸다. 지욱은 두 주먹을 불끈 쥐었다. 힘이 잔뜩 들어간 두 손이 부들부들 떨려왔다. 지욱이 날카로운 눈을 부라리며 어딘가를 응시했다.

그 앞에 눈이 퉁퉁 부어 복어 같은 몰골의 여자, 은지가 얼음이 된 채 서 있었다.

***

"갑질 논란! 로얄카드 도정남 회장은 사과하라! 사과하라!"

회사 정문에 도착한 지욱을 맞은 건 머리에 띠를 두른 시위대들이었다. 최근 수행기사에게 폭언과 불법운전을 지시한 일로 도정남 회장은 세간의 뭇매를 맞고 있었다.

'아버지…. 제발 사고 좀 이제 그만!'

일자로 앙 다문 지욱의 입술이 미세하게 떨려왔다. 지욱은 아버지 도정남 회장의 긴급호출이 무엇을 뜻하는지 잘 알았다. 늘 일을 벌여놓고 마무리 짓지 못하는 정남에게 잘 키운 아들 지욱은 해결사나 다름없었다. 아니, 정남이 잘 키운 것은 추호도 아니다. 지욱이 저 스스로 잘 자란 것이니까.

골드 컬러의 대리석을 메인으로 사용한 로얄카드사 로비에 지욱이 들어섰다. 그곳은 한국의 여느 카드사가 아닌, 유럽의 궁전을 연상케 했다. 그는 고상하고 고고한 자태로 로비를 가로질렀다. 그때만 해도 지욱은 알지 못했다. 막장드라마에서나 나오는 처참한 사랑의 말로. 그 복수의 현장에 자신이 발을 들여놓았다는 것을. 왠지 뒷목덜미가 싸했다. 어쩌면 그것은 당연한 것이었다. 시속 150킬로미터의 강속구가 그를 향해 날아오고 있었으니까.

잠시 후 터억, 그의 정수리에 무언가가 내리 꽂혔다. 그리고 비린내 진동하는 노란 국물이 그의 머리 아래로 뚝뚝 떨어져 내렸다.

"누구야!"

지욱이 돌아서며 소리쳤다. 그의 앞에 메이저리그에서도 탐낼

만한 투수 꿈나무 은지가 서 있었다. 쩍 벌어진 그녀의 입은 악관절이 고장 난 듯 다물어지지 않았다. 그때 은지의 입에서 작은 소리가 새어나왔다.

"망했다…."

양심도 없는 구남친을 향해 날린 마지막 이별의 정표가 어찌하여 번지수를 잘못 찾아간 것일까. 은지는 조심스레 눈앞에 있는 남자를 올려다보았다.

잘 뻗은 키에 핏기 없이 하얀 얼굴, 높게 솟은 콧대와 날렵한 턱선. 게다가 계란 국물이 흘러내리는 드넓은 어깨는 이 구역 어깨깡패는 나야 나, 외치듯 확실한 존재감을 과시하고 있었다. 무엇보다도 날계란의 사망과 함께 끈적하게 젖은 까만 머릿결에서는 왠지 모를 섹시함까지 풍겨져 나왔다.

'뭐야, 계란으로 샤워를 했는데 멋있다니….'

모든 신체 활동이 정지된 은지의 머릿속에 가장 낮은 차원의 본능이 반응했다. 눈앞의 멋있는 것을 알아보는 것. 그때 옆에 있던 경란이 은지의 옆구리를 쿡쿡 찔렀다.

"야, 양은지. 뭐해! 얼른 사과해야지, 사과!"

"어? 어! 맞다. 죄, 죄송합니다. 제가 그쪽한테 그러려던 게 아니구요. 그러니까… 그러니까…."

은지가 어버버 하며 남자를 바라보았다. 그의 눈빛은 냉담함 그 자체였다. 은지는 얼른 그에게서 눈을 떼고 이리저리 눈을 굴렸다. 그때였다. 은지의 시야에서 잠시 아웃됐던 성준이 저 멀리에서 그녀를 보고 있는 게 아닌가!

'아뿔싸! 왜 하필 이런 모습을…. 저 잘생긴 계란 샤워남이 이제 욕을 퍼부어댈 텐데 이런 모습을 차성준한테 보여줘야 하다니. 아, 쪽팔려. 아, 진짜 쪽팔려. 어디 숨을 구멍이라도 좀 파놓을걸…. 2년 동안 뭐 했냐, 양은지. 아아아악!'

은지의 마음속에서 절규의 목소리가 터져 나왔다. 성준은 무슨 영문인지 모르겠다는 얼굴로 남자와 은지를 한 번씩 번갈아보았다.

은지가 어떻게든 상황을 무마해보려고 지욱에게 빌기 시작했다.

"정말 죄송합니다. 제가 세탁비 드릴게요. 한 번만 너그럽게 넘어가주시면 안 될까요?"

지욱은 아무 대꾸가 없었다. 그때 그의 시야에 로비를 서성이는 숱한 사람들이 보였다. 이야기를 나누는 척하며 지욱 쪽을 향해 휴대폰 카메라를 대는 몇몇의 모습이 포착됐다. 지욱은 아버지의 갑질 논란 때문에 회사 곳곳에 기자들이 깔려 있다는 걸 잘 알고 있었다. 그는 목구멍 끝까지 차오른 말을 애써 꾹 눌러 담았다. 그리고는 휙 돌아 다시 가던 길을 걷기 시작했다.

은지는 남자의 이상한 반응에 더욱 겁이 났다. 화는 분출하는 것보다 삭이는 것이 더 무서운 법이다. 언제 어떻게 돌변할지 모르기 때문에. 은지는 혹여나 오늘 일이 나중에 후환이 되어 돌아올 것이 두려웠다. 그래서 지금 확실히 정리해두고 싶었다.

"저기요, 세탁비 드릴게요. 계좌번호나 전화번호 알려주시면요."

은지가 지욱을 쫓아가며 말했다. 그러자 지욱이 은지 쪽을 향해 몸을 돌렸다. 그리고는 애써 차분한 목소리로 말했다.

"괜찮습니다. 신경 쓰지 마십시오."

그리고는 다시금 성큼성큼 걸어 엘리베이터 쪽으로 갔다.

'뭐야, 이 남자 보살인가!'

은지는 뜻밖의 반응에 할 말을 잃었다. 그때 옆에서 지켜보던 경란이 쫓아와 호들갑을 떨며 말했다.

"대박! 듣던 대로 완전 퍼펙트 해, 퍼펙트!"

"무슨 소리야, 저 남자 알아?"

"내가 아는 남자가 어디 있냐. 그리고 저 남자라니. 도지욱 본부장이잖아. 도지욱!"

"아…. 우리 회사 사람이야?"

"야, 너 로얄카드 직원 맞냐? 우리 회사 여직원 중에 도 본부장 모르는 사람 없을걸."

"뭐, 그런 사람이 있어? 근데 저렇게 보내도 정말 괜찮을까?"

"로얄카드 후계자 도지욱이 설마 세탁비가 없을까 봐서!"

"뭐? 로얄카드 후계자?"

"그래, 도정남 회장 첫째 아들이잖아. 미국 펜실베니아 경영대학원 수석 졸업에, 봤다시피 완벽한 넘사벽 비주얼, 거기다 저 너그러운 성품까지. 와, 정말 사기캐야, 사기캐!"

"그렇게 대단한 사람이었어?"

은지가 시야에서 멀어져가는 지욱을 보며 말했다.

뭐 어쨌든, 그가 크게 화를 내지 않아 성준 앞에서 망신당하는 걸 면했으니 그걸로 감지덕지였다. 그러면서도 내심 노블레스 오블리주를 실천하는 도지욱 본부장이라는 사람에 대해 경외심이 들었다.

'많이 가진 자로서의 저 넓은 아량과 인내심…! 얼굴값을 긍정적인 방향으로 쓰는 것도 마음에 들고. 남자는 자기 아버지를 닮는다는데 예외도 있었어.'

***

"직접 공식 사과를 하셔야 합니다."

지욱이 냉정한 목소리로 말했다.

"사과는 무슨. 가만히 있으면 바람처럼 사라질 일이거늘."

정남은 자유로운 영혼처럼 손으로 바람이 흘러가는 모양을 흉내 내며 말했다.

"아버지! 본인이 저지른 일에 책임을 지세요."

"도블리, 파파몬이 말했잖니. 그냥 재수가 없었던 거라고. 저기 영생그룹 최억만 회장하고, SG 어패럴 손경화 회장… 뭐 이름 대자면 갑질하는 양반들 널리고 널렸어. 나만 운이 없었던 거야. 재수 옴 붙은 거지!"

"아버지, 정말…!"

지욱은 정남의 무책임함에 치가 떨렸다.

"늘 이런 식이시죠, 아버지는. 자신이 벌인 일에 대해 책임이라곤 일절 모르잖아요. 어머니한테도… 그러셨고요."

예상치 못한 말에 정남은 허를 찔린 듯 헛기침을 해댔다.

"왜 다 지난 이야기를 꺼내고 그럴까. 파파몬 속상하게…."

"파파몬, 도블리…. 그런 유치한 말 좀 제발…!"

지욱은 끓어오를 대로 오른 감정을 애써 추슬렀다.

"좋습니다. 다 지난 이야기 말고, 지금 현재 벌어지고 있는 일들을 이야기하죠. 회장님의 갑질 논란 이후 하루 평균 적게는 7천 건, 많게는 1만 건 이상 고객들의 카드 해지 요청이 빗발치고 있어요. SNS에 로얄카드 불매운동도 퍼지고 있고요. 이대로는 회사 경영에 큰 차질이 올 겁니다."

지욱의 칼 같은 브리핑에 정남은 꼬았던 다리를 풀며 일어나 박수를 쳤다.

"역시 마이 손! 이야, 똑똑한 거 하난 제 아비를 똑 닮았어!"

지욱은 기가 차서 웃음도 나오지 않았다.

"그래서 말이다. 네가 이 애비를 좀 도와줬음 하는데…!"

정남은 세상 걱정 없는 얼굴로 뻔뻔하게 말했다.

"뭘 말입니까?"

"너도 잘 알겠지만 고객들의 마음은 참 갈대 같단 말이지. 마치 여인네 마음처럼. 그런 거라면 타고난 베이스로 여심을 사로잡는 너 말고 다른 인재가 또 어디 있겠니?"

"대체 무슨 말씀을 하시는 거예요! 고객들 마음을 잡으려면 이제라도 공식 사과를 하시는 게 먼저입니다."

"이미 홈페이지에 사과의 글도 올렸잖니. 명색이 대한민국 최고의 카드사 회장이 되어서 사람들 앞에 고개를 숙이라니. 크흠… 나도 체면이 있다구!"

"아버지가 중시하시는 그 체면 때문에 사람들이 얼마나 상처받는지는 생각 못 하세요?"

참고 참던 감정이 또 솟구쳤다.

"도블리, 넌 젊은 애가 왜 이렇게 심각하니. 너무 딱딱해! 아무튼 오늘부로 고객 상담실도 네가 맡아서 관리하려무나."

"뭐라구요?"

"너 정도 스펙에 능력을 지닌 인재를 경영전략팀만 맡게 하기엔 인력낭비 아니겠니? 지금 불똥이 튄 곳은 고객 상담실이야. 가거라, 롸잇 나우!"

하루아침에 두 팀을 총괄하라니! 지욱은 당혹감을 감출 수 없었다. 하지만 파파몬 타령이나 하는 아버지를 믿고 두고 볼 수만은 없었다.

***

콜센터로 돌아온 은지는 어안이 벙벙했다. 짧은 시간 동안 많은 일이 있었다. 자신을 버린 성준이 눈앞에 나타났고, 그 얄궂은 자에게 건넨 이별의 정표가 애먼 남자에게로 떨어졌다.

구남친 앞에서 쪽이란 쪽을 다 팔 뻔했는데 귀공자 같은 아니, 진짜 귀공자 도지욱이 나타나 너그러이 눈감아주었다. 경란에게 본부장이란 말을 듣지 못했다면, 은지는 그의 직업이 종교인이라 확신했을 거다. 성준에게 쪽팔림을 당하지 않은 것을 한참 동안 안도하던 은지는 자신이 간과하고 있던 사실 하나를 깨달았다.

그래, 그게 다 무슨 소용이란 말인가. 다신 안 볼 사이가 되었는데. 많이 쪽팔리면 어떻고, 좀 덜 쪽팔리면 어떤가. 그는 그런 사실에는 아무짝에도 관심 없을 텐데.

은지는 차갑게 변한 성준의 얼굴을 떠올렸다. 야속하다고 해야 하나? 그도 참 모진 게 얼굴에 모두 드러나는 사람이었다.

처음 연애를 시작했을 때 성준의 얼굴은 늘 난로를 품은 듯 붉게 상기되어 있었다. 은지를 향해 발화하는 심장이 고스란히 얼굴에 드러난 것이다. 하지만 몇 시간 전 성준의 얼굴은 연료가 다 떨어진, 이제 은지를 향해 어떤 마음도 남아 있지 않은 상태였다. 더 이상의 희망도, 확인도 필요 없다. 그는 있는 그대로 모든 것을 보여준 셈이니까.

'이제 정말 끝이다. 그래, 이제 정말.'

그때 고객 상담실 송 팀장이 헤드셋을 찬 직원들을 향해 소리쳤다.

"애들아, 콜 쏟아질 시간이다! 정신 차리고 얼른 콜들 빼자!"

은지는 그 말이 꼭 자신에게 하는 말 같았다. 사실 몰래 콜을 막고 있었기 때문이다. 콜센터로 돌아오기 전 경란은 은지에게 한 가지 제안을 했다.

'너 이 상태로 상담이 되겠냐? 오늘은 이 언니가 네 대기콜 댕겨줄게. 그러니까 넌 몰래 막고 있어. 나중에 나 멘탈 나갔을 때 너도 도와줘야 한다. 알았지?'

그 어떤 배려도 경란을 따라올 수 없을 것이다. 콜이 많이 쏟아지는 월말인데도 경란은 실연당한 친구를 위해 힘든 일을 맡아주었다. 하지만 그것을 눈치 챘는지 송 팀장은 은근한 압박을 보내고 있었다. 더 이상 피할 수 없다는 듯 은지는 막았던 콜을 대기로 전환했다. 그러자 순식간에 전화가 연결되었다.

"안녕하세요, 고객님. 로얄카드 상담원 양. 은. 지. 입니다. 무엇을 도와드릴까요?"

〔왜 이렇게 전화를 늦게 받고 지랄이야? 내가 똑같은 ARS를 몇 번이나 들었는지 알아?〕

고객은 다짜고짜 육두문자가 섞인 말을 쏟아냈다.

"죄송합니다. 고객님 많이 기다리셨죠."

은지는 고객을 달래기 위해 침착하게 말했다.

〔죄송할 짓을 왜 하고 그래!〕

"고객님, 원래 월말에는 상담전화가 많이 와서요."

〔그건 너희 사정이지! 바빠 죽겠는데 사람을 기다리게 하는 법이 어디 있어!〕

은지는 마이크를 막고 깊은 한숨을 내쉬었다. 인내심이 필요한 순간이었다.

"네, 고객님 기다리게 해드려 정말 죄송합니다."

고객의 무례함에 목소리 톤이 저절로 내려갔다. 컨디션도 최악인데 하필이면 이런 진상 고객이라니!

〔근데 이 아가씨 목소리 좀 봐! 지금 나한테 들으라고 시위하는 거야?〕

"아, 아닙니다. 고객님!"

〔아니긴 뭐가 아니야. 지금 계속 목소리 깔고 말하잖아! 아가씨 이름 뭐라고?〕

"로얄카드 상담원 양. 은. 지. 입니다."

〔이것 봐, 나한테 지금 시위하려고 어금니 꽉 깨물고 말하는 거

맞잖아!〕

은지가 두 주먹을 움켜쥐었다.

"그런 거 아닙니다, 고객님."

〔그럼 인사 다시 해봐! 친절하게 다시 해보라고!〕

"로얄카드 상담원 양. 은. 지입니다."

은지가 만만치 않은 고객과의 상담으로 진땀을 빼고 있는 그때, 누군가 고객 상담실 문을 열고 들어섰다.

상담을 하고 있던 몇몇 여직원들의 눈이 번뜩 뜨였다. 여자가 대부분인 콜센터에서 이목구비가 오늘내일하는 송 팀장을 제외하곤 남자라곤 씨가 마른 상태였다. 그런데 저기 문을 열고 들어오는 저 남자는 그냥 남자도 아닌 만찢남이었다. 만화 속에서 막 튀어나온 훈훈한 왕자님!

그는 오늘부로 고객 상담실을 총괄하게 된 도지욱 본부장이었다. 송 팀장은 회사 계정 메일로 방금 막 지욱이 고객 상담실을 맡게 됐다는 소식을 알게 되었다. 송 팀장은 허리를 90도로 숙여 그를 맞았다.

"환영합니다, 도지욱 본부장님."

"반갑습니다, 송 팀장님."

지욱은 빽빽이 찬 칸막이 책상 속에서 고객과 각개전투하고 있는 상담원들을 쓱 둘러보았다. 수화기를 놀리는 사람 하나 없이 모두 분주해 보였다.

"지금이 하필 콜이 제일 많이 쏟아질 시간이어서요."

"괜찮습니다. 인사는 나중에 하도록 하고, 한번 좀 둘러봐도 되겠습니까?"

"네, 그러시죠!"

지욱이 콜센터 안을 둘러보기 시작했다. 은지는 누가 오는지 가는지도 모르고 진상 고객을 상대하느라 진을 빼고 있었다.

"안녕하세요, 로얄카드 상담원 양. 은. 지. 입니다."

〔아가씨는 기초부터 틀려먹었어! 누가 고객한테 그런 억센 목소리를 내난 말이야.〕

"고객님, 그런데 무슨 용건으로 전화 주셨는지요?"

참다못한 은지가 그 말을 툭 뱉었다.

〔지금 나한테 따지는 거야? 왜! 내가 할 일 없이 전화했을까 봐!〕

참을 만큼 참았다. 똥개 훈련하듯 인사만 열 번을 더 했다. 목소리가 맘에 안 든다, 톤이 낮다, 나한테 불만 있냐, 어금니 깨물고 말하는 거 아니냐, 그놈의 비위 한 번 더럽게 맞추기 힘드네!

"그럼 용건을 말해주세요! 지금 콜이 많이 들어오는 시간이라서요."

〔뭐야! 그럼 지금 나보고 끊으란 거야, 뭐야! 이거 완전 갑질이잖아! 당신네 회사 회장이 그렇게 가르쳐? 갑질은 이런 것이다, 하고?〕

갑질! 갑질! 갑질! 그놈의 갑질을 지금 누가 하고 있는지 몰라서 그러나. 마음이 너덜너덜해진 상황에서도 제 감정을 숨기고 잘해 보려는 사람한테 세상은, 사람들은 대체 왜 이러는 걸까! 결국 곪고 곪았던 마음의 고름이 툭 터져버렸다.

"갑질이요? 제가 보기에 지금 갑질은 고객님께서 하고 계신 것 같은데요!"

은지가 앙칼진 목소리로 소리쳤다.

상담실 안을 돌아보던 지욱의 귓가로 그 목소리가 걸려들었다. 지욱은 방금 전 목소리의 주인을 찾아 천천히 걸어갔다.

〔뭐야! 이 여자가 미쳤나! 당신 회사 잘리고 싶어 환장했어?〕

"이보세요! 고객님, 지금 저한테 협박하신 건가요?"

은지의 목청은 점점 더 커져갔다. 지욱은 고객을 향해 따박따박 따져드는 여자의 얼굴을 응시했다. 눈가가 팅팅 부어 복어 같은 여자! 바로 자신에게 날계란 세례를 날린 그 여자였다.

'저 여자는… 대체 뭔데 가는 곳마다 트러블을 만드는 거야!'

지욱의 눈이 매섭게 번쩍였다. 그걸 아는지 모르는지 은지는 고객을 향해 힘껏 목소리를 내질렀다.

"네, 좋습니다! 고객님 맘대로 하세요. 저도 이렇게 당하고는 더 이상 못 살겠으니까요! 저 말이죠, 동네북 아니거든요!"

은지가 귀에 꼽고 있던 헤드셋을 휙 뽑아 책상에 쾅 내려놓았다. 그러고도 분이 덜 풀렸는지 어깨를 들썩이며 뜨거운 콧바람을 뿜어냈다.

그때 누군가 뒤에서 은지의 어깨를 툭툭 건드렸다. 얼굴이 벌겋게 달아오른 은지가 고개를 홱 돌렸다. 그 순간 붉게 충혈된 은지의 눈동자가 크게 떨렸다.

'이 남자! 아까 전 계란 테러의 희생양, 아량 넓은 종교인, 아니, 도지욱 본부장!'

"당신, 참 가지가지 하는군. 지금 이 시간부로 아웃입니다. 이곳에서 나가세요, 당장!"

아까와는 사뭇 다른 지욱의 매정한 얼굴에 은지는 뒤통수를 제대로 맞은 느낌이었다.

'그럼 그렇지. 화가 났으면 분출하는 편이 낫지, 그걸 억지로 삭이면 꼭 나중에 저렇게 뒤통수를 치더라. 그러니까 내가 세탁비 준다고 했잖아!'

은지는 자리를 박차고 일어나 지욱의 코앞까지 다가갔다. 그리고 주머니에서 신사임당이 그려진 5만 원짜리 지폐를 꺼내 그의 얼굴로 휙 내던졌다. 지욱의 눈동자가 주체할 수 없이 흔들렸다. 신사임당은 나풀나풀 춤을 추다가 바닥으로 고꾸라졌다.

"뭡니까, 이거!"

지욱이 바닥으로 추락한 5만 원짜리 지폐를 보며 소리쳤다. 은지는 고개를 빳빳이 치켜들었다.

"그러니까 세탁비 준다고 할 때 받지, 왜 남의 업무 보는 곳까지 쫓아와서 이러는 거예요? 그리고 뭐? 아웃이요? 여기 담당자도 아니면서, 무슨 권한으로 그러시죠!"

은지의 목 안쪽 깊은 곳에서부터 으르렁거리는 소리가 났다. 헤드셋을 낀 무리의 시선이 일제히 두 사람을 향해 쏠렸다. 입술은 상담을 하고 있는데, 눈은 구경 중에서도 제일이라는 싸움 구경에 팔려 있었다. 경란도 휘둥그레진 눈으로 전우의 처절한 참전 장면을 지켜보았다.

지욱이 갑자기 발아래 있던 5만 원을 집어 들었다.

'뭐야, 진짜 세탁비 받으려고 여기까지 쫓아온 거야? 뒤돌아서 생각해보니 억울했나?'

은지의 머릿속에 그 생각이 스쳐가기도 전에 지욱이 갑자기 은지의 손목을 잡아당겼다. 은지는 흠칫 놀라 몸을 뒤로 뺐다. 하지만 그의 아귀힘을 이길 수는 없었다.

'뭐야, 또 이 행동은! 이 남자 다중인격 또라이야? 하기야 흠결 없는 사람 없다고. 반반한 얼굴에, 재력과 능력까지 가졌지만 딱 하나를 잘못 타고나길 다중인격 또라이로 태어난 거로구나. 언제는 계란을 맞고도 괜찮다더니, 여기까지 쫓아와서 당장 나가라고 소리치질 않나. 갑자기 다 큰 처녀의 손목을 홱 잡아당기는 건 또 뭔 시추에이션?'

지욱이 은지의 꽉 다물어진 주먹을 억지로 펼쳐 손바닥에 5만 원을 올려놓았다.

"앞으로 이 5만 원 한 장이 아쉬워질 텐데. 형편에 맞지 않는 사치는 넣어두고! 아, 그리고 무슨 권한으로 나가라 하냐고? 덕분에 이렇게 인사를 하네."

지욱의 말에 헤드셋 군단의 시선이 쏠렸다.

"오늘부로 고객 상담실은 제가 총괄합니다. 지금까지는 여기 이 사람처럼 막 나갔을지 모르지만, 제가 온 이상 이런 식의 고객 응대는 어림도 없습니다. 그리고 당신, 어서 여기서 나가세요. 당신은 여기 있을 자격이 없으니까."

'뭐? 오늘부로 고객 상담실을 총괄하게 됐다고? 참 거지 같은 우연이 난도질 하는 하루로구나. 결별 1일 만에 구남친과 맞닥뜨린 것도 모자라, 불미스러운 일이 있었던 사람이 상관으로 오다니. 그리고 그에게 곧바로 목이 날아가다니…!'

은지는 신이 있다면 무슨 억하심정이기에 모든 우연을 자기한테만 불리한 쪽으로만 몰고 가냐고 따지고 싶었다. 성준도, 저 다중인격 본부장도, 게다가 신까지도. 모두가 담합해서 자신을 따돌리는 거라면 혼자라도 똘똘 뭉쳐야 할 것 같았다. 은지가 온 우주의 기운을 끌어 모아 마음 깊은 곳에서 소용돌이 치는 말을 꺼내려던 순간이었다.

"거기서 뭐하는 겁니까! 나가란 말 못 들었습니까?"

지욱이 냉정한 말투로 말했다.

"제가 왜… 대체 뭘 잘못했길래 나가야 합니까?"

은지가 목소리를 꾹꾹 눌러가며 말했다.

지욱은 어이가 없었다. 고객에게 따박따박 따지는 걸 버젓이 봤는데 어디서 발뺌인가 싶었다.

"고객 응대를 누가 그렇게 하라고 가르쳤죠? 고객한테 소리 지르고 성질부리는 게 서비스 정신에 합당합니까? 당신이 그러고도 상담원으로서 자질이 있다고 생각해요?"

"그럼, 대체 어디까지 참아야 하는데요!"

"그걸 왜 저한테 묻습니까? 본인이 더 잘 알 텐데. 끝까지 참아야 합니다. 자기 감정 하나 컨트롤 못 하면서 왜 상담을 한다고 앉아 있죠?"

"보이지 않는 곳에 있다고 늘 참아야 하나요! 이런 곳에서 전화나 받는 사람들은 감정도 없냔 말이에요! 잘나신 본부장님께서는 모르시잖아요. 죄인이라도 된 듯, 늘 을처럼 굽히며 사는 이 생활. 저희도 감정이 있어요. 설령 우리가 죄인이라도 말이죠, 죄인도 감정이란 게 있다고요. 슬픔도 알고요, 아픔도 알아요!"

은지의 말에 지욱은 잠시 할 말을 잃었다. 하지만 그의 답은 이미 정해져 있었다.

"그래도, 그럼에도 불구하고, 참았어야 합니다! 당신은 자기 감정과 같은 작은 그림만 보지만 총괄하는 나는 큰 그림을 봅니다. 지금 로얄카드, 고객들의 불만과 보이콧으로 위기 상황입니다. 이런 상황에서 방금 전 같은 처세는 회사를 낭떠러지로 모는 행위와 다를 게 없습니다. 내 결정에는 변함이 없습니다. 여기서 나가십시오."

'정말 피도 눈물도 없는 인간이다.'

하지만 은지는 쉽게 나갈 수 없었다. 이곳을 뛰쳐나가고 싶은 순간들이 얼마나 많았는데, 그 시간들을 어떻게 참고 버텨왔는데, 이렇게 허무하게 나간단 말인가!

은지는 보란 듯이 다시 자기 자리에 가 앉았다. 지욱은 어처구니가 없었다. 이정도면 충분히 알아듣도록 말했는데 오기를 피우는 여자를 이해할 수 없었다.

"괜한 오기 부리지 말고 어서 나가십시오!"

지욱이 은지의 뒤통수를 향해 소리쳤다. 하지만 은지는 또 한 번 보란 듯이 익숙한 손놀림으로 머리에 헤드셋을 꼈다. 그리고는 상담 대기 버튼을 눌렀다. 자신이 있어야 할 자리는 바로 여기, 이곳이기에.

말이 안 통하는 아버지와 한바탕 하고 왔는데, 여기에 또 말이 안 통하는 여자가 있을 줄이야. 지욱의 인내심도 점점 한계점을 찍고 있었다.

"정 그렇다면… 내가 보내드리죠."

지욱이 은지가 앉아 있는 의자 쪽으로 다가갔다. 그리고 그녀의 의자를 돌리려고 했다. 하지만 쉽게 물러설 은지가 아니었다. 은지는 앉은 자리에서 일어나지 않으려고 힘을 주고 버텼다. 그녀를 일으키려는 지욱과 끝까지 버티려는 은지 사이에 팽팽한 힘겨루기가 펼쳐졌다. 그때였다. 갑자기 지욱의 손이 삐끗 의자에서 빗겨나가고 말았다. 그가 의자에서 손을 놓치자 그 순간 반동에 의해 은지가 의자에서 밀려났다. 그리고는 쿵 바닥으로 떨어지고 말았다. 놀란 지욱은 순간 얼음이 되었다.

곳곳에서 걱정 어린 신음소리가 터져 나왔다. 상담을 하고 있던 경란도 주저앉은 은지를 보고는 동공지진을 일으켰다.

'결국 이렇게 바닥을 치는구나! 더 이상, 더 이상은 못 참겠어…!'

은지는 서러움이 울컥 솟구쳤다. 하지만 이렇게 많은 사람들 앞에서 눈물을 보이긴 싫었다. 그녀의 자존심이 그걸 허락하지 않았다. 꾸역꾸역 손으로 바닥을 딛고 일어났다. 긴 머리카락이 흐트러져 그녀의 얼굴을 가렸다.

가까스로 자리에서 일어난 은지는 다리에 힘이 풀렸는지 비틀거리며 출입문을 향해 걸어갔다.

그녀의 뒷모습을 보고 있자니 지욱은 왠지 마음이 불편해졌다. 문턱을 넘던 은지가 갑자기 몸을 돌려 다시 안쪽으로 걸어오기 시작했다. 고개를 숙인 탓에 얼굴은 제대로 보이지 않았다.

은지는 지욱을 홀연히 지나쳐 책상으로 갔다. 그리고는 머리에 쓰고 있던 헤드셋을 빼냈다. 신체의 일부 같아서 쓰고 있다는 것을 미처 인지하지 못한 채 나가버릴 뻔한 것이다.

은지는 정든 헤드셋을 책상 위에 가지런히 올려놓았다. 그리고 이제 모든 것을 내려놓았다는 듯 다시 걸음을 옮겼다. 출입문으로 가기 위해 은지가 다시 한 번 지욱의 옆을 스쳐지나갔다. 그 순간 바람에 긴 머리카락이 흩날렸다. 그 사이로 은지의 얼굴이 살짝 드러났다.

지욱의 눈동자가 걷잡을 수 없이 흔들리기 시작했다. 무표정한 눈과 앙 다문 입술 사이로 기다란 눈물 한 줄기가 흘러내리고 있었다. 은지는 그것을 들키지 않으려 고개를 숙인 채 빠른 걸음으로 지나쳤다. 그 모습을 본 사람은 아무도 없었다. 바로 코앞에 있던 지욱이 유일했다.

지욱은 예상치 못한 곳을 둔기로 세게 두들겨 맞은 듯 한동안 멍하니 서 있었다.

***

"야, 양은지!"

사옥을 나서던 은지를 붙잡은 건 경란이었다. 평소 강심장에 웬만한 일로는 눈도 꿈쩍 않는 경란이 눈물 바람으로 뛰어왔다.

"친구 따라 백수 되고 싶어서 나온 거야?"

경란의 눈물을 본 은지는 괜히 멋쩍어서 무심한 척 말했다.

"그럴 테면 그러라지!"

경란의 목울대가 미세하게 떨리고 있었다.

"콜센터 떠난다고 너랑 나 안 보는 거 아니니까, 연락해."

"이제 어떻게 하려고?"

경란이 걱정스러운 듯 물었다.

"뭐 세상 죽으란 법 있냐? 다 살아지겠지. 아직 주말 알바가 있잖아."

은지는 산전수전 다 겪은 사람처럼 말했다. 정작 떠는 사람은 자신인데 오히려 경란을 다독여 들여보냈다. 그리고 터벅터벅 회사를 빠져나갔다.

미운 정 고운 정 아낌없이 주었던 로얄카드. 은지는 정문에 박힌 회사 명패를 보며 잠시 작별 인사를 나누었다.

'잘 있거라, 더 이상은 내 것이 아닌….'

이대로 집에 갈 수도 없었다. 퇴근시간이 한참이나 남았는데 집에 갔다간 동생들에게 회사에서 잘린 것을 광고하는 셈이었다.

은지는 시간을 때우기 위해 발이 이끄는 대로 하염없이 걸었다. 무의식의 걸음은 그녀가 가장 들어서고 싶어 하는 그곳으로 은지를 데려갔다.

그녀의 눈앞에 '성우 아카데미' 간판이 보였다.

언젠가 다시 저 문턱을 넘으려고 했는데. 그때까지는 무슨 일이 있어도 로얄카드에서 버티겠노라 결심했는데. 아무래도 이번 생엔 저곳 문턱을 다시 넘긴 힘들겠구나, 하는 생각이 들었다.

'잘 있거라, 꿈. 더 이상은 내 것이 아닌….'

은지는 목구멍이 꽉 막히는 느낌이었다. 왈칵 쏟아지려는 눈물을 간신히 삼키고 다시 발길을 돌렸다.

***

다세대 연립 반지하, 낡디 낡은 1.5룸은 은지와 두 동생의 보금자리였다. 남동생들의 배려로 은지는 안방을 썼고, 동생들은 거실 겸 주방에서 생활했다.

은지가 집에 들어섰을 때 동생들은 TV를 보다 잠들어 있었다. 잠든 두 동생의 얼굴을 보니 괜히 서러움이 몰려왔다. 은지는 커다란 노래방 새우깡을 품에 안고 소주 한 병을 깠다. 한 잔을 시원하게 넘겨도 그 재수덩어리의 말이 귓가에서 사라지지 않았다.

"고객 응대를 누가 그렇게 하라고 가르쳤죠? 고객한테 소리 지르고 성질부리는 게 서비스 정신에 합당합니까? 당신이 그러고도 상담원으로서 자질이 있다고 생각해요?"

은지는 지욱의 목소리를 흉내 내며 따라했다. 그의 말대로 상담원으로서 자질은 몰라도, 성우로서 자질은 충분한 실력이었다.

'참나, 자기가 나를 언제 봤다고 자질이 있네, 없네야. 이래봬도 내가 분기마다 친절 상담원에 뽑힌 로얄카드 베스트 상담원이라고! 로얄카드, 나중에 땅을 치고 후회하지나 말아라. 이런 인재를 놓쳤다고. 도지욱! 너도 마찬가지야. 얼굴 좀 잘생긴 금수저라고 사람 함부로 판단하는 거 아니야!'

은지는 새우깡을 아작아작 씹으며 생각했다. 그때 동생들이 미처 끄지 않고 잠든 TV에서 익숙한 화면이 흘러 나왔다. 은지의 두 눈이 TV 속으로 빨려 들어갈 듯 커졌다.

"라푼젤…!"

라푼젤은 은지가 제일 좋아하는 애니메이션이었다. 성우 아카데미에 들어갈 때 실기고사 대본으로도 라푼젤을 준비했었다. 타이밍 좋게 '라푼젤' 우리말 더빙이 방송되고 있었다. 긴 금발의 라푼젤을 보는 은지의 눈빛은 마치 옛 친구를 만난 듯 반가움으로 가득 차 있었다. 은지가 두 손을 모으더니 한때 열심히 준비했던 연기를 따라하기 시작했다.

"꽃아, 반짝반짝 빛나라, 너의 힘이 빛을 발하게 해. 시계를 거꾸로 돌려, 내 것이었던 것을 되돌려줘. 상처받은 것을 치유하고 운명을 바꿔줘. 잃어버린 것을 찾고, 한때 내 것이었던 것을 되돌려줘."

라푼젤이 머리카락을 빛나게 할 때 읊던 대사였다. 그런데 뭔가 이상했다.

'이 대사 원래 이렇게 슬픈 대사였던가!'

은지의 눈가에 눈물이 고였다. 참으려고 해도 도저히 참을 수 없는 눈물, 처절하게 견뎌낸 하루가 그렇게 흘러내렸다.

***

한강 조망 70층 초고층 아파트에 대리석으로 된 복층 하우스.

지욱은 거실 한편에 마련된 홈 바에 앉아 혼자 와인 잔을 기울였다. 생각에 잠긴 그의 눈가에 짙은 그늘이 깔려 있었다. 자꾸 오늘 회사에서 있었던 일이 떠올랐다. 처음으로 누군가를 울렸다. 여자의 눈물을 눈앞에서 보게 될 줄 꿈에도 몰랐다. 차라리 보지 않았다면 좋았을 것을. 죄책감인지, 뭔지 모를 복잡한 마음이 지욱을 에워쌌다.

용납할 수 없는 하루. 이해할 수 없는 이상한 마음까지. 그 모든 것을 몽땅 삼켜버리고 싶은 생각에 지욱은 잔에 가득 찬 술을 단숨에 들이켰다.

그때였다. 갑자기 휴대폰 진동이 울려왔다. 고객 상담실 송 팀장이라는 이름이 화면에 떴다. 지욱은 전화기를 귀에 가져갔다. 이윽고 송 팀장의 다급한 목소리가 들려왔다

"본부장님! 큰일 났습니다!"

다음날 지욱은 무거운 얼굴로 고객 상담실 문을 열었다. 상담원들이 각개전투를 벌이던 콜센터 안은 적막함만이 가득했다. 주말은 휴무로 ARS만 가동되는 날이었다.

"본부장님!"

구석에서 발을 동동 구르고 있던 송 팀장이 지욱 쪽으로 달려왔다.

"대체 어떻게 된 일입니까!"

지욱이 다급하게 물었다.

"어제 양은지 상담원과 싸운 고객이 앙심을 품고 이 파일을 보내왔습니다."

송 팀장이 모니터 화면에 있던 음성 파일을 클릭했다. 그러자 누군가의 앙칼진 목소리가 스피커를 통해 흘러 나왔다.

〔이보세요! 고객님, 지금 저한테 협박하신 건가요? 네, 좋습니다!

고객님 맘대로 하세요. 갑질이요? 제가 보기에 지금 갑질은 고객님께서 하고 계신 것 같은데요! 저 말이죠, 동네북 아니거든요!]

화가 잔뜩 치민 여자의 독기 어린 목소리였다. 스피커에 귀를 기울이던 지욱이 이상한 점을 발견했는지 눈을 굴렸다.

"근데 왜 고객 목소리는 안 나오는 겁니까?"

"아무래도 악의적으로 편집한 것 같습니다. 제가 원본 녹음 파일을 확인해보니 고객 쪽에서 먼저 욕을 하며 시비를 건 것 같더라고요."

"욕을 했다고요?"

지욱은 미처 몰랐던 사실에 놀랐다.

"네, 다짜고짜 욕을 하고, 인사 목소리가 마음에 안 든다며, 인사를 열 번도 넘게 시켰더라고요."

지욱의 머릿속에 어제 본 은지의 모습이 되살아났다. 금방이라도 울음을 터뜨릴 것 같던 두 눈망울과 북받친 감정을 실어 나르던 목소리의 떨림. 그리고 지욱의 입에 있던 모진 말을 단숨에 앗아가 버렸던 그녀의 외침이 다시금 들려오는 것 같았다.

'보이지 않는 곳에 있다고 늘 참아야 하나요! 이런 곳에서 전화나 받는 사람들은 감정도 없냔 말이에요! 죄인도 감정이란 게 있다고요. 슬픔도 알고요, 아픔도 알아요!'

지욱의 눈이 어느새 은지가 쓸쓸히 걸어 나간 출입문 쪽을 향해 있었다.

'아무래도, 아무래도 내가 실수를 한 것 같다. 앞뒤 상황도 모른 채 한 사람을, 너무나도 쉽게 매도해버린 것 아닌가.'

지욱의 마음속 불편함은 눈덩이처럼 부풀었다. 이런 실수를 용납할 수 없는, 만회하지 않으면 견딜 수 없는 그의 성격이 조금씩 꿈틀거리며 살아났다.

송 팀장이 생각에 잠긴 지욱을 향해 노크를 해왔다.

"본부장님?"

지욱은 생각에서 빠져나와 다시 현실로 돌아왔다.

"이전에는 이런 상황을 어떻게 대처했죠?"

"비슷한 케이스가 몇 번 있었는데, 그때는 원본 파일로 함께 대응했었죠. 고객이 고의로 시비를 건 흔적이 명백해서 큰 문제로 발전하지 않고. 나중엔 고객 측에서 먼저 사건을 덮길 원했어요."

지욱은 잠깐 생각을 했다. 그 누구보다 명철한 두뇌와 판단 능력을 가진 그는 이 사태를 해결하기 위해 여러 가지 퍼즐들을 맞춰보기 시작했다.

"이번엔 상황이 다릅니다. 회장님의 갑질 논란으로 고객들의 불신이 깊어진 상황에서 상담원의 갑질 만행이 다시 화두가 되면 사람들은 완전히 돌아설 겁니다. 원본파일로 대응해도 소용없을 거예요. 그들은 사건의 진위보다, 그저 자극적인 기사에 반응해 우릴 공격하고 욕하려 할 테니까요. 사람들이 모인 곳이라면 어디든 공공의 적이 필요하죠. 지금 그들이 만들고 싶은 공공의 적, 그게 바로 로얄카드입니다."

"그럼 어떻게 해야…."

송 팀장은 지욱의 판단에 고개를 끄덕이면서도 의아했다. 강 건너 불구경도 아니고, 참 남의 일처럼 객관적으로도 이야기하는구나 싶었다.

"그분이 원하는 게 뭐라고 하던가요?"

지욱이 고개를 살짝 숙인 채 말했다.

"총 책임자와 상담원의 정중한 사과를 원한다고 했는데… 오늘 하루만 기다려보고 조치가 없을 시 곧장 메일을 뿌릴 거라고 했습니다."

지욱은 고뇌하듯 두 눈을 지그시 감았다. 그리고 얼마 후 조심스레 입술을 뗐다.

"어제 퇴사한 그 사원, 양은지 상담원이라 했나요? 지금 연락할 수 있습니까?"

2
뻔한 드라마 좀 그만 보시죠

“싱싱한 제주 은갈치 보시고 가세요! 세 마리에 구천구백 원, 세 마리에 구천구백 원. 오셔서 한 번 보고 가세요!”

대형마트 수산코너. 그곳에 사람을 홀리는 인어의 목소리처럼 매혹적인 솔톤 보이스가 흘러나왔다. 지나가는 사람들이 모두 한 번씩 그쪽으로 시선을 던졌다.

흰 앞치마에 두건, 빨간 고무장갑과 남색 장화를 장착한 은지는 두 손을 입에 모으고 갈치 홍보에 정신이 없었다. 그 모습을 보고 누가 어제 회사에서 잘린 사람이라고 생각할까. 사람은 마음이 시끄러울 때일수록 더 땀나게 노동을 해야 하는 법! 은지는 스스로를 더욱 담금질했다.

‘로얄카드? 도지욱 본부장? 다 비켜라! 너희 아니어도 난 잘 살 테니까.’

은지는 갈치를 움켜쥔 손을 높게 치켜들며 생각했다. 그 모습이 마치 창을 든 용맹한 기사 같았다.

"이만한 밥도둑이 없어요! 제주 은갈치 세 마리에 구천구백 원, 와서 보시고 가세요! 어머니, 여기 갈치 한번 보시고 가세요. 아주 입에서 살살 녹아요!"

갈치보다도 맛깔스런 은지의 말솜씨와 꿀을 바른 듯한 목소리에 사람들이 하나둘 수산코너로 몰려들었다. 주부 구단들이 몰려들어 앞조차 잘 보이지 않는 수산 코너에 예사롭지 않은 발자국 소리가 들려왔다.

에르메스 신상 정장, 이태리 피렌체 최고급 수제 구두, 핀 조명을 비춘 듯 저 혼자 자체발광 하는 얼굴, 마트와는 전혀 안 어울리는 비주얼의 주인공. 그는 바로 도지욱이었다.

은지가 목소리로 사람을 끈다면, 지욱은 등장 그 자체만으로 모든 이의 시선을 강탈했다. 럭셔리 명품만을 취급하는 프리미엄 백화점에 있어야 마땅할 남자가 대관절 무슨 사연이길래 마트에, 그것도 수산코너 제주 은갈치를 보러 가는 걸까! 넋을 놓고 지욱을 훔쳐보던 여자들 사이에서 예상치 못한 카트 추돌 사고가 벌어졌다.

지욱은 송 팀장이 경란에게 알아낸 정보로 은지가 주말 알바를 하는 이곳에 오게 됐다.

송 팀장이 다녀오겠다고 했지만 지욱은 괜찮다며 그를 막아섰다. 빚지고는 못사는 그답게 은지를 만나 어제 일에 대해 정중히 사과하고 싶었다. 그러고 나면 마음이 좀 나아질 것 같았다. 그리고 그녀에게 고객의 협박 건과 관련해 함께 가 달라 부탁할 생각이었다. 그런데 막상 그녀와 마주하려니 쉽게 발이 떨어지지 않았다. 평소 지욱답지 않은 모습이었다. 누구를 만나도 긴장하지 않고 늘 당당한 그가 아니었나. 지욱은 고민 끝에 은갈치를 포장하고 있는 은지 앞으로 다가갔다. 그리고는 한참 동안 고르고 고른 한마디를 던졌다.

"이거… 정말, 제주산 은갈치… 맞습니까?"

"그럼요, 손님. 저희는 원산지를 속이지 않습니다. 그리고 어디 가셔도 제주산 은갈치를 이 가격에 파는 곳은 찾기 힘드실 거예요."

은지는 고개도 들지 않고 일회용 팩에 갈치를 담으며 대답했다.

"그럼 한 팩 줘보시겠습니까?"

"잠시만요, 고객님. 먼저 온 손님 거 포장 마치고 바로 드릴게요."

'어?'

포장에 집중하던 은지가 뭔가 이상함을 감지했는지 고개를 갸웃했다. 야무지던 손놀림이 멈췄다.

'이 목소리… 어디선가 들어본… 서, 설마…!'

은지가 재빠르게 고개를 치켜들었다. 지욱이 수산 코너 매대에 깔린 이름 모를 생선들과 아이컨택을 하고 있었다.

"여긴 어쩐 일이시죠?"

은지가 잔뜩 굳은 얼굴로 말했다.

"할 말이 있어서 왔습니다. 잠깐 시간 좀 내주시죠."

'할 말? 어제 그렇게 수모를 주고도 또 할 말이 남았단 말인가. 매몰차게 쫓아낼 때는 언제고 금세 찾아와 할 말이 있다니!'

은지는 기가 막혔다.

"저 지금 알바 중이거든요. 그리고 본부장님, 아니 이제 그렇게 부를 필요 없지. 제가 그쪽이랑 할 이야기가 뭐가 남았나요?"

지욱은 은지의 반응을 충분히 예상했다는 듯 담담하게 말했다.

"부탁입니다. 꼭 해야 할 이야기가 있으니까."

허우대가 멀쩡하다 못해 귀티가 줄줄 흐르는 남자, 게다가 본부장이라는 소리에 은지와 같이 일하던 아줌마들은 난리가 났다.

수산코너의 왕 언니 장여사가 은지 옆구리를 찌르며 어서 다녀오라는 신호를 보냈다. 장 여사는 자신이 마치 청춘남녀의 연애사업에 큰 도움을 준 양 묘한 웃음을 지었다.

'그런 거 아닌데…!'

"주말이 얼마나 바쁜데 자리를 비워요. 별거 아니에요, 아줌마."

은지가 은갈치를 주무르며 시큰둥하게 말했다.

"별거 맞습니다. 그러니까 시간 좀 내주시죠."

"별거 맞대잖아. 얼른 갔다 와, 은지야…. 청춘 잠깐이다. 어서, 어서 가."

그리고는 자꾸 가라는 손짓을 했다.

"아줌마! 그런 거 진짜 아니에요."

결국 보다 못한 수산코너 아줌마들이 나섰다. 여자들이 동시에 힘을 모아 은지의 등을 떠밀었다. 은지는 순간 무게중심을 잃고 눈앞에 있는 남자의 품으로 풍덩 안겼다.

***

은지는 시간을 오래 끌 생각이 추호도 없다는 듯 앞치마와 장화를 그대로 장착한 채 지욱을 따라갔다.

직원전용 엘리베이터에는 웬일인지 사람이 아무도 없었다. 모진 수모를 준, 그래서 다시는 마주치지 않으리라 생각했던 남자와 단둘이 한 공간에 있게 되다니!

은지는 상상도 못 한 전개에 혀를 내둘렀다. 어제 일 때문인지 두 사람 사이에 흐르는 어색한 기운은 시간을 0.9배속으로 흘러가게 만들어 놓았다.

지욱은 버튼을 누르려고 긴 팔을 뻗었다. 하필이면 은지가 서 있는 쪽이었다. 은지는 남자의 팔이 자신을 향해 다가오자 괜히 놀라서 움찔거렸다. 지욱은 길고 하얀 손가락으로 지하 2층 버튼을 사뿐히 눌렀다.

"어? 카페는 3층인데요."

은지가 퉁명스럽게 말했다. 하지만 지욱은 아무 대꾸가 없었다. 은지가 재빨리 다시 3층을 눌렀지만 이미 승강기는 하강하는 중이었다.

딩동.

엘리베이터가 지하 2층에서 멈췄다. 앞서 내린 지욱이 불쑥 등을 돌렸다. 은지가 엘리베이터 안에서 버티고 있었다.

"내리십시오."

"어디 가시려고요?"

은지가 아니꼬운 얼굴로 말했다.

"일단 내려오세요."

"여기 주차장이잖아요. 저 시간 없어요. 이야기하실 거 있음 여기서 하세요."

엘리베이터 문이 닫히려고 하자, 지욱은 손으로 힘껏 문을 막아섰다. 그리고 안으로 얼굴을 불쑥 들이밀었다. 조각 같은 얼굴이 예고도 없이 훅 들어오자 은지는 놀란 듯 마른 침을 꿀꺽 삼켰다.

"지금 시간이 별로 없습니다. 어서 내리세요. 가면서 다 이야기할 테니."

평소와는 사뭇 다른 모습이었다. 냉정하고 차갑기만 한 인간이라고 생각했는데, 정중하게 부탁하는 그의 눈빛이 이전과는 뭔가 달랐다. 진정성 있는 호소라고 해야 할까.

'별거 아니기만 해봐.'

은지는 결국 못이기는 척 엘리베이터에서 내렸다.

***

지욱의 애마 포르쉐 911 카레라에 오른 은지는 두 눈이 휘둥그레졌다. 자동차는 굴러다니기만 하면 되는 줄 알았는데. 까막눈이 한 꺼풀 벗겨지는 순간이었다

'자동차라고 다 같은 차가 아니구나. 드라마에서 남자 주인공들이 타는 차 같네. 이런 차에 타보게 될 줄은 상상도 못 했는데.'

그 생각이 머리에 스친 순간, 은지는 자신의 복장이 얼마나 처

참한지 깨달았다.

'양은지 인생에 이런 좋은 차를 또 언제 타볼지 모르는데 이럴 줄 알았으면 앞치마랑 장화는 좀 벗어두고 올걸!'

하지만 이미 때늦은 후회였다. 은지는 신세계에 들어선 신기함과 놀라움을 감출 수 없었다. 그럼에도 너무 좋아하는 티를 내고 싶지는 않았다. 차는 눈알이 튀어나올 만큼 좋았지만, 이 차의 주인은 자신에게 모진 수모를 겪게 한 사람 아닌가.

"대체 어딜 가는 거예요? 요 앞에 카페 많이 있잖아요! 안 보여요?"

은지가 톡 쏘듯 말했다. 하지만 지욱은 대꾸가 없었다.

"대체 어디까지 가냐구요! 저 알바 중이었던 거 몰라요?"

"그 제주 은갈치 파는 게 당신 업무 맞죠? 전 물량 구입하도록 조치해놨습니다."

은지는 예상치 못한 대답에 두 눈을 부릅떴다.

"누가 은갈치 팔아 달래요? 아니… 근데, 잠깐이면 되는 거 아니었어요?"

지욱이 조심스레 입을 열었다.

"시간이 좀 걸릴 겁니다."

은지는 이 어처구니없는 상황을 어떻게 받아들여야 할지 몰랐다. 정중하기만 했지 이건 납치나 다름없는 행동이었다.

"대체 어딜 가는데요!"

은지가 답답하다는 듯 소리쳤다.

"섬."

지욱이 무뚝뚝하게 말했다. 은지의 눈동자가 순간적으로 튀어

나올 듯 커졌다.

"뭐, 어디라고요?"

은지가 못 믿겠다는 듯 다시 되물었다. 그녀의 온 신경이 지욱의 입술로 향했다. 지욱이 붉고 도톰한 입술을 벌려 말했다.

"흑산도라는 섬입니다. 시간이 별로 없어서… 그럼 좀 밟겠습니다."

지욱이 힘껏 액셀러레이터를 밟자, 포르쉐 911은 엄청난 속도를 내며 고속도로를 질주하기 시작했다.

"내려주세요!"

은지가 목에 핏대를 세우며 소리쳤다.

'뭘 해도 기대 이상이구나. 내가 당신과 왜 섬에 가야 하는 건데! 설마 나를 섬 노예로 팔기라도 하려고?'

은지는 짧은 시간 많은 생각을 했다.

"차 세워요. 아님 이 문을 열고 확 뛰어 내릴까요?"

은지는 막무가내로 차문 손잡이를 잡았다. 그 순간이었다. 지욱의 카 오디오에서 익숙한 음성이 흘러 나왔다.

〔이보세요! 고객님, 지금 저한테 협박하신 건가요? 네 좋습니다! 고객님 맘대로 하세요. 갑질이요? 제가 보기에 지금 갑질은 고객님께서 하고 계신 것 같은데요! 저 말이죠, 동네북 아니거든요!〕

독일 그라운드제로 콘트워터 스피커가 장착된 카 오디오에서 은지의 앙칼진 음성이 필요 이상의 고음질로 재생되었다. 은지는 말문이 턱 막혔다.

갑자기 이걸 튼 저의가 무엇이란 말인가!

"제가 고객 상담실에서 들었던 소리입니다. 전후 사정은 알 수 없었고, 그저 당신이 고객에게 언성을 높여 대드는 내용만 파악할 수 있었죠."

"그래서 저를 자르신 걸로 아는데요. 아직 뭐가 남았나요?"

은지가 고개를 꼿꼿이 쳐들고 퉁명스럽게 말했다.

"당신 탓을 하려는 게 아닙니다. 이 파일만 들으면 당신에게 명백히 문제가 있지만, 전체 녹취 파일을 들으니 그게 아니더군요. 고객 쪽도 분명 무례했으니까. 그런데 대중이 이 파일을 들으면 뭐라고 할까요?"

"제가 그것까지 생각해야 합니까! 뭐, 본부장님, 아니 도지욱 씨처럼 생각하지 않겠어요! 버르장머리 없는 상담원이네. 상담원이 갑질한다, 그러겠죠."

"정확합니다. 어제 그 고객이 상담원과 총 책임자가 오늘 안에 사과하러 오지 않는다면 파일을 각종 언론에 뿌리겠다고 협박하고 있는 상황입니다."

"뭐, 뭐라구요!"

은지는 놀라서 쩍 벌어진 입을 다물지 못했다.

"회사 상황이 좋다면 원본 녹취 파일을 제시해 고객 쪽에도 잘못이 있다 주장했을 겁니다. 하지만 알다시피 회장님의 갑질 논란 여파가 꽤 큽니다. 거기다 로얄카드 상담원의 갑질 음성파일까지 공개된다면, 손써볼 틈도 없이 대중들은 완전히 돌아설 겁니다."

"그래서 지금 고객이 있는 곳으로 가는…."

당황한 은지가 말끝을 흐렸다.

"그래요. 제가 오해한 부분은 사과드리죠."

은지는 스피커를 통해 흘러나오던 자신의 목소리를 떠올렸다. 보통 날이었다면 어떤 진상 고객을 만나도 그렇게까지 들이받지 않았을 텐데, 어제는 보통 날이 아니었다. 하필이면 그런 날에 자신과 연결된 그 고객도 운이 없었단 생각이 들었다. 그리고 로얄카드!

이제 그곳과 무관한 사람이 되었지만, 그놈의 정이 뭔지 단호하게 끊어낼 수 없었다. 은지는 이런 상황을 알고도 모른 체할 만큼 냉정하지도 못했다. 그녀는 그저 조용히 침묵하는 것으로 대답을 대신했다.

3시간을 달려 도착한 곳은 항구의 도시 목포였다. 섬으로 가기 위해 이곳에서 배를 타야 했다. 여객선 터미널에 도착하니 배가 출발하기까지 한 시간 정도 여유가 있었다.

쉼 없이 달려온 지욱은 핸들에 잠시 고개를 파묻었다. 그때 조수석에 곤히 잠들어 있는 은지가 보였다. 아까부터 조용하다 싶었는데 잠이 든 모양이었다.

지욱은 내심 은지에게 고마운 마음이 들었다. 이제 로얄카드 직원도 아닌데, 왜 자신이 사과하러 가야 하냐고 안면 몰수할 수도 있었을 텐데 은지는 그러지 않았다. 지욱은 잠든 은지의 얼굴을 유심히 들여다보았다.

그의 앞에서 늘 치켜뜨던, 그래서 사납게 보이던 은지의 눈이 이렇게 온순한 모양인지 처음 알았다. 아기 같이 투명한 피부와 말랑말랑해 보이는 볼, 작고 아담한 코, 도톰하면서 분홍빛을 띤 입술이 제법 조화로운 얼굴이었다.

'이렇게 가만히 있을 땐 그래도 봐줄 만하네.'

지욱은 가만히 생각했다. 그때 그의 눈에 은지가 차고 있던 수산코너 앞치마와 남색 장화가 들어왔다. 아까는 그도 마음이 급한 탓에 은지가 어떤 차림인지 눈에 담을 겨를이 없었다. 그런데 이런 꼴로 여기까지 왔다니, 피식 웃음이 터졌다. 지욱은 잠든 은지가 깨지 않게 조심히 차에서 내렸다. 그리고는 긴 팔을 흔들어 택시를 잡아타고는 어딘가로 사라졌다.

잠에서 깬 은지는 눈앞에 펼쳐진 광경에 저도 모르게 소리를 질렀다.

"바다, 바다다!"

은지는 차 문을 열고 밖으로 뛰쳐나갔다. 바람이 뺨에 스치자 특유의 비릿한 바다향이 코끝으로 훅 끼쳐왔다. 그 순간 가슴속까지 뻥 뚫리는 청량감이 들었다. 비록 여행은 아니지만 일상에서 벗어나 이 먼 바다까지 와 있다는 게 믿기지 않았다. 요 며칠간의 마음고생이 조금은 씻겨 내려가는 것 같았다.

은지가 바다 내음에 흠뻑 취해 있는 사이, 까만 모범택시 한 대가 그녀의 뒤로 멈춰 섰다. 택시에서 내린 지욱은 바닷바람을 만끽하는 은지의 뒷모습을 한동안 지켜보았다.

"배 시간이 거의 다 됐습니다."

지욱이 그녀의 평화에 끼어들며 말했다. 놀란 은지가 돌아봤다.

"어디 갔었어요?"

"사람이 안 보이면 좀 찾고 그래야 하는 거 아닌가."

"어디 갈 거면 먼저 말을 하고 갔어야죠. 근데… 그건 뭐예요?"

은지가 지욱의 손에 들린 쇼핑백들을 내려다보며 말했다.

"설마 혼자 특산품이라도 사갖고 온 거예요?"

"내가 놀러왔습니까!"

지욱은 어이없다는 듯 대답했다.

"고객에게 용서를 구하러 가는데 빈손으로 갈 순 없지 않습니까."

은지는 그런가 보다 하고 고개를 끄덕거렸다. 그때 지욱이 성큼성큼 다가오더니 갑자기 그녀의 손에 쇼핑백 두 개를 턱 내려놓았다.

"뭐예요. 저보고 들라고요?"

은지는 괜히 짜증이 났다. 협조해달라고 사정할 땐 언제고.

그때 돌아서 가던 지욱이 말했다.

"저기 터미널 안 화장실에 가서 갈아입고 오세요."

"갈아입다니… 뭘?"

은지가 냉큼 쇼핑백을 열어보았다. 그 안에 신상 원피스 한 벌과 구두가 보였다.

"이거… 제 거예요?"

은지가 믿기지 않다는 듯 말했다.

"그런 꼴로 가는 건 고객에 대한 예의가 아니니까. 성의 없다는 오해를 받으면 우리만 손해 아닙니까!"

'누가 뭐라나.'

"이거 근데, 나중에 저한테 영수증 청구하는 거 아니죠?"

"그건 걱정 말고. 공적인 업무 수행을 위한 진행비에서 나가는 부분이니까."

'공적, 업무 수행, 진행비… 그런 딱딱한 말 빼고 그냥 주는 거다 하면 어디가 덧나나.'

은지는 사실 남자에게 옷과 구두를 선물 받은 게 처음이었다. 생각지도 못한 선물에 잠깐 기분이 좋아졌는데, 지욱의 딱딱한 해명을 들으니 그 기분이 반감되었다. 어쨌든 새 옷과 새 신발은 그 자체로 큰 설렘이었다.

십 분 정도 지나 은지가 쭈뼛쭈뼛 지욱이 있는 곳으로 걸어 나왔다. 단아한 네이비 컬러의 벨티드 원피스는 고급스런 브라운 허리 벨트가 포인트였다.

은지는 이렇게 허리선이 강조된 여성스러운 옷을 입는 게 왠지 어색했다. 구두는 또 어떠한가. 운동화 밑창이 빵 뚫릴 때까지 신던 그녀에게 7센티 높이의 구두는 마치 벽돌 하나를 발에 대고 허공을 떠다니는 것처럼 불편하고 낯설었다. 은지는 그런 자신의 모습이 우스꽝스럽게 비치진 않을까 괜스레 눈치를 보며 걸었다.

지욱은 은지의 모습에서 눈을 떼지 못했다. 고급스럽고 우아한 것을 고르는 안목이 둘째가라면 서러운 그였다. 하지만 짧은 시간 안에 낯선 여자의 옷을 고른다는 건 보통 일이 아니었다. 지욱은 여성의류 매장을 돌며 은지와 가장 체격이 비슷한 직원까지 찾았다. 옷을 고르며 몇 번이고 은지의 얼굴을 떠올렸다. 그리고 그녀에게 가장 잘 어울릴 만한 원피스를 한 벌 찾았다. 이 정도면 어울리겠지, 그는 마음속으로 어느 정도 확신했다. 하지만 눈앞의 은지를 본 지욱의 얼굴은 점점 어두워지고 있었다. 은지는 뭐가 잘못됐냐는 듯 지욱을 바라보았다.

"많이… 이상해요?"

은지가 조심스레 물었다. 지욱은 아무 대답이 없었다. 은지는 괜히 민망해서 더 큰 목소리로 물었다.

"왜요, 말해 봐요. 이상하냐고요. 원래대로 갈아입을까요? 앞치마랑 장화만 벗으면 뭐 티셔츠에 청바지는 무난하니까."

"아니, 지금 이대로 가죠!"

지욱이 은지의 말을 막아섰다. 지욱은 자신의 예상이 벗어난 것에 충격을 받았다.

'나쁘지 않군.'

옷이 날개라는 말이 괜한 게 아니었다. 지욱은 자신이 예상했던 것보다 더 아름다운 은지의 모습에 아무 말도 할 수가 없었다.

배에 오른 지 두 시간이 지나 목적지에 다다랐다. 여객터미널을 빠져나온 지욱은 내비게이션에 고객의 주소를 입력했다. 운명의 시간이 다가오자 은지는 아랫입술을 잘근잘근 깨물기 시작했다. 유선상이지만 언성을 높인 상대와 직접 얼굴을 마주하는 일이 썩 유쾌할 리 없었다.

'어제처럼 욕을 듣지는 않을까? 사과를 받아주지 않으면 어떡하지?'

별의별 걱정들이 쏟아졌다. 지욱은 그런 은지의 표정을 읽었는지 분위기를 바꾸기 위해 라디오를 틀었다.

〔나를 용서할 수 있나요. 미안해요.〕

하필이면 스피커를 통해 흘러나온 노래는 김건모의 '미안해요'였다. 은지의 낯빛이 이전보다 더 어두워졌다. 당황한 지욱은 얼른 채널을 돌렸다. 이번에는 영화음악을 소개하는 프로그램이 흘러나왔다.

〔이지연의 영화음악, 1993년 아카데미 감독상과 작품상 그리고 남우조연상과 편집상까지 모조리 휩쓴 명작이죠. 클린트 이스트우드 감독의 〈용서받지 못한 자〉 OST로 문을 열어봤습니다.〕

'용서받지 못한 자'라는 말에 지욱과 은지는 동시에 얼음이 되었다. 지욱은 손을 떨며 얼른 카 오디오를 껐다.

"참 들을 거 없네."

지욱이 혼잣말을 내뱉자, 은지는 무거운 한숨을 푹 내쉬었다. 20여 분을 달린 끝에 고객의 집 앞에 도착했다. 은지는 다시금 심호흡을 했다.

지욱이 초인종을 눌렀다. 그러자 덜컹, 소리가 나며 대문이 열렸다. 현관문으로 들어서니 50대 초반으로 보이는 남자가 두 사람을 기다리고 서 있었다.

"정말 올 줄은 몰랐는데…!"

그가 던진 첫마디였다.

"박상구 고객님 되시죠? 처음 뵙겠습니다. 로얄카드 도지욱 본부장입니다."

은지도 지욱을 따라 인사를 하려고 고개를 꾸뻑하고는 입을 열었다.

"안녕하세요. 로얄카드…."

"양은지 상담원이랬죠? 내가 그 이름을 몇 번이나 들었는데 모를까."

고객이 은지의 말을 끊고 말했다. 은지는 고객의 예상치 못한 반응에 놀랐다.

"네, 고객님. 맞습니다. 어제 일은 정말, 정말 죄송합니다. 제가 더 침착했어야 하는데."

"먼 길 오느라 욕봤을 텐데 일단 들어와서 이야기하십시다."

세 사람이 거실에 자리를 잡고 앉자, 고객의 어머니로 보이는 어르신이 상을 들고 들어왔다. 지욱이 얼른 일어나 상을 대신 받아 들었다. 싱싱한 해산물과 맑은 국물의 지리, 밥 세 공기, 소주 두어 병이 상 위에 올라와 있었다.

"내가 괜히 하는 말이 아니라, 진짜 로얄카드에서 이렇게 올 줄은 몰랐습니다."

고객이 다시 한 번 똑같은 말을 반복했다.

"고객님께서 기분이 상하셨고, 민원을 주셨으니 당연히 찾아뵙는 게 맞죠."

지욱이 차분한 목소리로 말했다.

"어디 대기업이고, 높은 사람들이 우리 말을 들어줍니까? 난 그래서 기대도 안 했어. 마지막 발악이라고 해야 하나. 한번 악다구니를 써본 거야. 그 이야긴 차차하고 먼 길 오느라 시장했을 텐데 한술 떠요."

고객에게 소박을 맞지 않을까 걱정했던 은지는 그제야 한시름을 놓았다. 그리고는 얼른 수저를 들었다. 그때 은지의 눈에 정갈하게 썰린 홍어회가 들어왔다.

"이거 흑산도 진품 홍어네요? 딱 보니 칠레산은 절대 아니고."

은지가 홍어회를 한 점 들고 말했다.

"젊은 아가씨가 그걸 어떻게 알아?"

고객이 두 눈이 커져서 물었다.

"제가 주말 알바로 마트 수산코너에서 일하거든요. 칠레산이랑 흑산도산 정도는 눈 감고도 구분해요. 그리고 칠레산은 이런 찰진 맛이 안 나요."

고객이 은지의 말에 웃음을 터뜨렸다.

"그럼 평일엔 콜센터에서 일하고, 주말에는 마트에서 알바를 하는 건가? 젊은 사람이 참 열심히 사네. 나도 얼마 전까지 아가씨처럼 투잡 했어요."

"정말요?"

은지가 반가운 듯 물었다.

"며칠 전에 20년 근속했던 버스 회사에서 잘리지만 않았어도. 그날이 그날이에요. 아가씨랑 통화한 날. 사장이 하루아침에 구조조정이다 뭐다 날 잘라버리더라고. 그래서 고향에 내려와서 술을 푸고 있는데, 로얄카드 회장 갑질 뉴스가 나오는 거야. 갑자기 속에서 욱 치미는 게. 나도 괜히 엉뚱한 아가씨한테 화풀이를 한 거지. 미안해요, 내가."

사과를 하러 왔는데 고객이 먼저 사과할 줄은 몰랐다. 남자의 사연을 들은 은지는 괜히 눈물이 핑 돌았다.

"그 마음 충분히 이해합니다. 20년이나 다닌 회사인데 하루아침에 잘리면 저라도 그랬을 거예요."

은지가 물기 어린 눈을 하고 말했다. 두 사람의 대화에서 소외된 지욱은 가만히 은지를 바라보았다.

'눈가는 또 왜 촉촉해진 거야, 이 여자.'

고객이 은지에게 소주 한 잔을 건넸다. 은지도 답례로 고객의 잔에 소주를 따랐다. 그렇게 주고받고를 하다 보니 금세 빈 병이 나왔다. 조금 술기운이 오른 은지의 목에서 고유의 솔톤 보이스가 되살아났다.

"사실 고객님! 저도 그날 정말 최악이었거든요. 그 전날 무려 6년이나 만난 남친한테 차였어요. 뭐 회사 간부 딸이랑 결혼을 한다나 뭐라나. 저보고 자기랑 급이 다르대요. 그런 말 듣고 마음은 괴로워 죽겠는데 밝은 척, 괜찮은 척 상담을 하려니까 정말 못 견디겠더라고요."

은지의 말에 고객은 고개를 끄덕이며 자기의 일인 양 맞장구를 쳐주었다.

지욱은 뜻밖의 이야기에 놀랐다. 처음 본 사람 앞에서 자신의 상처를 훤히 드러내는 저 용기하며, 순수함은 그 어디에서도 본 적 없는 것들이었다. 지욱의 눈에 볼이 발갛게 달아올라 재잘대는 은지의 모습이 들어왔다. 지욱은 그녀의 옆얼굴을 말없이 바라보았다.

술이 동나고 파장 분위기가 되자 지욱이 조심스럽게 무언가를 꺼냈다. 아까 준비해둔 쇼핑백과 로얄카드 로고가 적힌 흰 봉투였다.

"저, 고객님. 이건 저희가 사과의 의미로 준비한 겁니다. 받아주십시오."

그때 은지가 지욱의 손에 들린 흰 봉투를 보더니 미간을 찌푸렸다.

"저건 아까 산 선물이고, 근데 그건 뭐예요? 봉투… 설마 그거."

고객도 흰 봉투를 미심쩍은 얼굴로 쳐다보았다. 그러자 지욱이 부연설명을 하려는 듯 입을 열었다.

"저희 로얄카드에서 나온 상품입니다. 기프트 카드 개념으로 여기 적힌 금액 내에서 자유롭게 사용하실 수 있습니다. 사측 성의니까 부담 갖지 말고 받아주십시오."

고객의 눈이 봉투에 적힌 숫자에서 '0'의 개수를 세기 시작했다. 이윽고 그의 두 눈이 휘둥그레졌다.

그때였다. 은지가 봉투를 들고 있던 지욱의 손을 툭 쳤다.

"이런 게 문제라고요. 갑이 저지르는 흔한 실수! 을은 무조건 돈이라면 끔뻑 죽는 줄 알죠? 가진 거 없으면 돈에 환장하는 줄 알잖아요. 근데 그거 아니거든요. 그러니까 사람 마음을 돈으로 좌지우지하려고 하지 마세요!"

은지의 말에 잠시나마 '0'의 개수에 눈빛이 흔들렸던 고객은 마른침을 꿀꺽 삼켰다.

'저 카드면… 몇 달 생활비인데…. 에휴, 이 아가씬 세상 물정을 모르는 거야, 순수한 거야?'

아쉬운 마음은 굴뚝같았지만, 순수한 눈빛으로 말하는 은지를 보니 속내를 드러내기도 겸연쩍었다.

"그래요, 사과하러 여기까지 왔는데. 그걸로 충분합니다."

그때 은지의 눈이 시계로 향했다.

'밤 10시. 이 시간에도 배가 다니나? 곧 있으면 우리 동네 마을 버스도 끊길 시간인데.'

"그럼 저희는 이만 가보겠습니다. 사과 받아주셔서 감사합니다."

지욱이 정중하게 고개 숙여 인사했다. 은지도 얼른 꾸벅 인사를 건넸다.

"근데, 시간이… 배 다 끊겼을 건데. 어디 묵을 데라도 잡아놨어요?"

고객이 걱정스레 물었다. 은지가 묻고 싶은 질문이었다.

"걱정 안 하셔도 됩니다. 그럼 저희는 이만 가보겠습니다."

지욱은 배웅을 나왔던 고객이 먼저 들어가는 것을 확인한 뒤 걸음을 옮겼다.

밖은 새까만 어둠이 깔린 지 오래였다. 간혹 들려오는 개 짖는 소리가 마치 전설의 고향을 연상시켰다. 은지는 왠지 오싹한 기분에 몸을 잔뜩 웅크렸다.

"배 다 끊겼다는데, 숙소 잡아놓은 거예요?"

지욱을 뒤따라 걷던 은지가 걱정스러운 듯 물었다.

"아니."

'뭐라고?'

지욱의 뻔뻔한 대답에 은지의 머릿속에서는 흔한 드라마 속 전개가 펼쳐지기 시작했다.

'섬… 배가 끊김… 민박집에 남은 방은 꼭 한 칸… 그리고 그날 밤 쓰이는 또 다른 역사….'

갑자기 열이 확 받았다.

'이 남자 지금 나하고 뭐 하자는 거야?'

"갑시다!"

지욱이 말했다.

"가긴 어딜 가요! 본부장님, 아니 도지욱 씨! 그렇게까지 안 봤는데 진짜 짐승이네요."

은지가 들이받듯 소리쳤다.

"짐승?"

"그래요! 제가 없이 산다고 돈 많고 잘생긴 남자면 만사 오케이인 그런 여자로 보여요?"

"지금 뭐라는 겁니까!"

"맞잖아요. 그럼 왜 상황을 이렇게 몰아가는 건데요!"

그때였다.

부우우웅.

눈앞에 펼쳐진 검푸른 바다 저 멀리로 거대한 요트 한 대가 그들을 향해 다가오고 있었다.

은지는 눈앞에 펼쳐진 광경에 입을 다물지 못했다. 여객선이 아닐까 착각이 들 정도로 거대한 초대형 호화 요트가 그들 앞에 멈춰 섰다. 매끈하게 빠진 선체와 백금으로 꾸민 거대한 닻은 순식간에 그녀의 안구를 강탈했다.

“실망했습니까, 당신이 쓴 그 진부한 시나리오를 폐기해야 해서?”

지욱이 넋을 빼고 보고 있는 은지를 놀리듯 말했다.

“내가 언제 시나리오를 썼다고 그래요!”

“됐고. 어서 타시죠!”

지욱이 익숙하게 요트 쪽으로 걸음을 옮겼다. 그러자 요트 안에서 중후한 백발의 신사가 서둘러 달려왔다.

“도련님! 오랜만입니다.”

흰머리마저 고상하게 보이는 신사는 영화배우 숀 코네리를 빼다 박은 얼굴이었다. 은지는 호기심 어린 눈빛으로 그를 바라보았다.

“인사하시죠. 우리를 육지까지 데려다주실 선장님이십니다.”

지욱의 말에 은지는 고개를 꾸벅이고 인사했다.

“안녕하세요. 로얄카드 상담원 양. 은. 지. 아니….”

은지는 처음 보는 바다 사나이의 외모에 긴장했는지, 고객 응대용 멘트를 뱉어버렸다. 그녀의 얼빠진 모습에 지욱은 몰래 웃음을 삼켰다.

“저희 회사 직원입니다. 함께 출장을 왔다 시간상 배가 끊길 것 같아 급히 호출 드렸어요.”

‘회사 직원은 무슨. 엄연히 따지면 하루 전 강제 퇴사당한 억울한 실직자라고!’

은지는 속으로 생각했다.

"잘하셨습니다. 어서 타시죠, 도련님."

숀 코네리를 닮은 선장이 서글서글한 눈으로 말했다.

2층으로 이루어진 하얀 선체는 그야말로 물 위의 궁전이 따로 없었다. 어딜 가도 기죽지 않던 은지였는데, 호화요트가 뭐라고 괜히 위축되는 기분이었다. 그럼에도 아무나 쉽게 경험할 수 없는 곳에 와 있다는 생각에 마음이 들뜨기 시작했다. 그때 지욱이 그녀의 옆으로 다가왔다.

"두 시간만 가면 육지가 나옵니다. 괜찮다면 와인 한 잔 하시죠. 할 이야기도 좀 있고."

"할 이야기요?"

***

"이 안에 별게 다 있네요."

은지가 1층에 자리한 작은 갤러리를 지나며 말했다. 지욱은 걸음을 멈추더니 한 작품을 응시했다.

"바다 위에서 좋은 작품을 보면 또 다른 영감을 얻을 수 있습니다. 같은 것도 그게 있는 자리에 따라 다른 느낌을 주곤 하니까."

은지는 작품을 바라보는 지욱의 눈빛을 보며 잠시 생각에 잠겼다. 피도 눈물도 없는 사람이라고 생각했는데, 그의 말마따나 같은 사람도 있는 자리에 따라 다른 느낌을 주는구나 싶었다. 지금 그의 모습은 이제까지 그녀가 알던 것과는 사뭇 다른 느낌이었다.

"예전엔 요트에 지인들을 초대해 미술품 경매를 열곤 했죠. 혹시 이런 쪽에 관심 있습니까?"

지욱의 말에 은지는 손사래를 치며 말했다.

"경매요? 어시장에서 생선 경매 정도는 할 수 있겠죠."

그녀의 말에 지욱은 웃음을 빵 터뜨렸다.

'이 남자 웃을 줄도 아네?'

은지는 지욱의 낯선 웃음이 반가웠다. 갤러리와 연결된 공간에 아담한 와인바가 나왔다. 전시 공간 특유의 모던함이 그대로 이어진 와인바의 인테리어는 수려한 조형미를 자랑했다. 바에는 무려 500여 종의 와인이 최상의 상태로 보관되고 있었다. 20년 경력의 와인 소믈리에가 지욱을 반갑게 맞았다.

"도련님, 오랜만이시네요. 늘 드시던 걸로 준비할까요?"

"네, 두 잔 주십시오."

지욱과 은지 앞으로 루비색 와인이 놓였다.

"샤또 라피트 로쉴드. 라피트는 프랑스 보르도 지역 최고 와인 산지인 뽀이약 마을의 1등급 와인입니다. 한번 드셔보세요."

은지는 와인에 대해 설명하는 지욱의 나긋한 목소리에 귀를 기울였다.

'이 남자 목소리가 원래 이렇게 좋았었나?'

그런 생각이 들자 은지는 더 이상 내용에 집중할 수 없었다. 와인 잔을 든 지욱의 모습은 마치 한 폭의 그림 같았다. 그가 와인을 넘기자 목젖이 따라 움직였다. 은지는 그 모습을 숨죽이며 지켜보았다. 아까 고객과 마신 소주 때문일까. 은지는 왠지 이 남자에게 점점 취하는 기분이 들었다. 그런 마음을 꿀꺽 삼켜버리려는 듯 와인을 시원하게 한 모금 들이켰다.

지욱이 기대 어린 눈빛으로 대답을 기다렸다.

"처음 입속으로 들어왔을 때… 마치 향수병을 통째로 삼킨 것 같다고나 할까요."

"제가 들어본 비유 중 제일 적절하군요."

"근데 저한테 할 이야기가 있다고 하지 않았어요?"

"어제 일에 대해 제대로 사과를 못 한 것 같아서. 전후 사정도 알아보지 않고, 심하게 말한 것 미안합니다."

은지는 아무 대답이 없었다. 어렵게 말문을 연 지욱은 그녀의 얼굴을 슬쩍 살폈다. 그때 눈꺼풀이 내려앉은 은지의 얼굴이 보였다. 이윽고 그녀의 고개가 아래로 꾸벅 떨어졌다.

지욱은 금세 곯아떨어진 은지의 얼굴을 한동안 가만히 바라봤다. 발그레 달아오른 볼과 아이처럼 입가에 묻은 와인 자국까지. 은지를 보던 그의 얼굴에 잔잔한 미소가 번졌다.

지욱은 조심스레 손을 뻗어 은지의 입술 쪽으로 가져갔다. 그러다 멈칫했다.

'내가 왜 이러는 거지? 벌써 취한 걸까. 술이 약하긴 하나 와인 한 잔에 이런 적은 결코 없었는데.'

지욱은 당황하며 은지를 향해 뻗었던 손을 얼른 거뒀다. 그리고 은지를 흔들어 깨웠다.

***

“무슨 요트 객실이 우리 집보다 넓냐?”

2층 객실로 올라와 샤워를 마치고 나온 은지가 투덜거렸다. 그 순간 그녀의 뇌리에 번뜩 무언가가 스쳐지나갔다.

‘아차, 이러고 있을 시간이 없지! 내 인생에 또 언제 이런 초호화 요트를 타보겠어. 인증 샷! 인증 샷 남겨야지!’

은지는 휴대폰을 챙겨 객실을 나갔다. 그녀는 낯선 나라를 방문한 여행객처럼 요트 안을 휘젓고 돌아다녔다. 그걸로 모자랐는지 휴대폰 카메라를 켜 동영상을 찍기 시작했다. 카메라에 요트 곳곳이 생생하게 담기고 있었다. 그때 저 앞에 굳게 닫힌 문 하나가 보였다. 그 사이로 희미한 빛이 새어 나왔다. 은지는 무언가에 이끌리듯 그곳으로 다가갔다.

‘여긴 또 뭐하는 데야?’

은지가 비밀스런 방의 문을 힘껏 열어젖혔다. 방 안 사방으로 놓인 우람한 기둥이 보였다.

‘무슨 기둥이 이렇게 많아?’

기둥들 사이로 하얀 수증기를 내뿜는 거대한 온탕이 보였다. 고대 로마식 온탕 칼다리움을 본 따 만든 스파였다.

은지는 신기해서 카메라를 줌인하기 시작했다. 은지의 휴대폰 속에 낯익은 피사체가 등장했다. 탕에 들어가기 위해 샤워가운을 벗고 있는 한 남자! 바로 도지욱이었다.

은지의 휴대폰 카메라에 지욱의 구릿빛 몸이 고스란히 담겼다.

군살 하나 없는 탄탄한 상반신, 이태리 어느 박물관에 있다는 조각상이 눈앞에서 살아 움직이는 것 같았다. 잠깐 넋을 놓고 지켜보던 은지가 뒤늦게 소리쳤다.

"엄마야!"

소리에 놀란 지욱이 고개를 치켜들었다. 자신을 향해 휴대폰 카메라를 들이미는 은지가 보였다.

"지금 뭐하는 겁니까!"

"생각하시는 그런 거 아니에요!"

"휴대폰 어서 못 내려!"

은지가 그제야 치켜들고 있던 휴대폰을 얼른 내렸다. 그리고는 도망치듯 뒷걸음질 쳤다.

쾅!

정신없이 뒷걸음질 치던 은지가 그만 기둥에 부딪혀 주저앉고 말았다. 그 순간이었다. 착, 하는 소리와 함께 웅장하게 스파 안을 비추던 조명이 모두 꺼져버렸다. 그 안은 순식간에 어둠으로 뒤덮였다.

"뭡니까? 뭘 잘못 누른 거예요?"

탕에서 미처 나오지 못한 지욱이 소리쳤다.

"아니에요. 기둥에 부딪힌 것뿐이에요. 아무것도 안 눌렀다고요."

은지가 억울한 목소리로 말했다.

지욱은 애써 침착하게 마음을 다잡았다. 가운을 주섬주섬 챙겨 입고는 바닥과 벽을 짚으며 이동하기 시작했다.

"거기 가만히 있어요! 괜히 움직였다가 또 뭘 건드리기 전에."

"제가 건드린 거 아니라고요! 요트! 요트가 고장 난 거 아닐까요?"

지욱이 가소롭다는 듯 웃었다.

금세 벽을 짚고 은지가 있는 근처까지 왔다. 어두워서 아무것도 보이지 않았지만, 은지는 남자의 거친 숨소리가 가까워진 것을 느낄 수 있었다.

"거기서 뭐하는 거예요?"

"일단 나가봐야 할 것 아닙니까. 무슨 일인지 확인해야 하니까."

지욱은 손으로 벽을 짚어가며 점점 더 문 쪽으로 다가갔다.

"저기… 나는요!"

"거기 있어. 내가 나가서 알아보고 올 테니까."

지욱이 성가시다는 듯 말했다.

"이렇게 어두운데…. 나 무섭다고요!"

은지가 그녀답지 않게 기죽은 목소리로 말했다. 지욱은 말없이 긴 한숨을 내뱉었다. 그리고는 지나쳤던 벽을 되짚어 은지 쪽으로 다가갔다.

"내가 손을 뻗을 테니까, 잡고 일어나 봐요."

지욱이 신사처럼 말했다. 은지는 지욱의 손을 잡기 위해 허공을 휘저었다. 지욱이 은지 쪽으로 몸을 더 기울인 뒤 손을 뻗었다. 그리고 은지의 손을 찾아 나섰다. 허공을 빙 돌던 지욱의 손에 무언가가 툭 부딪혔다. 그것은 말캉말캉한 느낌이었다. 이윽고 은지의 비명이 터져 나왔다.

"지금 뭐하는 거예요! 어딜 만져요!"

하필이면 지욱의 손이 부딪힌 곳은 은지의 가슴이었다.

"성추행으로 신고할 거야!"

은지가 욱하며 소리쳤다.

"날 신고하기 이전에 몰카범으로 붙잡혀 있을 텐데."

지욱도 어금니를 꽉 깨물며 말했다. 그 순간 허공을 맴돌던 두 사람의 손이 탁 맞부딪혔다. 은지가 놀라 손을 확 떼었다.

"뭐합니까. 안 나갈 거예요?"

지욱이 다시 은지의 손을 찾아 확 낚아챘다. 그는 한 손으로는 벽을, 한 손으로는 은지의 손을 잡은 채 어둠을 뚫고 나갔다. 2층 실내를 나오자 제법 거친 바닷바람이 그들을 훑고 지나갔다. 지욱은 손을 더듬어 1층으로 내려가는 계단을 찾았다. 그리고는 그 앞에서 크게 심호흡을 했다.

은지는 자신의 손을 붙잡고 있는 지욱 때문에 미칠 지경이었다. 손바닥은 불이라도 난 듯 화끈거렸다. 긴장한 손에서 난 땀 때문에 마주잡은 두 손이 금세 축축하게 젖었다. 은지는 그게 괜히 부끄러웠다. 그래서 지욱의 손안에서 제 손을 둥글게 오므리며 빠져나가려고 안간힘을 썼다.

"뭐합니까, 지금!"

지욱이 어둠속에서 소리쳤다. 그 소리에 놀란 은지는 저도 모르게 뒤로 한 발짝 물러서다 그만 꽈당 자빠지고 말았다. 허나 저 혼자 넘어질 은지가 아니었다. 넘어지는 순간, 붙잡을 것을 찾던 그녀의 손에 무언가가 턱 하고 걸렸다. 은지는 그것을 억척스럽게 잡아당겼다. 지푸라기라도 잡아보겠다는 심정으로.

그 순간 지욱의 몸을 감싸고 있던 샤워 가운이 좌르륵 벗겨졌다.

은지의 손에 잡힌 동아줄은 바로 지욱의 몸을 덮고 있던 샤워 가운이었다. 의도치 않게 허물을 벗은 지욱은 부끄러움을 알게 된 에덴동산의 아담처럼 서 있었다. 다행인지 불행인지 짙은 어둠이 그를 감춰주었다.

“정말 가지가지 하는군!”

지욱이 가운을 집으려고 은지 쪽으로 조심히 움직였다. 한참 바닥을 더듬거리던 그의 손에 가운이 닿았다. 그가 그것을 잡아채려는 순간, 엉큼한 바람이 나무꾼처럼 그의 옷을 훔쳐 달아났다.

은지는 앞에서 무슨 상황이 펼쳐지는지 알 수 없었다. 그저 뭐라도 짚고 일어나야겠다 싶었다. 그녀가 팔을 뻗어 허공을 더듬기 시작했다. 그때 그녀의 손끝에 뭔가 딱딱한 것이 닿았다.

‘이게 뭐지?’

딱딱하면서도 탄력 있는 무언가가 만져졌다. 은지는 그 정체불명의 라인을 따라 손을 움직였다. 은지의 손끝은 지욱의 너른 가슴팍을 지나 굴곡이 적당한 팔 근육 부위를 쓸어내리고 있었다. 그녀의 손은 곡선을 따라 점점 아래로 내려갔다. 그때 몸의 주인이 정적을 깨고 말했다.

“대체 어디까지… 더듬을 작정입니까!”

지욱의 목소리에 깜짝 놀란 은지는 퍼뜩 손을 뗐다. 그리고 뒤늦은 비명을 질렀다.

“비명을 지를 사람은 당신이 아닐 텐데!”

지욱이 어금니를 꽉 깨물고 말했다. 그러자 은지가 호들갑을 떨며 소리를 빽 질렀다.

"왜 갑자기 옷을 홀딱 벗고 있는 거예요! 나한테 무슨 짓을 하려고?"

지욱은 어처구니가 없었다.

"보기보다 과감하더군! 남자 옷을 홱 벗기질 않나. 여기저기 더듬어대질 않나…."

"뭐라고요?"

"몰카 촬영 건과 방금 전 성추행 건은 여기에서 나가는 대로 책임을 물리겠어."

지욱이 먼저 자리에서 일어났다. 열이 받은 은지도 그를 따라 자리에서 벌떡 일어섰다. 그때였다.

"아악!"

은지의 입에서 고통스런 신음이 터져 나왔다. 아까 넘어질 때 접질린 오른쪽 발목이 문제였다.

"또 뭡니까!"

"발목, 발목이…."

은지의 말에 지욱은 한숨을 푹 쉬었다. 그러더니 긴 다리로 성큼성큼 다가와 그녀를 단숨에 번쩍 들어 안았다.

"지금 뭐하는 거예요!"

은지가 소리쳤다.

"당신이 또 무슨 사고를 칠지 모르니까. 이편이 제일 마음 편하겠어."

한 팔로 은지를 가뿐히 들어 안은 지욱은 한 손으로 벽을 더듬으며 계단 앞까지 갔다. 은지의 얼굴에 지욱의 가슴팍 살결이 부덮혔다. 아무것도 보이지 않는 어둠 속, 망망대해 위를 남자의 품, 그것도 이렇게 홀딱 벗은 남자의 품에 안겨 걷고 있다니. 은지는 숨이 막혔다. 지욱의 우렁찬 심장박동 소리가 그녀의 귓가에 전해졌다. 누군가의 심장소리를 이렇게 가까이에서 듣는 건 처음이었다. 지욱의 심장소리를 따라 은지의 심장도 터질 듯 뛰기 시작했다.

은지는 요동치는 두 심장 사이에서 정신을 잃을 듯 아찔한 얼굴이었다. 얼마나 갔을까. 무사히 1층까지 내려온 지욱은 은지를 바닥에 내려놓았다.

"여기 제발 가만히 있어요."

그 말을 하고는 바로 선장을 찾아 어딘가로 갔다.

"아저씨!"

그때 저 멀리에서 선장의 목소리가 들려왔다.

"도련님, 괜찮으세요?"

"갑자기 정전이 됐는데, 무슨 일입니까?"

"그게… 엔진 쪽에 기계 결함이 생겨서 지금 요트 항해가 중지된 상태입니다."

은지는 짜증이 솟구쳤다. 어쩌다 망망대해에서 표류하는 신세가 되었단 말인가. 공짜가 제일 비싼 거라던 엄마의 말이 새삼 떠올랐다. 공짜로 초호화 요트 구경에, 값비싼 와인까지 얻어 마셨더니 그 대가로 이렇게 바다 한가운데서 길을 잃게 되었다. 그것도 저 헐벗은 남자와 함께.

"나 내일 알바 가야 한단 말이에요! 이러다 알바마저 잘리겠네!"

은지가 어둠 속에서 쩔뚝거리며 어딘가로 걸음을 옮기기 시작했다.

"움직이지 마. 위험하다니까!"

"위험해봤자 바다에 빠지는 것 말고 더 있겠어요!"

그 말을 뱉을 때만 해도 은지는 알지 못했다. 자신이 발을 내딛은 그곳이 검푸른 바다로 이어지는 마지막 난간이었단 사실을. 은지의 입에서 비명이 터질 새도 없었다. 그저 바다가 그녀를 집어삼키는 무시무시한 소리만이 들려왔다.

푸우웅덩!

지욱과 선장은 소리가 난 곳으로 정신없이 뛰어갔다.

"이봐!"

지욱이 바다를 향해 소리쳤다. 하지만 그의 외침은 허공을 떠돌다 흩어져버렸다. 어둠만이 가득한 바다. 은지를 삼킨 바다는 거센 파도를 토해내기 시작했다.

지욱의 이성은 일순간 정지 상태가 되었다. 작은 결정 하나에도 철두철미한 계산과 정반합을 따지던 그는 어디에도 없었다. 그저 저기 저 깊은 곳에 빠진 한 여자를 구해야 한다는 생각뿐이었다. 지욱은 눈 깜짝할 새 은지가 발을 디뎠던 난간 위로 올라섰다. 그리고 누가 말릴 틈도 없이 새카만 바다 속으로 거침없이 맨몸을 날렸다.

지욱이 설마 바다에 뛰어들 거라고 생각하지 못했던 선장은 뒤늦게 비명을 질렀다.

"도련님! 도련님…! 말도 안 돼!"

10년 넘게 바닷물에 발 한 번 담그지 않았던 그가 물속으로 뛰어들다니! 선장은 두 사람을 집어삼킨 끔찍한 바다를 넋을 놓고 바라보았다.

은지는 깊은 바다 속으로 하염없이 가라앉고 있었다. 정신도 점점 희미해져 갔다.

'이제 다 끝이구나…. 너무 어둡고 추워. 더 이상은 못 버티겠어….'

은지의 눈이 힘없이 스르륵 감겼다. 그때였다. 희뿌연 시야로 커다란 품이 다가왔다. 그리고는 그녀를 와락 끌어안았다. 차가운 물살이 삼켜버린 몸에 따스한 체온이 조금씩 전해지기 시작했다. 은지는 마지막 남은 힘을 다해 눈을 떴다. 그리고 자신을 감싸 안은 존재를 응시했다.

'당신은…!'

이 차가운 심해에서 재회한 남자, 바로 도지욱이었다. 그가 촉촉한 눈빛으로 그녀를 보았다. 은지도 온 힘을 다해 그를 응시했다. 지욱의 눈을 이렇게 가까이서 보는 건 처음이었다. 마치 그의 눈빛이 그녀를 향해 말을 걸어오는 것 같았다.

'숨 쉬고 있어줘서 다행이라고….'

은지는 정신을 잃지 않으려고 안간힘을 썼다. 하지만 바다 안의 시간은 뭍보다 느린지 주체할 수 없는 나른함이 몰려왔다. 가녀린 눈꺼풀은 더 이상 버티지 못하고 스르륵 내려앉았다.

지욱은 한 팔로 그녀를 감싸 안은 채 거센 물살을 헤쳐 나가기 시작했다. 하지만 바다는 모든 것을 휩쓸어버릴 기세로 더욱 높은 파도를 만들어냈다. 혼자 빠져나가기도 힘든 상황이었다. 그러나

지욱은 은지를 놓을 마음이 전혀 없어 보였다.

***

"뭐라고? 누가 바다에 빠져! 우리 도블리가?"

"네, 그렇습니다. 아직 깨어나진 않으셨는데, 다행히 생명에는 지장이 없는 상태라고…."

수화기 너머 선장의 목소리에 정남은 뒷목을 잡고 자리에 주저앉았다. 그 모습은 철없는 겉모습 이면에 감춰져 있던 엄청난 부성애를 기대케 했다. 하지만 잠시 후, 그는 주먹으로 책상을 쿵 내리쳤다.

"못난 놈."

정남은 물에 빠진 아들을 걱정하기보다 원망했다. 그리고는 훤칠한 키에 2대8 가르마를 한 최 비서에게 빽 소리를 질렀다.

"최 비서, 어서 지리산 선녀님께 호출해!"

"네, 회장님!"

최 비서는 군기가 바짝 든 목소리로 말했다.

지리산 선녀는 재벌 총수들 사이에서 영험하기로 소문난 무속인이었다. 정남과 친한 영생그룹 최억만 회장은 10년 전 심장질환으로 생명이 위독한 상태였다. 그때 지리산 선녀가 그에게 99층짜리 건물을 지으면 장수할 수 있다고 했고, 최 회장은 지푸라기라도 잡는 심정으로 99층 건물을 올렸다. 그리고 10년이 지난 지금까지 건강하게 살고 있었다.

세상 두려울 것 없이 살아온 정남이었지만, 직접 목격한 지리산 선녀의 영험함을 무시할 수 없었다.

'당신 첫째 아들은 완벽한 후계자감이야. 하지만 그 녀석 말이지, 절대 바닷물에 들어가선 안 돼! 그 아이가 바다에 몸을 담그는 순간, 회사는 침수되듯 순식간에 잠길 거야. 들린다, 들려! 사람들의 원성과 불만이…! 하루아침에 회사 문을 닫고 싶지 않거들랑 절대 녀석을 바다에 보내지 마.'

지리산 선녀의 살벌한 경고 때문에 정남은 지욱에게 바다 접근 금지령을 내렸다. 바다수영과 스쿠버다이빙 등 수상 스포츠를 즐겨하던 지욱은 아버지의 뜻을 쉽게 받아들일 수 없었다.

'지금이 어떤 시대인데, 그런 미신을 따라야 합니까!'

지욱이 강하게 반발했지만 정남은 뜻을 굽히지 않았다.

'못 따르겠다면 하는 수 없지! 후계자 자리를 포기하는 수밖에!'

'아버지…!'

지욱은 아버지의 고집에 할 말을 잃었다. 그럼에도 후계자 자리를 절대 포기할 수 없었다. 그는 무슨 일이 있어도 그 자리를 지켜야 했다. 정남도 지욱만큼 완벽한 후계자가 없을 거라는 걸 잘 알고 있었다. 대신 상심한 아들을 위로하는 차원에서 1년에 한두 번 요트를 타고 휴가를 즐길 수 있게 해줬다. 절대 바다에는 들어가지 않는다는 전제로. 헌데, 그런 아들이 약속을 어기고 바다에 빠지다니! 정남은 치밀어 오르는 화를 주체할 수 없었다.

3

고맙습니다, 살아줘서

응급실로 옮겨진 지욱과 은지는 여전히 깊은 잠에 빠져 있었다.

지욱은 꿈속에서 여섯 살, 작은 소년의 모습이었다. 소년은 작은 팔과 다리를 움직여 광활한 바다를 헤엄쳐 나갔다. 끝이 보이지 않는 수평선 너머, 저 먼 곳으로 떠난 엄마를 만나기 위해서.

'엄마는 저 바다 건너 멀리로 갈 거야.'

그게 엄마가 어린 지욱에게 남긴 마지막 말이었다. 지욱은 바다를 건너면 엄마를 만날 수 있을 줄로만 알았다. 그래서 더 열심히 바다수영을 익혔다.

'지욱아, 넌 어두운 음지가 아니라, 볕이 잘 드는 양지에 살아. 누구보다 당당하게. 너는 그래야 돼.'

어린 지욱은 엄마의 말을 이해할 수 없었다. 헤엄을 치던 여섯 살 아이는 어느새 어른이 된 모습으로 거친 물살을 헤쳐 나가고 있었다. 그런 그의 눈앞에 바다에 빠져 허우적대고 있는 누군가가 보였다. 사나운 말처럼 날뛰던 여자, 두려움이라고는 모를 것 같던 그녀가 깊은 바다에 빠져 허덕이고 있었다. 잔뜩 겁에 질린 눈을 하고선.

지욱은 그 얼굴에서 그가 애타게 찾던 모습을 보고야 말았다. 엄마, 자신을 부둥켜안고 울부짖던 엄마의 겁에 질린 눈이 떠올랐다. 절규하던 목소리도.

'그래요, 저 잘한 거 없어요. 세상 사람들이 손가락질 하는 회장님 세컨드예요. 그래서 늘 숨어서 조용히 살았잖아요. 저도 제가 죄인인 거 알지만, 이 말만은 드리고 싶어요. 다 가져가셔도 좋아요. 애초에 제 것도 아닌 것들이었으니까…. 하지만 이 아이, 이 아이만은 데려가지 마세요. 아무리 큰 죄를 지었어도, 부모 자식 사이를 갈라놓을 순 없어요.'

그리고 그 위에 또 한 명 익숙한 여자의 목소리가 덧대어져 울렸다.

'보이지 않는 곳에 있다고 늘 참아야 하나요! 이런 곳에서 전화나 받는 사람들은 감정도 없냔 말이에요! 잘나신 본부장님께서는 모르시잖아요. 죄인이라도 된 듯, 늘 을처럼 굽히며 사는 이 생활. 저희도 감정이 있어요. 설령 우리가 진짜 죄인이라도 말이죠. 죄인도 감정이란 게 있다고요. 슬픔도 알고요, 아픔도 알아요!'

두 목소리 모두 슬펐다. 두 목소리 모두 안타까웠다. 거센 파도 속에서 다른 듯 닮은 두 목소리가 뒤섞여 흘렀다.

지욱이 긴 꿈속을 헤매는 사이 은지가 먼저 정신을 차렸다.

굳게 닫혔던 눈꺼풀이 열리자 환한 조명이 아스라이 나타났다. 그 빛과 함께 아찔했던 추락의 순간이 되살아났다.

'맞다, 바다에 빠졌지!'

은지는 살아있음에 안도하는 것도 잠시, 다시 심장이 쿵 내려앉았다. 기억 속 마지막 장면이 번뜩 떠오른 것이다. 차갑게 식어가던 그녀의 곁으로 다가온 커다란 누군가의 품. 그리고 그 품이 전해주던 따스한 온기.

'그 남자…. 도지욱은?'

은지는 응급실 침대에서 벌떡 일어났다. 그리고는 두리번거리며 주변을 살폈다. 하지만 가림막 때문에 다른 사람의 침대를 볼 수 없었다.

은지는 무거운 몸을 일으켜 세워 가장 가까운 침대로 다가갔다. 그리고는 눈앞에 펼쳐진 하얀 가림막을 살며시 젖혔다. 은지는 경기를 일으키며 뒷걸음질 쳤다. 가림막 사이로 피 칠갑을 한 남자가 보였다.

은지는 덜컥 겁이 났다. 하지만 확인을 해야만 했다. 그녀는 다시 마음을 굳게 먹고 조심스레 그 침대 쪽으로 다가갔다. 조심스럽게 피 칠갑을 한 사람의 얼굴을 확인했다.

'휴우….'

자기도 모르게 안도의 한숨이 새어나왔다. 그녀의 눈앞에 있는 남자는 지욱이 아닌 낯선 이였다. 한참을 안도하던 은지는 어느 순간 눈앞의 남자에게 미안한 마음이 들었다.

"많이 아프실 텐데 제가 찾는 사람이 아니라고 쉽게 안도해버

려서 죄송해요. 함부로 불쑥 들어온 것도 죄송하고요. 어서 완쾌하시길 바랄게요."

은지는 그 말을 남기고 재빨리 걸음을 돌렸다. 마음이 더 무거워졌다. 그녀의 앞에 또 다른 가림막이 보였다. 은지는 그 앞에서 잠시 기도했다.

'그래요. 피 칠갑을 해도 좋으니까, 제발, 제발… 숨 쉬고 있어주세요!'

피 칠갑을 한들 어떠하리, 살아있어 준다면.

은지는 조심스럽게 눈앞의 가림막을 열어젖혔다. 그 순간 그녀의 동공이 확장되었다. 남다른 기럭지로 응급실용 간이침대가 비좁아 보이는 한 남자가 보였다.

은지는 흔치 않은 실루엣을 보고 그가 지욱이라는 것을 금방 알아차렸다. 그래도 확인은 필수였다. 은지는 재빨리 그의 곁으로 다가갔다. 흔치 않은 기럭지만큼이나 흔치 않은 이목구비가 조용히 잠들어 있었다. 지욱의 얼굴을 보자 한없이 졸이고 있던 마음이 스르륵 놓였다. 비로소 진짜 안도의 한숨이 터져 나왔다.

"고마워요. 정말 고마워요. 살아있어 줘서. 이렇게 숨 쉬고 있어줘서."

은지의 눈에서 뜨거운 눈물 한 줄기가 떨어졌다. 촉촉이 젖은 그녀의 눈이 지욱의 너른 가슴에 가 닿았다. 차갑게 식어가던 그녀의 몸을 와락 끌어안던 품, 그 품이 전해주던 따스한 온기. 그 생생한 느낌이 다시금 되살아나는 것 같았다. 처음이었다. 그렇게 따뜻한 느낌은.

한없이 지욱의 품을 보던 은지는 생각했다. 이번에는 자신의 차례라고. 차가운 그의 품에 은지도 자신이 받았던 것 같은 따스한 온기를 전해주고 싶었다. 혹시, 혹시라도 그가 자신처럼 추워하며 떨고 있을지 모르니까.

은지는 무언가에 이끌리듯 지욱의 품을 향해 다가갔다. 그리고 가만히 몸을 숙여 잠든 지욱의 품으로 고개를 파묻었다. 귓가에 안정적으로 뛰고 있는 지욱의 심장소리가 들려왔다. 청승맞게 또 눈물이 떨어졌다.

"심장소릴 보니… 죽진 않겠다."

은지가 혼잣말을 뱉었다. 그때였다. 일정하게 뛰던 지욱의 심장 박동이 갑자기 급격하게 요동치기 시작했다. 은지는 잘못 들었나 싶어 그의 품에 더 깊이 고개를 파묻었다. 그 순간 심장소리 너머 익숙한 목소리가 들려왔다. 도도한 남자의 목소리!

"감당할 수 있겠습니까?"

'응?'

놀란 은지의 동공이 순간적으로 커졌다.

"몰카 촬영, 성추행 그리고 지금 심신 미약자를 상대로 한 추행까지. 꽤나 중한 처벌이 예상되는데… 감당할 수 있겠냐고?"

이 와중에도 논리 정연한 그의 목소리에 은지는 온몸이 얼음처럼 굳어버렸다. 그녀의 모든 사고가 일순간 정지되었다. 얼굴도 터질듯 시뻘게졌다. 지욱의 가슴팍에 파묻고 있는 얼굴, 그것을 얼른 떼어내야 하는데 또 그러기에는 홍당무가 된 얼굴을 들키는 게 창피했다. 은지는 이러지도 저러지도 못하고 굳어 있었다. 그때였다.

"고맙습니다."

지욱이 나지막이 말했다. 은지는 생각지도 못한 말에 놀랐다.

"뭐, 뭐… 가요?"

"…살아줘서."

지욱의 말에 은지는 심장이 다시 한 번 쿵 내려앉았다. 그녀는 무슨 말을 해야 할지 몰랐다. 모든 말은, 모든 마음은, 갈피를 잡지 못하고 허공을 떠돌았다. 그때 은지의 심각해진 얼굴을 보던 지욱이 말을 이었다.

"나 혼자 살았으면 당신이 나한테 저지른 이 만행들… 다 묻힐 뻔했잖아."

'그럼 그렇지!'

은지는 순간 붕 떴던 마음이 금세 낭떠러지로 떨어지는 기분이었다.

'뭐야, 지금 사람 마음을 가지고 노는 거야?'

더 이상 지욱의 품에 있을 수는 없었다. 은지는 그의 품에서 고개를 떼려고 몸에 힘을 바짝 주었다. 헌데 이게 무슨 일인지 몸이 움직이지 않았다.

'어?'

지욱의 튼튼한 팔이 은지를 붙잡은 채 버티고 있었다. 그녀가 자신의 품에서 도망치지 못하도록.

"그대로 있어요. 아직 한기가 가시질 않아서."

지욱은 두 팔로 자신의 품에 기댄 은지를 감싸 안았다. 바닷물을 많이 먹어서일까. 은지는 속이 울렁거리기 시작했다. 지금 자신에게 펼쳐진 이 모든 상황들 때문에 정신을 차릴 수가 없었다.

'나도 모르겠다, 정말!'

은지는 모든 이성의 끈을 내려놓고, 그의 품에 안겼다.

***

정남은 지리산 선녀를 목이 빠져라 기다렸다. 그때 기다리던 노크 소리가 들려왔다. 드디어 올 게 왔구나 싶었다. 이윽고 회장실 문이 열렸다.

헌데 오매불망 기다리던 선녀는 보이지 않고 최 비서가 태블릿 PC를 들고 심각한 얼굴로 다가왔다.

"뭐야, 선녀님은 아직이야?"

"저, 그보다… 회장님께서 먼저 확인하셔야 할 게 있습니다."

최 비서가 어두운 얼굴로 태블릿 PC를 내밀었다.

"아, 뭔데 그래? 업무 관련된 거면 도블리 아니, 도지욱 본부장 출근하면 넘기라니까."

정남이 만사 귀찮다는 듯 말했다. 그러자 최 비서는 난처한 듯한 얼굴로 어렵사리 입을 뗐다.

"지금 보셔야 합니다, 회장님. 아무래도 회사에 큰 문제가 생긴 것 같습니다."

최 비서의 말에 정남은 두 눈이 휘둥그래졌다.

'큰 문제라니!'

그 순간 정남의 귓가에 언젠가 들었던 지리산 선녀의 앙칼지고 단호한 목소리가 스쳐지나갔다.

'절대 바닷물에 들어가게 해선 안 돼! 그 아이가 바다에 몸을 담그는 순간, 회사는 침수되듯 순식간에 잠길 거야.'

정남은 공포에 질린 눈으로 태블릿을 휙 잡아챘다. 태블릿PC에서 최 비서가 말한 큰 문제를 발견한 그의 두 눈이 튀어나올 듯 커졌다.

"이게 뭐야! 로얄카드 막말 상담원?"

정남은 실시간 검색어 1위에 뜬 글씨를 눈으로 따라 읽었다. 그의 두 눈이 부들부들 떨리기 시작했다.

1위 로얄카드 막말 상담원

…

5위 양은지

…

10위 막말 상담원 MP3파일

…

17위 로얄카드

…

20위 도정남 회장 갑질

"최근 회장님과 관련된 갑질 논란으로 여론이 많이 안 좋아진 상태에서, 상담원까지 막말을 한 게 퍼져 논란이 된 것 같습니다."

"비, 빌어먹을…."

정남은 순간 정신이 아득해져, 뒷골을 잡고 휘청거렸다. 부축하려는 최 비서의 손도 뿌리쳤다. 지리산 선녀의 예언이 그대로 이루어지기 시작한 것이다.

"이… 이 빌어먹을 상담원 지금 어디 있어!"

최 비서가 고개를 저었다.

"지욱이 이 자식은 일이 이 지경이 되도록 대체 뭘 한 거야?"

정남의 거친 고함소리가 쩌렁쩌렁 밖으로 울려 퍼졌다.

***

지욱은 은지를 품에 안고서 다시 잠이 들었다. 마치 바다에서 그녀를 잃지 않으려 온힘을 다해 끌어안던 그 모습 같았다.

그의 품에 얼굴을 파묻고 있던 은지는 요동치는 심장 때문에 어쩔 줄을 몰랐다. 침을 삼키기도, 숨을 편히 쉬기도 힘들었다. 은지는 더 이상 참지 못하고 그에게서 떨어지기 위해 몸을 일으켰다.

하지만 자신을 끌어안은 남자의 힘이 얼마나 센지, 그 힘을 이기지 못하고 다시금 그에게로 떨어지고 말았다. 그런데 하필이면 은지의 얼굴이 떨어지는 그곳에 지욱의 붉고 도톰한 입술이 있었다.

충격에 놀란 지욱이 두 눈을 동그랗게 떴다. 은지도 커진 눈으로 지욱을 응시했다. 두 사람은 입술을 포갠 채 서로의 커진 눈을 바라보았다. 얼마나 놀랐는지 두 사람 모두 얼음이 되어버렸다. 은지의 머리는 어서 입술을 떼어야 한다고 소리치고 있었지만, 몸이 말을 듣지 않았다. 마치 바다에 빠졌을 때처럼 머릿속이 아득해졌다. 그때였다.

꼬르르륵!

모든 것이 멈춰버린 듯 아득한 순간에도 그녀의 배꼽시계는 열

일을 하고 있었다. 은지는 자기 배에서 난 소리에 놀라 확 몸을 뗐다. 그리고 민망한 듯 시선을 피했다.

지욱은 은지의 호들갑스러운 모습에 피식 웃음을 지었다.

"상습범이군, 당신. 죗값은 치를 때 치르더라도 우선 밥부터 먹을까."

지욱과 은지 앞에 놓인 넓적한 냄비에서 시뻘건 국물이 보글보글 끓고 있었다. 은지가 군침을 흘렸다.

"정말 대단하군!"

지욱이 못 말린다는 듯 고개를 저으며 말했다.

"뭐가요?"

은지는 영문을 모르겠다는 듯 그의 얼굴을 보았다.

"바다에 빠졌다 나온 지 얼마나 됐다고… 매운탕이라니."

"바닷물을 얼마나 마셨는지 속이 엄청 울렁거린다고요. 이렇게 얼큰한 국물로 속을 좀 달래줘야죠."

은지가 나름대로 논리를 펼쳤다. 지욱은 그게 재미있다는 듯 건성으로 고개를 끄덕거렸다.

"많이 드십시…."

지욱이 말을 채 마치기도 전에 은지는 이미 뻘건 국물을 떠먹고 있었다. 이마에 땀이 송골송골 맺히는지도 모르고 정신없이 매운탕을 흡입했다.

얼마나 지났을까. 너무 달렸는지 금세 배가 불러왔다. 지욱은 아직 몇 수저 뜨지도 않았는데, 은지는 금세 밥을 반 공기 넘게 먹은 상태였다. 조금 숨을 돌리려는 듯 은지는 뒤로 물러나 앉았다. 그리고는 지욱 쪽으로 시선을 던졌다. 그때, 그녀의 눈에 매운탕 국물에 붉게 물든 지욱의 입술이 들어왔다. 아까 전 의도치 않았던 입술 박치기 때문이었다. 무슨 음란마귀라도 붙었는지 그녀의 머릿속은 순식간에 지욱의 입술로 가득 찼다.

매운탕 국물을 흡입하는 입술, 국물이 스며든 입가와 그곳을 다시는 붉은 혀. 은지는 더는 못 보겠다는 듯 눈을 꾹 감았다. 은지의 양쪽 뺨 위로 홍조가 슬며시 번졌다. 지욱이 침묵을 깨며 말했다.

"입술… 입술이 참 도톰하네."

그의 말에 은지는 숨이 막히는 기분이었다. 마치 자신의 속마음을 들키기라도 한 듯 부끄러워졌다. 은지의 턱이 낮게 수그러들었다.

'이 남자… 뭐야, 왜 부끄럽게 입술 타령이야.'

그때, 무언가를 탁탁 치는 소리가 들려왔다. 은지가 스르륵 고개를 들었다. 지욱이 냄비 속 메기 대가리를 젓가락으로 치고 있었다.

"이것 봐. 입술 진짜 도톰하지 않습니까?"

지욱이 젓가락으로 메기 입술을 가리키며 천진난만하게 물었다. 은지는 황당하다는 얼굴로 탕 속에 빠진 메기 대가리를 바라보았다.

'메기 입이 다 그렇지 뭐. 메기 처음 보나. 난 수산코너에서 실컷 봤다고!'

그 순간이었다.

"맞다, 알바!"

생선 대가리를 보고 있노라니, 밥줄인 수산코너 아르바이트가 떠올랐다.

“주말 알바에서 하루는 업무 중 이탈, 또 하루는 무단결근… 이건 보나 마나….”

그때 지욱이 은지의 말을 끊고 물었다.

“그 알바 하면 얼마나 법니까?”

“그건 왜요!”

“당신, 근무 기록을 검토했는데, 매분기마다 친절 상담원으로 뽑혔더군. 그런데도 2년 동안 연봉인상이라든가, 인센티브를 받은 기록이 전혀 없었어.”

“그래요! 로얄카드! 그런 식으로 인재를 관리하면 안 된다고요.”

은지가 허벅지를 치며 말했다.

“그래서 말인데, 그 주말 알바로 버는 금액만큼 연봉을 인상해 당신을 우리 로얄카드에 스카우트하고 싶은데.”

“뭐? 그러니까 복직하라는 말씀이신가요?”

“복직이 아니라! 당신, 지금 우리 회사 사람도 아니잖아. 당신의 친절 상담 이력과 업무 능력을 보고 스카우트 하는 겁니다. 이번에 고객을 만나 민원을 완만히 해결하는 모습을 보면서 직무능력이 훌륭하다는 걸 다시 한 번 확인했으니까.”

“설마… 어제 오늘 있었던 일 때문에 이러시는 건 아니죠? 그러니까….”

“내가 그런 사람으로 보입니까? 공과 사는 확실히 하는 게 내 철칙입니다.”

그 말을 할 때 지욱은 그 어느 때보다도 냉철한 얼굴이었다.

'근데 공과 사? 그렇다면 우리에게 서로만 아는 사적인 영역도 생겼단 건가?'

은지의 가슴이 다시 콩닥콩닥 뛰기 시작했다. 인생에 꼭 파도만 치란 법은 없는 것 같았다. 그녀의 마음속에 또 다른 희망이 샘솟기 시작했다.

두 사람이 식당에서 나오자, 선장이 뛰어왔다.

"도련님, 한참을 찾았습니다. 두 분 다 괜찮으세요?"

"네, 이제 괜찮습니다. 본의 아니게 심려를 끼쳐드렸네요."

"저는 두 분이 무사하신 것만으로 괜찮습니다."

선장이 서글서글한 눈으로 말했다. 그러더니 무언가 기억났다는 듯 주머니를 뒤적였다.

"도련님, 아까부터 계속 같은 번호로 전화가 오는 것 같더군요."

선장이 지욱에게 휴대폰을 건넸다. 지욱은 통화목록을 확인했다.

"여기, 아가씨 가방도."

선장은 다른 손에 들고 있던 가방을 은지에게 건넸다.

"감사합니다, 선장님."

은지가 꾸벅 인사를 하며, 가방을 전해 받았다. 통화목록을 확인하던 지욱은 부재중 15통을 남긴 번호로 전화를 걸었다. 신호음이 채 몇 번 울리기도 전에 전화를 받았다.

〔로얄카드 도지욱 본부장님 맞으시죠?〕

다급한 목소리의 주인은 흑산도에서 만났던 고객이었다.

“흑산도에서 뵈었던?”

〔예, 예. 맞습니다. 아이고… 이걸 죄송해서 어떻게 해야 하나….〕

고객은 근심 가득한 목소리로 횡설수설했다.

“….”

〔제가 로얄카드로 보낸 그 파일이, 어떻게 된 일인지 인터넷에 퍼졌습니다. 아이고, 이를 어째….〕

“그게 무슨 말씀입니까?”

〔저도 일이 어떻게 이렇게 된 건지…. 아무래도 내가 그때 로얄카드로 메일을 보낸다고 들렀던 PC방에, 거기에 파일을 그대로 두고 온 것 같아요. 그걸 누가 보고 인터넷에 올린 게 아닌가….〕

고객은 난처한 목소리로 정황을 설명했다.

지욱의 얼굴은 점점 어두워져갔다. 은지는 무슨 영문인지 몰라 그의 얼굴만 가만히 보았다. 그때 은지의 가방에서 요란스러운 진동이 울려왔다.

은지는 지욱이 있는 곳에서 조금 떨어진 곳으로 갔다. 그리고 통화 버튼을 눌렀다. 발신자 표시에 낯선 지역번호가 보였다. 은지는 누구인지 알겠다는 듯 익숙하게 화면을 보았다. 아빠는 빚쟁이들을 피해 이 도시 저 도시를 떠도는 중이었다. 그러다 꼭 돈이 떨어지면 은지에게 전화를 걸어왔다. 오늘이 그날이구나 싶었다.

〔은지야! 대체 어떻게 된 거냐?〕

휴대폰 너머로 잔뜩 고조된 아빠 철수의 목소리가 들려왔다.

“설마 소식 들은 거야?”

은지가 조심스럽게 물었다.

〔그럼! 모를 리가 있어? 어쩌다 그렇게 된 거야!〕

은지가 고개를 갸우뚱했다. 지금 아빠는 내가 어디 있는지도 모를텐데.

“어떻게 알고….”

아빠가 은지의 말을 끊고 소리쳤다.

〔아니, 막말 상담원이라니!〕

“어? 뭐?”

〔로얄카드 막말 상담원이라고 인터넷에 아주 난리가 났는데 나라고 모를 리가 있어? 대한민국 국민들 다 아는데!〕

그 순간 은지는 무언가에 머리를 쾅 하고 부딪힌 듯 멍해졌다.

‘뭐? 무슨 상담원? 막말 상담원?’

“아빠, 좀 이따 다시 통화해. 먼저 끊을게.”

은지는 급한 마음에 얼른 전화를 끊었다. 그리고 바로 인터넷을 켰다. 익숙한 초록색 창이 나타났다. 그 옆으로 실시간 인기 검색어가 보였다. 확인하던 은지의 두 눈동자가 요동치듯 떨리기 시작했다.

‘말도 안 돼….’

익숙한 포털 창에 어울리지도 않게 자신의 이름이 떡하니 박혀 있었다. 은지는 떨리는 손으로 ‘막말 상담원 MP3파일’이라는 이름으로 올라온 음성파일을 눌렀다.

매일 듣는 목소리. 익숙한 것이지만, 휴대폰 스피커 너머로 흘러나오는 그 목소리는 참 낯설게 느껴졌다. 다시 들어도 앙칼지고

못난 목소리.

〔고객님 마음대로 하세요! 저 말이죠, 동네북 아니거든요!〕

은지는 차마 더는 듣지 못하고 정지 버튼을 눌렀다.

'대체 이게 왜 여기에 올라온 거지…? 바다에 빠진 동안 무슨 일이 있었던 거야?'

은지는 자신에게 벌어진 이 모든 일들을 믿을 수 없었다. 우선 바람을 좀 쐬고 싶었다. 그러면 정신이 들 것 같았다. 넋이 반쯤 나간 채 은지는 낯선 거리를 걷기 시작했다.

지욱은 사라진 은지를 찾아 사방을 뛰어다녔다. 하지만 그녀의 모습은 그 어디에도 보이지 않았다.

"도련님!"

중저음의 목소리가 그를 불러 세웠다. 지욱이 고개를 돌렸다. 그의 뒤로 아버지 정남의 경호원들이 보였다.

"회장님께서 지금 당장 모셔오라고 하셨습니다."

"내가 지금 급히 볼일이 있습니다. 나중에 가도록 하죠!"

지욱이 돌아서자, 우람한 덩치의 경호원이 그의 앞을 막아섰다.

"죄송합니다. 지금 당장 모셔오라고 하셔서요. 말이 통하지 않으면, 수단과 방법을 가리지 말고 무조건 모셔 오라고 하셨습니다. 그럼."

경호원이 단숨에 지욱의 손목을 휘어잡았다. 그러자 지욱이 그 손을 세게 뿌리쳤다.

"아버지가 당신한테 내 손목을 분지르라는 명령도 했나?"

경호원이 고개를 숙이고 말했다.

“죄송합니다, 도련님. 회장님께서 지금 워낙 급히….”

“그런 간단한 일이나 하라고 아버지가 당신에게 월급 주는 건 아닐 텐데?”

덩치가 산만 한 경호원은 지욱의 매서운 눈빛 앞에, 마치 호랑이 앞의 쥐마냥 움츠러들었다.

“좋아, 갑시다. 내가 직접 물어봐야겠으니까.”

지욱이 제 발로 차에 올라탔다.

***

서울 이태원동의 단독주택.

높이 4미터, 길이 300미터에 달하는 거대한 담장 너머로 도정남 회장의 대저택이 보였다. 도정남 타운으로 불리는 이 저택은 무려 세 개의 동에, 주차장 출입구만 다섯 개나 되는 거대한 곳이었다. 건물 안에 자체 발전기와 굴뚝, 냉각탑을 갖춘 타운은 국내에서도 유일무이한 곳이었다.

다섯 개의 출입구 중 정남만이 이용하는 그곳으로 지욱이 탄 차가 들어섰다.

지욱이 현관으로 들어서자 그의 앞으로 와장창 유리 깨지는 소리가 들려왔다. 정남이 던진 술잔이었다.

“네가 나를 배신해?”

정남은 얼굴이 붉으락푸르락해져서 소리쳤다.

"그저 사고였어요."

"사고? 그저 사고라고? 네가 바다에 빠진 지 하루도 안 돼 이 사달이 났는데. 이게 그래도 사고야?"

"우연의 일치일 뿐입니다."

지욱이 담담한 목소리로 말했다.

"넌 나와 한 약속을 어겼어. 회사를 이 지경으로 만들어놨고! 더 이상 후계자 자리에 미련은 없는 거겠지?"

"사람 목숨이 달린 일이었습니다."

"너 말고 요트에 사람들도 있었을 텐데… 굳이 네가 들어간 이유가 뭐야! 그 일개 상담원이 뭐라고?"

"일개 상담원이 아닙니다. 누군가에게는 소중한 존재예요."

'내 어머니처럼. 아버지에게는 그저 스쳐간 보잘것없는 존재였는지 몰라도.'

"뭐?"

지욱의 말에 열이 오른 정남은 손가락 마디에 핏기가 가실 정도로 두 주먹을 꽉 쥐었다.

"누군가에겐 소중한 존재? 설마 네가 그 여자를 그렇게 생각하는 게 아니고!"

정남이 악에 받쳐 소리쳤다. 그러자 지욱이 고개를 치켜들고 아버지를 응시했다. 그리고 말했다.

"…그럴지도 모르죠!"

"뭐어?"

지욱의 말에 정남은 뒤로 넘어갈 듯 비틀거리며 소파에 주저앉았다.

***

로얄카드 사옥.

불 꺼진 복도 끝 본부장실 문틈으로 빛이 새어나왔다. 지적인 프레임의 안경을 쓴 지욱이 냉철한 눈빛으로 모니터를 응시하고 있었다. 그는 빠른 손놀림으로 스크롤을 내렸다.

막말상담원 양 씨, 네티즌 수사대에 신상 털려

갑질 회장부터 갑질 상담원까지, 위기의 로얄카드

막말상담원 양 씨 부친, 채무 불이행 후 도주 중인 것으로 밝혀져

복사하기에 붙여넣기를 한 것 같은 기사가 초 단위로 쏟아졌다. 문제는 그뿐만이 아니었다. 개인의 신상정보와 가족사까지 파헤쳐지고 있었다. 한 명을 향한 다수의 공격, 마녀사냥이 시작된 것이다.

바다에 빠졌다 살아나온 지 얼마나 됐다고, 또 다시 정보의 바다에 수장될 위기를 맞은 걸까.

지욱은 은지가 걱정되었다. 어딘가에서 겁에 질린 눈을 하고 허우적대고 있진 않을까 마음이 쓰였다. 하지만 어제처럼 무턱대고 뛰어들 수도 없었다. 눈앞의 파도는 결코 호락호락한 것이 아니었다. 수많은 군중의 마음을 돌리는 것, 그것은 신이라 할지라도 쉽지 않은 일이었다.

지욱은 책상에 고개를 박고 깊은 고민에 빠졌다. 그의 뇌리로 오래된 기억이 되살아났다. 지욱은 본부장실 벽면을 가득 채운 전

문서적들을 뒤지기 시작했다.

한참 뒤 영문으로 된 파일 앞에서 손이 멈춰 섰다. 펜실베니아 경영대학원 시절의 흔적이 고스란히 담긴 자료집이었다. 서류를 뒤지던 그의 눈에 찾는 게 들어왔다. 인턴 활동을 했던 미국 글로벌 그룹에서 대중의 심리와 그것을 다루는 법에 관해 발표한 논문이었다. 지욱은 영문으로 된 서류를 순식간에 읽어 내리기 시작했다.

***

서울에 도착한 은지는 지하철에 몸을 실었다. 자리에 앉자 맞은편 창문에 비친 자신의 몰골이 보였다.

하루 사이에 쑥 들어간 눈, 핼쑥해진 볼까지. 마음고생을 한 게 얼굴에 고스란히 드러났다.

이렇게나 많은 일을 겪었는데 멀쩡하다면 그것이 더 이상할 일일 테지만. 그때 누군가 그녀의 옆구리를 툭툭 건드렸다.

은지가 고개를 돌려 옆자리 남자를 보았다. 남자는 눈에 쌍심지를 켜고 휴대폰에 무언가를 입력하고 있었다. 요란한 팔 동작으로 옆자리 승객에게 피해를 주고 있다는 사실도 모른 채.

은지는 남자에게서 살짝 떨어져 앉았다. 그녀의 시선이 자연스레 남자가 보고 있는 화면 쪽으로 옮겨갔다. 그 순간 은지의 안색이 잿빛이 되었다. 남자는 로얄카드 막말 상담원에 대한 기사에 악플을 달고 있었다. 자신이 던진 돌이 바로 옆자리에 가서 떨어질 거란 건 상상도 못 한 채.

'다신 그 주둥이를 함부로 놀리지 못하게 본때를 보여줘야 할 듯'

은지의 얼굴은 핏기가 증발해버린 듯 하얗게 질렸다. 남자는 자신의 댓글이 무사히 잘 등록됐는지 확인한 뒤, 창을 내려 다른 댓글들을 살피기 시작했다. 은지의 시선도 계속해 그 화면을 따라 움직였다.

–상담원이냐, 악담원이냐?

–상담원이 아니라 깡패네, 깡패.

–목소리 개구려.

–쟤 무슨 회장 딸이냐?

–저딴 걸 직원이라고 뽑은 회사가 멍청한 거지.

–상담원 극혐.

–로얄카드 당장 해지 ㄱㄱ

은지는 더는 보지 못하겠다는 듯 고개를 떨구었다. 온몸에 소름이 돋았다. 불특정다수의 먹잇감이 되어 온몸이 물리고 뜯기는 기분이었다.

많은 사람이 헐뜯고 비방하면 뼈와 살도 쇠가 녹듯이 끊어지고 만다는 옛말이 떠올랐다.

'막말 상담원 양 씨'

한때 은지 이름 앞에는 꼭 '친절 상담원', '베스트 상담원'이라는 수식어가 붙곤 했다. 하지만 이제 대중들에게 그녀는 '막말 상담원'이 되었다. 앞자리 승객도, 옆자리 승객도, 저 너머 다른 칸에 탄 승객들도… 혹시 모두 그 기사를 보고 있는 게 아닌가 하는 불안감이 엄습해왔다.

은지의 시선은 갈피를 잡지 못하고 마구 흔들렸다. 그때 낯익은 지하철 광고판이 보였다. 늘 그 자리에 있었던 것 같은, 기시감이 드는 문구였다.

'개인회생, 신용불량 법무상담'

은지는 그 광고를 보며 생각에 잠겼다.

콜센터에 근무하며 가장 곤욕스러웠던 순간 중 하나가 바로 신용불량자를 응대할 때였다. 고객은 카드를 사용하게 해달라고 떼를 썼지만, 이미 신용을 잃은 그들에게 카드 승인을 허가해줄 곳은 어디에도 없었다. 은지는 그저 '죄송합니다'라는 말을 녹음된 테이프처럼 되풀이할 뿐이었다.

그때만 해도 그들의 마음을 이해하지 못했는데, 하루아침에 신용을 잃고 모두에게 거부당하고 보니 조금은 이해할 수 있을 것 같았다. 신용불량자는 아니지만, 수많은 사람들에게 승인이 거부된 채 손가락질 받는 불량자가 된 것임에 틀림이 없었다.

은지는 광고판 속 상담 전화번호를 눈으로 익혔다. 지금이라도 당장 전화를 걸어 물어보고 싶었다.

'개인회생, 저도 회생이 가능할까요…?'

은지 앞으로 흰머리가 성성한 할머니 한 분이 다가와 섰다. 머릿속이 온통 뒤엉킨 상황 속에서도 그녀는 습관적으로 할머니에게 자리를 양보하기 위해 일어났다.

"할머니, 여기 앉으세요."

그녀가 낮게 가라앉은 목소리로 말했다.

"고마워요, 아가씨."

할머니가 환한 얼굴로 인사를 했다.

"저… 아가씨!"

할머니의 목소리가 옆으로 비켜서던 그녀를 붙잡았다. 은지가 동그래진 눈으로 할머니를 보았다.

"목소리가…."

'목소리?'

은지는 '목소리'라는 말에 순간 심장이 멎는 줄 알았다.

'설마 내 목소리를 알아본 걸까?'

그녀의 머릿속에 방금 전 읽었던 악플들이 되살아났다.

'목소리 개구려, 상담원 극혐, 상담원이냐, 악담원이냐….'

소리 없는 말들이 그녀의 귓가로 왕왕 울려왔다. 은지는 괴로운 듯 두 귀를 틀어막았다. 그리고는 목적지도 아닌 역에서 무작정 뛰어내렸다. 그 모습을 지켜보던 할머니는 어안이 벙벙한 얼굴로 혼잣말을 했다.

"저 아가씨가 왜 저럴까…? 목소리 좋다고 말해주려 했더니만."

지하철 역사 밖으로 나온 은지는 하염없이 걸었다. 집까지 남은 정거장 수는 꽤 됐지만 그래도 어둠 속에 숨으니 마음이 안정되는 것 같았다.

우웅 우웅.

가까스로 찾은 평화를 깨뜨린 정체는 가방 속에 넣어둔 휴대폰이었다. 은지는 얼른 휴대폰을 꺼냈다. 저장되지 않은 번호에서 온 문자메시지. 발신인 번호를 유심히 들여다보던 은지의 얼굴이 순식간에 일그러졌다.

'뭐야, 차성준 네가 왜…!'

은지는 떨리는 손으로 구남친이 보내온 문자메시지를 확인했다.

'나야, 다신 연락할 일 없을 줄 알았는데… 로얄카드 막말 상담원 이거 너 맞지? 대체 어떻게 된 일이니? 잘 지내는 줄 알았는데. 네가 이렇게 망가지면, 내가 미안해지잖아. 혹시 내 관심을 끌고 싶어서 그런 건 아니지? 부디 그런 게 아니길 빈다. 이번 계기로 너도 그 욱하는 성질 좀 고쳐. 내가 이런 말 하지 않아도 이미 뼈저리게 느끼고 있겠지만. 그럼 이만.'

장문의 메시지였다. 평소 같았으면 이것보다 두 배, 아니 서너 배는 더 긴 답문으로 욕을 퍼부어줬을 텐데, 이제 그럴 힘도 남아 있지 않았다. 사방에서 돌을 맞고 피투성이가 되어도 안간힘을 쓰며 버티고 있었는데, 이 문자를 보니 마지막 남은 힘까지 싹 빠져나가는 기분이었다.

축 처진 어깨가 더 아래로 내려왔다. 관절에도 힘이 빠져 제대로 걸을 수 없었다. 은지는 더 이상 버틸 힘이 없다는 듯 길바닥에 풀썩 주저앉았다.

***

지욱은 여전히 본부장실을 지키고 있었다. 각종 자료와 책자가 책상 위에 널브러져 있었다. 그는 와이셔츠 단추를 풀어 헤치고,

소매도 걷어붙인 채 심각하게 통화를 나누는 중이었다.

"네, 그럼 잘 부탁드리겠습니다."

간신히 수화기를 놓은 그는 긴 한숨을 내쉬었다. 시계가 10시 반을 가리켰다. 지욱은 자리에서 일어나 주차장으로 향했다.

지욱의 포르쉐 911 카레라가 학원가에 들어서자, 교복을 입은 남학생들의 두 눈이 번쩍거렸다.

"대박!"

"이 차, 이거 실화냐?"

남학생들의 환영 속에 지욱은 '플러스 수학'이라는 학원 앞에 차를 세웠다. 잠시 후 교복차림의 남학생 두 명이 학원 문을 빠져나왔다. 지욱은 차문을 열고 나와 학원 입구 쪽을 응시했다.

"양은구, 양은호?"

은지의 두 동생은 드라마의 주인공 같은 훈훈한 남자를 멍하니 바라봤다.

"아까 전화 주신 누나 회사… 본부장님?"

은구가 지욱을 알아보며 말했다.

"그래, 우선 타라."

은구와 은호는 영문을 모르겠다는 얼굴로 차에 올라탔다.

***

다세대 연립 반지하.

은지는 지하로 내려가는 계단 위에 서 있었다. 이곳을 지날 때면 나던 꿉꿉한 냄새가 오늘따라 더 반가웠다. 지친 마음에 익숙한 냄새가 잠시나마 위로가 되었다.

길고도 긴 하루였다. 은지가 긴 한숨을 내쉬며 현관 비밀번호를 눌렀다. 문이 열리자 캄캄한 어둠이 그녀를 맞았다. 밤 11시 반. 평소 같으면 동생들이 학원을 마치고 집에 오고도 남았을 시간이었다.

"양은구! 양은호!"

어디 숨기에도 마땅찮은 1.5룸, 화장실과 장롱 문까지 다 열어보았지만 동생들은 보이지 않았다. 무슨 일인지 전화도 받지 않았다.

'어딜 간 거지? 이 시간에….'

그 순간 잠시 망각하고 있던 오늘 하루가 번뜩 스쳐갔다.

'맞다. 은구랑 은호도 봤겠네, 기사…. 혹시 누나가 창피해서 집 나간 거 아냐? 그래, 나라도 이런 누나 무지 쪽팔릴 거야….'

은지는 동생들을 기다릴 겸 길었던 하루를 털어낼 겸 소주 한 병을 꺼냈다.

노곤한 상태에서 알코올이 들어오자 금세 취기가 올랐다. 그리고 졸음이 쏟아졌다. 어쩌면 은지는 애타게 잠을 청하고 있었는지도 모른다. 믿기 힘든 현실을 피해 꿈속으로 도피하고 싶었는지도. 그것이 이 순간 그녀가 찾은 가장 안전한 비상구였다.

스르륵 눈이 감기고, 은지는 아무도 따라올 수 없는 비상구 속으로 한 계단 한 계단 내려가기 시작했다. 길고도 길었던 하루가 그렇게 저물어 갔다.

***

식탁에 엎드려 잠든 은지를 깨운 건 요란한 휴대폰 진동음이었다.

"여보세요…."

은지는 눈도 제대로 뜨지 못한 채 가라앉은 목소리로 전화를 받았다.

〔아이구, 은지야. 그래, 내 새끼가 그럴 리 없지.〕

아빠였다. 은지가 뒤늦게 휴대폰 화면을 보자, 역시나 낯선 지역번호가 보였다.

"아침부터 무슨 일이야…?"

〔얘가 세상 돌아가는 것도 모르고 아직까지 잔 거야? 얼른 뉴스! 뉴스 틀어봐.〕

은지는 수화기를 든 채 리모컨을 찾았다. 그리고 어리둥절한 얼굴로 뉴스 채널을 켰다.

'로얄카드 막말 상담 논란의 피해자가 직접 해명에 나섰습니다. 보도에 김기원 기자입니다.'

앵커의 멘트에 이어 화면이 VCR로 전환됐다. 그러자 익숙한 얼굴이 등장했다. 섬에서 만났던 그 고객이었다.

'지금 인터넷에 올라온 파일에는 오해가 있어요. 통화 당시에 제가 먼저 상담원에게 무례한 말을 했습니다. 근데 파일에는 아가씨 혼자 화를 내는 부분만 나오거든요. 그리고 그 일이 있고 상담원 아가씨가 직접 찾아와 사과를 했습니다. 그 상담원이나 저나 그저 열심히 사는 평범한 사람들입니다. 서로 이해하고 넘어가기로 했는데,

뒤늦게 파일이 올라와서…. 그저 송구한 마음뿐입니다. 원본파일이 필요하시다면 공개할 테니, 많은 분들이 오해를 풀어 주십사….'

화면을 보던 은지의 눈동자가 마구 흔들렸다. 그때 그녀의 폰으로 톡이 도착했다. 절친 경란이었다.

'은지야, 지금 인터넷 확인해봐.'

은지는 얼른 인터넷 창을 켰다. 실시간 검색어에 〈상담원 & 텔레마케터 협회 호소문 발표〉라는 글이 보였다. 호소문은 은지의 막말 상담원 논란과 관련해 상담원들이 평소 겪는 비인격적 대우와 감정노동에 관한 진솔한 외침이 담겨 있었다.

> 상담원들도 감정을 가진 인간입니다. 인격적으로 대해주시길 간곡히 부탁드립니다.

눈시울이 다시금 뜨거워졌다. 은지는 눈물을 머금고 경란에게 답장을 보냈다.

'깜짝 놀랐어. 호소문 발표라니.'

'놀라지 마. 도 본부장이 힘을 쓴 거 같아. 섬 고객 뉴스 인터뷰 건도 그렇고.'

'도지욱이?'

은지는 깜짝 놀라 경란의 문자를 몇 번이나 다시 봤다.

보고 또 봐도 '도 본부장'이라는 이름이 맞았다. 바다에 빠진 그녀를 건져준 것도 지욱이었다. 헌데 또 한 번 그가 자신을 위해 손을 뻗어주다니! 은지는 가슴이 먹먹해졌다.

그녀의 눈에 실시간 급상승 검색어로 떠오르는 익숙한 글자가 보였다.

'로얄카드 연결음'

'로얄카드 연결음? 연결음이 바뀌었나?'

은지는 의아했다. 로얄카드 ARS 연결음은 은지가 입사한 이래 단 한 번도 바뀐 적이 없었다. 그리고 바뀌었다 한들 실시간 검색어에 오를 정도로 이슈가 될 리도 없었다.

은지는 얼른 1588로 시작되는 로얄카드 고객 상담실로 전화를 걸었다. 그리고는 익숙하게 상담원 연결 번호인 0번을 눌렀다.

'대체 어떤 연결음이길래?'

그때 낯선, 아니 너무나도 익숙해서 낯설게 느껴지는 목소리가 귓가로 들려왔다.

〔안녕하세요. 로얄카드 양은지 상담원의 친동생 양은구, 양은호입니다.〕

'이게 뭐야! 양은구… 양은호?'

〔저희 누나는 다른 누나들처럼 화도 잘 내고요, 무서울 때도 많지만 눈물도 많고 정도 많은 그런 평범한 사람이에요. 여러분, 여기 있는 상담원 누나, 형들 모두 평범한 누군가의 가족입니다. 그러니까 혹시 실수하더라도 너그럽게 받아주세요. 모두 최선을 다할게요. 다정하게 대해주실 거죠? 잘 부탁드리겠습니다.〕

은지는 어안이 벙벙했다. 동생들의 목소리를 로얄카드 ARS에서 듣게 되다니! 그때였다. 현관문이 열리고 두 동생의 인기척이 들려왔다.

"누나."

은지는 자리에서 벌떡 일어났다.

"너희 어떻게 된 거야, 이거! 그니까 로얄카드 ARS에 너희가 어떻게…!"

"어? 그거 벌써 들었어?"

은구가 민망한 듯 딴청을 피웠다.

"그거… 누나네 회사 본부장 형 아이디어야!"

옆에 있던 은호가 툭 뱉었다.

"뭐? 자세히 좀 말해봐!"

은지의 재촉에 막내 은호가 차근차근 설명하기 시작했다.

"그 형이 그랬거든. 영화에 보면 전쟁터에 나간 군인이 죽기 전에 지갑 속 가족사진을 보잖아. 그냥 모르는 군인이 죽으면 사람들은 그걸 금방 잊는대. 근데 죽기 전에 지갑 속에 어린 딸의 사진을 보거나 사랑하는 사람의 사진을 보면, 사람들은 그 군인을 실제 인물처럼 느끼고 금방 그 사람한테 공감하고 이입하게 된대. 그것처럼 누나가 상담을 하기 전에 우리 목소리가 나와 누나도 누군가의 가족이라는 걸 알리면, 사람들은 누나를 허공에 떠도는 상담원으로 생각하지 않고, 자기들처럼 평범한 사람이라 생각할 거래. 그래서 녹음한 거야."

은지는 놀라서 말을 잇지 못했다.

"그분 대박 똑똑해! 우리 어제 늦게까지 그거 녹음하느라, 그 본부장님 집에서 자고 방금 태워다줘서 차타고 왔어."

"뭐?"

은지는 저도 모르게 현관문을 박차고 나갔다. 현관을 지나 꿉꿉한 냄새가 나는 계단 그리고 출입문까지 그녀는 전력을 다해 달렸다. 다행히 이제 막 차에 오르려던 지욱의 뒷모습이 보였다.

"저기요!"

은지가 있는 힘껏 소리쳤다. 지욱이 천천히 고개를 돌렸다. 조각 같은 그의 얼굴이 두 눈에 가득 들어왔다. 그 순간 은지의 머릿속에 엄청난 파도가 휘몰아쳤다. 그녀를 순식간에 휩쓸어버렸던 차갑고 두려웠던 그 파도가.

바다에 빠졌을 때도 그리고 또 한 번 엄청난 풍랑이 모든 것을 휩쓸어버렸을 때도. 그녀를 구해준 건 눈앞의 남자, 도지욱이었다. 그를 보니 이상하리만치 명치끝이 욱신거렸다. 은지는 고통을 참으려는 듯 아랫입술을 꽉 깨물었다. 그리고 더는 못 참겠다는 듯 눈앞의 남자를 향해 달려갔다. 그의 품으로 풍덩 뛰어들었다.

터억!

바다에 가라앉을 때, 이제 곧 죽는 줄로만 알았던 그 순간 어디에선가 나타난 넓은 품. 그 따뜻한 품으로 은지는 다시 뛰어들었다. 그때처럼 따뜻한 온기가 조금씩 전해져 왔다. 참고 참았던 눈물이 왈칵 쏟아져 나왔다.

얼마나 세게 들어온 건지 지욱은 가슴팍의 충격이 채 가시질 않았다. 그사이, 그가 입고 있던 흰색 셔츠로 은지의 눈물이 스며들기 시작했다. 어쩌면 눈물이 적신 건 셔츠만이 아니었는지도 모른다. 그의 가슴속으로도 뜨거운 눈물이 스며들었는지 심장도 조금씩 뜨거워지고 있었다. 그리고 주체할 수 없을 정도로 빠르게 요동치기 시작했다. 지욱은 팔을 들어 자신을 끌어안은 은지의 가녀린 등을 살포시 어루만졌다.

***

로얄카드 대회의실.

"신규 카드명 '로얄 세이브 카드'의 광고영상 시사회를 시작하도록 하겠습니다."

사회자의 말에 형식적인 박수소리가 회의실을 가득 채웠다.

회사 안팎으로 많이 시끄러운 상황이었지만, 지욱은 신규카드 런칭을 더 이상 미룰 수 없었다. 사전 가입 이벤트 등 다양한 프로모션을 이미 시작한 상태였기 때문이다.

정남은 건강상의 이유로 참석하지 않았지만, 그보다 나이가 지긋한 이사진과 임원들이 심각한 표정으로 앉아 있었다. 고객들의 카드 해지 요청이 빗발치는 시점에 신규카드 런칭이라니!

장내 조명이 모두 꺼지고, 거대한 프로젝터 스크린에 불이 들어왔다. 그리고 노이즈가 섞인 광고 음악이 흘러나왔다. 아이돌 스타일로 꾸민 톱 배우 서재인이 신규카드를 들고 각양각색의 예쁜 표정을 지었다. 그리고 곧이어 내레이션이 흘러나왔다.

'한도 때문에, 실적 때문에, 힘드셨다고요? 로얄 세이브 카드 하나면 이제 문제없어요!'

이 광고의 하이라이트는 모 아이돌이 유행시킨 '내 마음속에 저장'이라는 대사와 손동작을 재인이 따라하는 부분이었다. 재인은 있는 귀여움 없는 귀여움을 다 끌어 모아 아이돌 흉내를 냈다.

'로얄 세이브 카드, 내 마음속에 저장!'

지욱은 수십 번도 더 본 영상에 다시 한 번 집중했다. 그 순간이었다. 그의 눈에 앙증맞은 손동작을 하고 있는 여자의 얼굴이 뭔가 다르게 보이기 시작했다.

화면 속 여자가 정면을 바라보며 싱긋 웃었다. 이목구비의 황금비율을 자랑하는 대한민국 최고 미녀 서재인이 있어야 할 그 자리에 다른 얼굴이 나타났다. 어딘가 밋밋하지만 또 그게 정감 있어 보이던 한 여자! 바로 은지의 얼굴이었다. 은지가 정면을 향해, 아니 지욱을 향해 싱긋 웃음을 날렸다.

'아니!'

지욱의 놀란 눈동자가 커졌다. 그의 머릿속에 잠시 잊고 있던 일이 떠올랐다. 한 여자가 자신의 품으로 풍덩 뛰어 들어온 그 순간이.

터억!

그 느낌이 되살아난 듯 그는 두 눈을 지그시 감았다.

시사회가 어떻게 끝났는지 모를 정도로 어안이 벙벙했다. 지욱은 멍한 상태로 본부장실로 돌아왔다. 오늘은 평소의 완벽한 도지욱이 아니었다. 행사가 진행되는 내내 은지에 대한 생각이 가시질 않았다. 특별히 예쁜 얼굴도 아닌데, 그녀의 얼굴이 눈앞에 계속 아른거렸다.

그리고 아침에 있었던 상황이 머릿속에서 무한 반복되었다. 그녀가 대책 없이 자신의 품으로 들어오던 그 장면이….

'대체 내가 왜 이러지? 요즘 너무 많은 일들을 겪어서 그런 걸

까? 예쁘지도 않은 그 여자 얼굴이 왜 자꾸 아른거리는 거야? 요 며칠 연달아 맞닥뜨린 탓인가?'

한참 생각에 잠겨 있던 지욱은 눈앞에 쌓여 있는 결재판을 발견했다.

처리해야 할 것이 한두 개가 아니었다. 그는 제일 위에 올려진 결재판을 들어올렸다. 고객 상담실에서 가져다놓은 것이었다. 결재판을 펼친 지욱의 눈에 익숙한 이름이 보였다.

'양은지'

막말 상담원 사건에 관한 경위가 담긴 보고서였다. 그 순간 그의 눈동자는 익숙한 글씨를 찾아 제멋대로 움직이기 시작했다.

'양은지, 양은지, 양은지, 양은지….'

총 57번.

지욱은 순식간에 보고서 안에 쓰인 그녀의 이름을 모두 스캔했다. 이코노미스트부터 각종 시사경제 주간지, 문학 도서까지 가리지 않고 읽던 그는 속독과 동시에 모든 내용을 파악하는 데 일가견이 있었다. 그런데 고작 한 장 반짜리 보고서의 내용이 눈에 들어오지 않았다.

지욱은 몇 번이고 정신을 가다듬고 보고서에 집중했다. 하지만 그의 눈은 여전히 익숙한 이름을 따라 움직였다. 그의 손에 있던 수제 만년필은 은지의 이름에 동그라미까지 치고 있었다. 서류를 검토할 때면 꼭 중요한 부분에 체크하던 습관이 이상하게 발현된 것이다.

지욱은 서류 곳곳에 동그라미 표시가 되어 있는 은지의 이름을 보고는 깜짝 놀라 만년필을 내려놓았다.

결재판을 덮고 도망치듯 본부장실을 나갔다.

그가 향한 곳은 청담동에 위치한 VIP 전용 피트니스 센터였다. 집중력이 흐려질 때면 억지로 일을 붙잡고 있기보다 운동으로 땀을 흘리며 전환을 하는 게 그의 스타일이었다.

매쉬 소재의 타이트한 스포츠티를 입은 지욱이 안으로 들어서자 운동을 하던 여자들의 시선이 일제히 그에게 쏠렸다. 타이트한 상의 위로 딱 벌어진 어깨와 보기 좋은 근육이 고스란히 드러났다.

지욱은 복도를 가로질러 외딴 방으로 갔다. 문을 열자 벽으로 둘러싸인 코트가 모습을 드러냈다. 지욱은 스쿼시 라켓을 집어 들었다. 그리고는 익숙한 자세로 스윙을 준비했다.

라켓은 천장 위를 향하고 있었다. 그는 상체는 그대로 두고 하체만 살짝 무릎을 굽힌 런지 자세로 공과 라켓을 무릎 라인으로 가져갔다. 그리고는 부드럽게 첫 스윙을 시도했다.

속이 빈 공이 벽에 부딪히자 으스러지는 듯한 소리가 울려 퍼졌다. 지욱은 사방으로 튀기는 공을 재빨리 따라가 스윙을 날렸다. 오른손잡이에게는 조금 어려운 백스윙도 무난하게 해내는 수준급의 실력이었다. 그의 이마에 땀방울이 맺혔다. 지욱은 땀을 훔치며 그제야 상쾌하다는 듯 미소 지었다.

'그래, 별거 아니었어. 건강한 신체에서 건강한 정신이 만들어지는 거라고. 요 며칠 운동을 안 했더니 자꾸 이상한 게 보인 거야.'

지욱은 그렇게 생각하며 내심 안도했다. 그는 이어서 팔꿈치를 미리 보낸다는 느낌으로 부드럽게 라켓을 휘둘러 공을 날렸다. 그 순간이었다. 반대편 벽에서 날아와야 할 고무공이 갑자기 사라지고 보이지 않았다. 그 대신 그의 눈앞에 낯선 물체가 날아오고 있었다. 맞은편 벽 앞에 서 있는 한 여자!

벽이 튕겨주어야 할 공을 대신 던지고 있는 여자는 바로 은지였다.

'아니!'

벽 앞에 선 은지가 그를 향해 누런 계란을 힘껏 던지고 있었다. 처음 만났던 그날처럼.

놀란 지욱은 그 자리에서 얼음이 되어버렸다. 빠른 운동신경도, 민첩한 판단능력도 그 순간 전부 마비되었다.

'대체 뭐야! 대체 나한테 왜 이러는 거야!'

계란이 코앞까지 다가오자 지욱은 두 눈을 질끈 감았다.

'내가 당신한테 계란 세례를 당할 만큼 잘못한 게 뭔데!'

지욱은 마음속으로 소리쳤다.

"잘못하신 거예요!"

그때였다. 묵직한 남자의 목소리가 그의 귓가를 때렸다.

"운동을 자꾸 쉬면 원숭이도 나무에서 떨어지는 법이라고요. 이런 실수는 절대 안 하시던 분이…."

스쿼시 국가대표선수 출신 강 코치였다.

지욱은 그제야 정신이 들었다. 그의 눈에 바닥을 구르는 공이 보였다. 지욱은 얼른 다시 은지가 서 있던 벽 쪽으로 시선을 돌렸다. 하지만 아무도 보이지 않았다. 그에게 날아오던 누런 계란도 없었다.

피트니스 센터를 나온 지욱은 여전히 이해할 수 없었다. 마치 무언가에 홀린 듯 제정신이 아니었다.

'대체 왜 자꾸 그 여자가 보이는 거야….'

***

서울 3대 한정식 집으로 꼽히는 A 식당은 지욱이 자주 찾는 단골 음식점이었다. 자극적인 음식을 좋아하지 않는 그는 이곳의 담백한 요리가 입에 잘 맞았다. 그때 커다란 옥돌 사각접시 위에 예쁘게 데코레이션이 된 회가 들어왔다.

"다행히 오늘 이게 있었네요."

주인이 지욱을 보며 미소를 지었다. 그는 음식을 보자 오늘 한 끼도 먹지 않았다는 사실을 깨달았다. 어쩌면 오늘 하루 동안 보이던 은지의 환영이 허기 때문일지 모른다는 생각이 들었다.

보통 때였으면 음식 고유의 맛을 음미하며 천천히 먹었겠지만, 오늘은 젓가락이 먼저 나갔다. 지욱은 전투적으로 먹어서라도 자신을 쫓아다니는 그 환영으로부터 벗어나고 싶었다.

그는 옥돌 접시에 담긴 회를 한 점 집어 입으로 가져갔다. 그 순간이었다. 알싸한 암모니아 성분이 순식간에 입과 코를 마비시켜 버렸다. 지욱은 그것을 입에 그대로 문 채 소리쳤다.

"사장님!"

개량한복을 입은 주인이 헐레벌떡 뛰어왔다.

"뭐 필요하신 거라도?"

"저, 이 회… 대체 어떻게 된 겁니까?"

"어떻게 된 거라뇨?"

"이상한 냄새에 알싸한 게…."

"꼬릿한 게 아주 제대로죠? 저는 이제까지 몰랐어요. 우리 본부장님이 홍어를 다 드시는 줄은."

"뭐, 뭐라고요? 그니까 이게 홍어라고요?"

지욱은 정신이 흔미해졌다.

30분 전, 지욱은 메뉴판을 보고 있었다. 한정식 코스 요리를 살피던 그의 눈에 낯익은 이름이 보였다.

한정식 특A코스

홍어회 – 옥돔구이 – 구절판 – 소고기 무쌈 – 청포묵 무침 – 돼지갈비

홍어 원산지 : **흑산도**

'흑산도산 홍어?'

그때 그의 귓가로 누군가의 낭랑한 목소리가 들려왔다.

'이거 흑산도 진품 홍어네요? 딱 보니 칠레산은 절대 아니고!'

홍어를 한입 가득 넣고 맛있게 먹던 은지의 얼굴이 생생히 되살아났다.

그때 주문을 받으러 왔던 주인은 지욱이 특A코스를 보고 있는 것을 발견했다.

"그걸로 드릴까요?"

지욱은 저도 모르게 고개를 끄덕였다. 주문을 받고 문턱을 넘던 주인은 고개를 갸웃거렸다.

'자극적인 건 생전 안 드시던 분이…. 하긴, 식성은 계속 바뀌는 거니까.'

지욱은 상 위에 놓인 홍어를 보고 은지와 있었던 일들을 다시

떠올렸다.

자신이 고른 옷을 입고 수줍게 나오던 그녀의 모습, 술기운이 올라 불운한 연애사를 당당하게 고백하던 용감한 모습과 자신을 변태 취급하다 요트가 나타나자 민망해서 어쩔 줄 몰라 하던 얼굴까지.

지욱은 피식 웃음을 터뜨렸다. 그러다가 또 한 번 스스로 깜짝 놀랐다.

'내가 대체 왜 이러는 거야?'

그는 눈앞에 진수성찬을 두고도 도무지 먹질 못했다.

식당을 나온 지욱이 차에 오르려던 순간 갑자기 휴대폰 진동음이 들려왔다. 모르는 번호였다. 지욱은 휴대폰을 귀에 댄 채 아무 말도 하지 않았다.

〔안녕하세요, 고객님. 평생생명 신규 보험상품 안내 차 전화 드렸습니다. 지금 잠깐 통화 괜찮으십니까?〕

여자의 한껏 고조된 목소리가 어딘가 모르게 은지와 비슷하다는 생각이 들었다. 처음에는 조금 비슷한 목소리겠거니 싶었는데, 점점 은지의 목소리로 겹쳐 들리기 시작했다.

'설마, 당신?'

지욱은 심장이 쿵 내려앉았다.

'이 여자 벌써 보험 회사에 취직한 건가? 무슨 모진 인연이길래 하필 나한테 전화를 건 거야?'

"당신, 양은지지!"

지욱이 수화기 너머의 누군가를 향해 버럭 소리쳤다.

〔네? 고객님? 저는 평생생명 김은화 상담원입니다.〕

"당신, 양은지잖아!"

〔네? 양… 누구라고요, 고객님?〕

지욱은 믿을 수 없었다. 얼른 통화 종료 버튼을 눌렀다.

'눈앞에 아른아른 나타나는 걸로도 모자라, 환청까지 들리다니!'

그는 힘없이 고개를 절레절레 저었다.

집에 돌아온 지욱은 소파에 풀썩 주저앉았다. 그의 복층 펜트하우스는 그 누구도 침범할 수 없는 자신만의 공간이었다. 지욱은 집에 돌아오자 조금은 마음이 놓였다.

그는 눈앞에 놓인 TV 리모컨을 집어 들었다. 평소 CNN 뉴스 이외에는 TV를 즐겨 보지 않았지만, 오늘 같은 날은 아무 생각 없이 볼 수 있는 시끌벅적한 프로그램이 필요했다. 지욱은 채널을 돌리다 한 화면에서 잠시 리모컨을 멈췄다. 홈쇼핑 채널이었다. 신뢰가는 목소리의 쇼호스트가 상품을 안내하고 있었다.

〔한식대첩 출연 강명자 명인의 매운탕 포장 30팩! 육만 팔천 원에 가져가실 수 있고요. 자동연결전화 시 천 원의 추가 할인까지!〕

화면은 곧이어 맛있게 매운탕을 시식하는 모델들의 얼굴로 이동했다. 그때 한 여자의 얼굴이 클로즈업 됐다.

여자의 입술이 해물탕 국물 때문에 붉게 물들어 있었다. 그 입가를 다시는 분홍빛 혀가 바쁘게 움직이는 게 보였다. 그런데 여자의 얼굴이 어딘지 모르게 익숙했다.

'또 당신이야?'

그때 지욱은 은지와 함께 메기매운탕을 먹었던 기억을 떠올렸다. 바다에서 나온 지 얼마나 됐다고 매운탕을 시키는지 이해할 수 없었다. 그럼에도 꿋꿋하게 빨건 국물 앞에 얼굴을 박고 먹던 여자. 너무 맛있게 먹어서 그 모습만으로도 식욕을 자극시키던 그녀가 아니었던가.

지욱은 은지가 드디어 적성에 맞는 또 다른 일을 찾았구나, 하며 다시 화면을 응시했다. 헌데 방금 전까지만 해도 그 자리에 있던 은지는 어디로 갔는지 없고, 웬 낯선 여자가 화면에 보였다.

지욱은 도저히 못 참겠다는 듯 신경질적으로 TV를 껐다. 그리고는 곧장 욕실로 갔다. 좀 씻고 나면 괜찮아질까 싶었다.

그가 욕실 문을 닫는 순간이었다. 누군가 뒤에 있는 것처럼 뒷목덜미에서 싸한 느낌이 들었다.

'이건 무슨 느낌이지?'

지욱이 확인을 위해 몸을 돌린 순간, 입고 있던 샤워가운이 좌르륵 벗겨져 내렸다. 누군가 가운을 잡아당기지 않는 이상 벌어질 수 없는 일이었다.

지욱이 고개를 돌린 곳에 역시나 그녀가 있었다. 얼굴이 한껏 상기돼 발그레해진 은지가 그의 몸을 구석구석 살피고 있었다.

돌아보니 욕실 문틈 사이로 샤워 가운이 끼어버린 채 바닥에 떨어져 있었다.

그는 문틈에 낀 가운을 잡아당겨 뺀 후 얼른 은지가 있던 곳을 응시했다. 역시 그곳에는 아무도 없었다.

'또야?'

지욱은 넋이 나간 얼굴로 은지가 서 있던 곳을 멀거니 바라봤다. 그의 입가에 씁쓸한 미소가 걸렸다.

며칠 후 지욱의 눈 아래로 시커먼 다크서클이 제 영토를 주장하며 눌러앉았다. 예리하게 반짝이던 눈빛도 퀭하게 변한 지 오래였다. 핼쑥해진 볼과 까슬까슬하게 난 수염은 상해버린 얼굴에 화룡점정을 찍었다. 지욱은 간신히 침대에서 일어나 대강 아무 옷이나 걸쳤다.

집을 나선 그가 향한 곳은 낡고 오래된 다세대 연립 앞이었다. 지욱은 차 안에서 누군가가 나오기만을 애타게 기다렸다. 때마침 검정 봉지를 든 은지가 그 앞으로 터덜터덜 지나가는 게 보였다. 이번에는 환영이 아닌 진짜 사람이 분명했다.

지욱의 두 눈이 한껏 커졌다. 지욱은 다급히 차에서 내려 전광석화처럼 돌진했다. 눈앞에 은지의 뒷모습이 보이자 그는 그녀의 가녀린 두 어깨를 탁 잡아 돌렸다.

은지는 못 본 사이 많이 달라진 지욱의 모습에 입이 쩍 벌어졌다. 그 순간 지욱은 도저히 못 참겠다는 듯 목에 핏대를 세우며 소리쳤다.

"양은지, 너 때문에, 너 때문에 내가 이렇게 됐다고!"

4
책임져!

지욱의 말에 은지는 어안이 벙벙한 얼굴로 서 있었다.

'뭐가 나 때문이라는 거지?'

그때였다. 지욱이 한 팔로 그녀를 벽 쪽까지 강하게 밀어붙였다. 무방비 상태였던 은지는 순식간에 뒤로 밀려났다. 은지는 너무 놀란 나머지 목소리도 나오지 않았다. 지욱이 거침없이 다가오자 은지는 잔뜩 긴장한 얼굴로 숨을 꾹 참았다.

'대체 나한테 왜 이러는 거야!'

일자로 앙 다물어진 입술이 파르르 떨리기 시작했다. 그때였다. 지욱이 나머지 한 손을 뻗어 그녀의 뺨을 만지기 시작했다. 은지는 낯선 손길에 놀란 듯 얼른 고개를 돌렸다.

하지만 지욱은 멈추지 않았다. 그는 긴 손가락으로 은지의 머리카락을 쓸어 넘겼다. 끝이 상해 제멋대로 엉킨 거친 머릿결을 만지고 있노라니 왠지 모를 안정감이 들었다.

'이렇게 만질 수 있는 걸 보니… 이번엔 진짜가 맞군.'

지욱은 환영이 아닌 진짜 은지를 보고 그제야 조금 안도했다.

"대체 왜 이러시는 거예요?"

은지가 다급히 옆으로 비켜서며 소리쳤다.

'왜 그러냐고? 네가 자꾸 눈앞에 나타나서…. 네 목소리가 정말 시도 때도 없이 들려와서 내가 얼마나 괴로웠는지 아냐고!'

지욱은 마음속 깊숙한 곳에 있는 말들 중 겨우 하나를 밖으로 건져 올렸다.

"당신 때문에 내가…. 얼마나 힘들었는지 알아? 책임져!"

그의 말에 은지는 순간 머리가 멍해졌다.

'하긴, 그럴 만도 하지.'

짧은 시간, 폭풍처럼 휘몰아쳤던 사건들이 머릿속을 스쳐지나갔다. 고객에게 막말을 퍼부어 물의를 일으키고, 바다에 빠져 괜히 지욱까지 위험하게 만들었다. 그것만도 충분히 힘들었을 텐데, 막말 음성파일이 유출돼 회사를 위기로 내몰았으니….

이런 원망쯤은 충분히 들어도 싸다는 생각이 들었다. 은지는 모든 것을 담담하게 받아들이며 순순히 대답했다.

"제가 어떻게 책임지면 될까요? 뭐든 말씀해주시면…."

지욱이 덥석 그녀의 손목을 낚아챘다. 은지는 심장이 덜컹 내려앉았다. 전혀 예상치 못한 일이었다. 지욱은 차를 세워둔 곳으로 가 그녀를 조수석에 태웠다.

"대체 어디 가시려고요?"

은지가 운전석에 앉은 지욱을 보며 말했다. 그는 대답 대신 은지에게 불쑥 몸을 기울이더니 직접 안전벨트를 채웠다. 그리고는 한시름 놓았다는 듯 깊은 숨을 내쉬었다.

'이번엔 쉽게 사라지진 못할 거야.'

지욱은 운전을 하다가도 그녀가 잘 있는지 몇 번이나 확인했다. 은지가 거기에 있다는 사실만으로 파도치던 마음이 잔잔해졌다. 가는 곳마다 문제를 만드는 트러블 메이커가 옆에 있는데, 대체 왜 안정감을 느끼는지 지욱 본인도 알 수 없었다.

은지는 한동안 멀거니 창밖만 바라보았다.

'어디로 가는지 정도는 알려줘야 하는 거 아닌가?'

그녀의 눈에 도로안내판이 들어왔다.

'강남경찰서 사거리'

안내판을 눈으로 따라 읽던 그녀의 귓가에 불현듯 잊고 지냈던 누군가의 도도한 음성이 되살아났다.

'감당할 수 있겠습니까? 몰카 촬영, 성추행 그리고 심신 미약자를 상대로 한 추행까지. 꽤나 중한 처벌이 예상되는데… 감당할 수 있겠냐고?'

서, 설마…. 아까 책임지라던 게, 그건 아니겠지?

아닐 거라고 고개를 마구 저었지만 은지의 얼굴은 점점 더 일그러지고 있었다. 지욱의 차는 인터컨티넨탈 서울을 지나 삼성역 부근으로 직진했다. 그리고 얼마 후 '강남경찰서'라는 이름이 점점 더 선명하게 나타났다.

지욱은 점차 서행하더니 강남경찰서 바로 앞에서 차를 멈춰 세웠다.

'이 남자… 정말 나를 감방에라도 넣으려는 작정인가!'

은지의 눈동자에 두려움이 가득 서렸다. 지욱은 시동도 끄지 않은 채 어딘가로 전화를 걸었다.

"네, 접니다. 오전에 말씀드렸던 거 말인데요. 네, 지금 바로 가겠습니다."

지욱이 특유의 도도한 목소리로 말했다.

'지금 바로 간다고? 설마 진짜 저기로 날 끌고 가려는 거야?'

은지는 그 순간 억울한 마음이 솟구쳐 올랐다.

"정말 너무하시네요. 어쩐지 어디로 간다 말을 못 하는 이유가 있었네. 그래도 이런 데 데려가려면, 사전에 언질을 주셨어야 하는 거 아닌가요? 그래야 가족들한테 미리 인사도 할 수 있고…! 갑자기 사라지면 얼마나 놀라겠어요!"

은지는 말끝에 울먹이기까지 했다.

지욱은 무슨 영문인지 몰라 그녀의 얼굴만 한참 바라봤다. 그리고는 뒤늦게 자신이 차를 세운 곳을 발견했다.

'강남경찰서?'

지욱이 피식 웃으며 은지를 귀엽다는 듯 바라봤다.

"뭘 상상하든 늘 그 기대 이상이군."

은지는 자신을 조롱하듯 이죽거리는 지욱이 못 견디게 미웠다.

"좋아요. 마음대로 하세요! 이렇게 하면 책임지는 거죠? 저 원래 학교 다닐 때부터 책임감 하나는 일등이었거든요!"

은지는 오기로 안전벨트를 풀고는 문손잡이를 잡아당겼다. 지욱은 순간 문을 박차고 나가려는 그녀의 어깨를 덥석 잡아 세웠다. 그리고는 재빨리 그녀의 가녀린 몸에 안전벨트를 채웠다.

"양은지! 제발 그렇게… 마음대로 가지 좀 마!"

자꾸 나타났다 사라지길 반복하며 마음을 가지고 놀던 은지의 환영. 지욱은 그것처럼 그녀가 눈앞에서 허무하게 사라지는 꼴을 두고 볼 수 없었다.

그의 말에 놀란 은지는 괜스레 마른침만 꿀꺽 삼켰다.

***

두 사람이 들어선 곳은 의외의 장소였다.

VIP 전용 C 레스토랑

주로 재계 관계자만 출입할 수 있는 최고급 레스토랑으로, VIP들도 당일 예약이 불가능한 곳이었다. 은지는 두 눈이 휘둥그레졌다. 럭셔리함과 웅장함, 게다가 통일된 컬러톤이 따뜻한 느낌까지 주는 인테리어가 눈을 사로잡았다. 잠시 레스토랑 감상에 빠져 있던 은지는 뒤늦게 정신이 들었다.

말끔하게 차려입은 웨이터가 두 사람에게 메뉴판을 가져다줬다. 지욱은 말없이 메뉴판을 살폈다.

"근데, 여긴 왜…?"

은지가 조심스럽게 묻자 지욱은 보고 있던 메뉴판을 탁 덮고는 빤히 쳐다봤다.

"내가 당신 때문에… 며칠 동안 아무것도 못 먹었거든."

은지는 저도 모르게 실소가 터져나왔다.

"저, 이런 말씀 드리기 좀 그런데… 제가 본부장님께 폐를 끼친 건 사실이지만 그렇다고 저 때문에 아무것도 못 먹었다고 하는 건 좀 억지스러운 거 아닌가요?"

그녀가 고개를 빳빳이 쳐들고 말했지만, 지욱은 대수롭지 않다는 듯 화제를 돌렸다.

"됐고. 여긴 푸아그라 요리와 와규 스테이크가 유명하니까 그걸로 하지."

"뭐? 푸아 뭐요?"

은지가 오만상을 써댔다. 지욱은 그 얼굴을 한동안 넋을 놓고 바라보았다.

모든 감정이 고스란히 드러나는 순백의 얼굴, 입이 댓 발이나 나와 투덜대는 모습도 영락없이 아이 같았다. 지욱은 그 얼굴이 참 신기했다. 그녀를 보는 지욱의 입가에 스르르 미소가 번졌다.

"뭘 보고 그렇게 웃으세요?"

은지의 톡 쏘는 목소리에 지욱은 정신이 번뜩 들었다.

"웃긴, 누가 웃었다고!"

그는 괜히 멋쩍어서 큰소리를 쳤다. 그러고 보면 참 이상한 일이었다. 비즈니스를 위해 장착한 억지웃음 말고, 지욱은 자신에게 또 다른 웃음이 존재한다는 사실이 낯설기만 했다. 그리고 또 하나, 이상하게 이 여자하고 있으면 꼭 이렇게 웃음이 난다는 것도.

'웃기게 생긴 것도 아니고, 그렇다고 이 여자랑 비즈니스를 할 것도 아닌데… 대체 내가 왜 웃고 있는 거지?'

그는 도무지 알 수가 없었다. 은지는 지욱의 알쏭달쏭한 미소를 피해 다른 곳으로 시선을 돌렸다.

그사이, 음식이 서빙 됐다. 텔레비전에서만 보던 근사한 요리에 은지는 입이 쩍 벌어졌다. 스테이크를 썰기 위해 잠시 접시에 고개를 숙이고 있던 지욱이 얼굴을 들었을 때였다. 며칠 동안 굶다시피 한 건 자신인데, 오히려 은지가 더 허기진 사람처럼 음식을 먹고 있었다.

평소였다면 그는 어김없이 인상을 찌푸렸을 것이다. 지욱은 늘 적당선을 지키는 사람이었다. 그래서인지 먹방이나 과식을 하는 사람들의 심리를 전혀 이해하지 못했다.

때론 식욕을 주체하지 못하는 모습이 인간보다 짐승에 가까워 보인다고 생각할 정도였다. 하지만 입가에 하얀 소스를 묻힌 채, 우걱우걱 먹어대는 은지의 모습이 그리 나쁘지 않아 보였다. 오히려 어른들이 말하는 것처럼 복스럽게 보이기도 했다.

'저 여자가 먹는데, 왜 내 배가 더 부르는 것 같지?'

지욱도 은지를 따라 먹기 시작했다. 그런데 뭔가 이전과 조금 다른 맛이 느껴졌다. 늘 주문하던 메뉴, 이젠 익숙해질 대로 익숙해진 음식인데 마치 오늘 처음 먹어보는 음식처럼 새롭게 느껴졌다. 어디선가 스치며 봤던 문구가 떠올랐다. 무엇을 먹느냐보다, 누구와 먹느냐가 더 중요하다.

'설마 저 여자랑?'

지욱은 잠시 진지하게 생각하다 이내 고개를 끄덕였다.

'하긴 저렇게 맛있게 먹는데… 옆에 있는 사람도 입맛이 도는

게 당연하지.'

지욱은 실로 오랜만에 포만감이 깃든 미소를 지었다. 은지가 빈 그릇을 수저로 몇 번이나 깨끗이 훑고 나서야 식사가 모두 끝났다.

"음식이 입에 맞느냐는 예의상 질문은 생략해도 될 것 같군! 보나 마나일 테니."

지욱이 레스토랑 문을 나서며 말했다.

"왜요? 의외로 안 맞았을 수도 있잖아요."

은지가 괜히 볼멘소리로 대답했다.

"아까 그게 입맛에 안 맞는 거라면, 대체 입에 맞는 음식은 얼마나 더 많이 먹는다는 소리지?"

"됐고요! 그럼 전 이걸로 책임을 다한 겁니까?"

은지가 지욱의 말허리를 자르며 말했다.

"다하다니?"

"본부장님이 저 때문에 아무것도 못 먹고 고생하셨다고 해서 같이 식사해드렸잖아요."

"본인의 잘못을 매우 과소평가하는 경향이 있군!"

지욱은 그 말을 툭 뱉고는 은지를 앞질러 걸어갔다. 뒤에서 그녀의 구시렁거리는 소리가 들려왔다. 지욱의 얼굴에 또 한 번 편안한 미소가 번졌다. 은지의 구시렁거리는 소리가 시끄러울 법도 한데, 지욱의 귀에는 그 소리가 종달새의 지저귐처럼 평화롭게만 들려왔다.

강남의 한 대형 멀티플렉스.

엘리베이터를 내려오는 은지의 얼굴이 전과 달리 몹시 어두워 보였다.

'극장에는 대체 왜 온 거지? 이거 뭔가 익숙한 코스 같은데… 분위기 좋은 레스토랑에서 밥을 먹고, 그 다음에 영화를 보는… 그러니까 커플들의 흔한 데이트 코스?'

은지는 머릿속에서 그 생각이 가시질 않았다. 그녀는 자신보다 앞서 가는 지욱의 뒤통수를 한참이나 바라보았다. 훤칠한 키에 완벽한 뒤태 그리고 캐주얼한 정장은 완벽한 옷걸이를 만나 한껏 폼을 재고 있었다. 게다가 저 옷걸이는 싸구려도 아닌 최고급 명품 옷걸이가 아닌가! 그런데 그런 남자가 대체 왜 자신과 극장에 들어가고 있는지 은지는 이해할 수 없었다.

'혹시… 나를?'

지욱의 재촉하는 목소리가 들려왔다.

"뭐 하는 거지? 책임 회피 뭐 그런 걸 궁리하던 참인가?"

은지는 깜짝 놀라 정신을 차렸다.

'미쳤어! 미쳤어! 지금 무슨 생각을 한 거야? 보라고! 저 남자 도지욱이야, 도지욱! 그저 자기가 고생한 게 억울해서, 그 보상심리 때문에 저러는 거라고. 그러니까 오늘 하루 잘 맞춰주고 털어버리자!'

은지는 지욱을 따라 상영관으로 들어갔다. 극장 안에는 벌써 광고 영상이 흘러나오고 있었다. 헌데 이상한 게 시간이 다 되었는데도 안으로 들어오는 사람이 없었다. 상영관 안에는 오로지 두 사람, 지욱과 은지뿐이었다.

"저, 왜 사람들이 안 오죠? 이거 혹시 뭐 그런 건가? 예술 영화 같은 거."

은지가 의아하다는 듯 말하자 지욱이 자세를 고쳐 앉으며 말했다.

"아무도 없는 게 당연해. 적어도 5시간 동안은!"

"네?"

은지가 무슨 소리냐는 듯 두 눈썹을 치켜세웠다.

"내가 당신 때문에 요새 잠을 못 잤거든."

"설마 지금 자, 잠을 자려고 여기, 여길… 빌렸단 말씀?"

은지는 어처구니가 없어서 말을 더듬었다.

"그럼 호텔이라도 가길 바란 건가!"

"아니! 누가! 언제!"

그때였다. 자리를 박차고 일어난 지욱이 허리춤에 차고 있던 고급 수제벨트를 단숨에 풀어 헤쳤다.

'헐!'

은지는 못 볼 것을 본 듯 눈을 내리깔고 그와의 눈 맞춤을 회피했다.

'저 남자 지… 지금 뭐하는 거야. 갑자기 바지 벨트는 왜 풀고 그러는 거지? 서, 설마 바, 방금 잠을 자겠다던 게…!'

"지금 뭐하시는!"

은지가 버럭 소리치려던 순간, 지욱은 재빨리 몸을 굽혔다. 어느새 그는 그녀의 다리 쪽에 가 있었다. 그리고는 은지의 오른쪽 종아리와 자신의 왼쪽 다리 사이에 벨트를 채우기 시작했다.

"대체 지금 뭐하는 짓이에요?"

은지가 발끈해서 소리쳤다.

"딱 5시간이야. 이래야 내가 맘 편히 잘 수 있을 것 같거든."

지욱은 혹시나 싶었다. 자꾸 눈앞에 나타났다가 다시 아른아른 사라져버리는 그녀를, 그래서 자꾸 마음이 쓰이는 그녀를 이렇게라도 옆에 두면 괜찮을까 싶었다.

텅 빈 극장 안, 오로지 두 사람을 위한 영화가 시작되었다. 잔잔한 영화는 며칠 동안 환청과 환영에 시달렸던 지욱을 금세 잠들게 했다. 그의 무거운 고개가 점점 은지의 어깨를 향해 기울고 있었다.

은지는 잠도 오지 않았다. 하는 일도 없는 백수라서 잠 보충은 평소에도 충분히 해놓은 상태였다. 그렇다고 영화도 눈에 들어오지 않았다. 어깨 쪽으로 점점 더 가까이 다가오고 있는 누군가의 고개가 너무나도 신경 쓰였다. 은지는 어떻게 해야 할지 몰라 한참을 망설였다. 그래서 애먼 손가락만 만지작거리는데!

터억.

지욱의 고개가 그녀의 어깨로 살포시 내려앉았다. 고개를 조금만 돌려도 잠든 지욱의 얼굴이 초근접으로 보였다. 은지는 기분이 묘했다. 아무도 없는 극장 안에 둘만, 그것도 이렇게 꼭 붙어 있다고 생각하니 심장이 방망이질 쳐대기 시작했다.

지욱은 은지의 어깨로 고개가 떨어지던 순간, 머리에 느껴지던 작은 충격 때문에 잠시 정신이 들었다. 하지만 절대 눈을 뜰 수는 없었다. 자신의 머리가 내려앉은 은지의 가녀린 어깨, 그곳이 너무나도 편안했고, 그녀의 목덜미에서 전해져 오는 향이 참 좋았기 때문이다.

'베이비 파우더향인가?'

지욱은 그녀의 향기를 깊이 들이마셨다. 포근함과 향긋함. 어머니의 품에서 느끼던 그 느낌이 되살아나는 것 같았다. 그는 누군가에게 이렇게 기대본 게 처음이었다. 아주 오래전 헤어진 엄마 말고는 없었다. 지욱은 늘 자신의 힘으로 꿋꿋이 서 있어야만 살아갈 수 있다고 생각했다. 절대 누군가에게 기대선 안 된다고. 그건 약해빠진 모습이라고. 헌데 이 여자의 가녀린 어깨가 뭐라고 이렇게 든든하고 포근한 건지 그는 도저히 이해할 수 없었다.

'이대로 계속 있어도 될까…. 조금만, 조금만 더 이렇게 있고 싶어.'

은지의 어깨에 기댄 지욱은 세상에서 가장 편안한 얼굴로 잠이 들었다.

은지는 자신의 어깨에 기댄 머리와 서로에게 맞닿은 두 다리를 연신 바라보았다. 왠지 따뜻한 체온이 느껴졌다. 아무도 없는 극장 안, 거대한 스크린에서 흘러나오는 영화보다도 더 영화 같은 장면이 그 안에 펼쳐지고 있었다. 두 사람은 서로에게 가지런히 고개를 기댄 채 한동안 단잠을 청했다.

집으로 돌아가는 차 안의 공기는 어색함과 부끄러움으로 가득했다.

지욱은 오로지 정면 쪽을, 은지는 꿋꿋이 오른쪽 차창을 응시했다. 단 한 번도 서로 고개 따윈 맞댄 적 없는 사이인 척, 두 사람은 시치미를 뚝 뗐다.

얼마 후, 자동차가 은지의 집 앞에 멈춰 섰다. 은지가 먼저 무거운 정적을 깨고 일부러 더 씩씩하게 인사했다.

"데려다 주셔서 감사합니다."

"…."

"저, 그럼 들어가 볼게요!"

지욱은 대답 대신 고개를 크게 끄덕였다. 그는 집으로 들어가는 은지의 뒷모습을 한동안 지켜보았다. 짧은 순간 오늘 하루가 동영상처럼 재생되었다. 처음 그녀를 만나러 왔을 때만 해도 날카롭게 곤두섰던 신경은 언제 그랬냐는 듯 차분해졌고, 마음 또한 이상하리만큼 편안해졌다. 하지만 여전히 해결되지 못한 하나의 문제가 있었다. 지금 이 순간마저도, 그녀의 잔상에서 헤어 나오지 못하고 있다는 것.

'양은지…. 대체 나한테 무슨 짓을 한 거야?'

하지만 그 시달림이 결코 괴롭지만은 않았다. 지욱의 얼굴 위로 은지와 함께했던 하루만큼이나 화창한 미소가 번졌다.

***

샤워를 하고 나온 은지는 식탁 의자에 앉아 지욱에게서 와 있는 문자메시지를 열어보았다.

용량이 커서 MMS로 온 첫 번째 메시지는 문자가 아닌 사진이었다. 처음 '사진파일'이라는 글씨를 보고 은지는 무척 당황했다.

'도지욱이 나한테 보낼 사진이 뭐가 있지? 혹시 아까 같이 있을

때 내 옆사라도 몰래 찍은 건가? 아니지, 우리가 그 정도로 친한 사이는 아니잖아!'

반신반의한 마음으로 그의 메시지를 확인한 은지는 할 말을 잃었다.

"아니, 어떻게… 이게."

한동안 잊고 있던, 하지만 눈을 감고도 생생히 떠올릴 수 있는… 그곳의 모습이었다. 똑같은 모양으로 다닥다닥 붙어 있어 다른 사람들은 구분할 수 없겠지만, 은지는 한눈에 자기 자리를 알아봤다. 로얄카드 고객 상담실 최고의 에이스 상담원 양은지의 자리였다.

더 놀라운 건 그녀가 쓰던 그대로 '양은지 상담원'이라는 명패와 자랑스러운 친절 상담원 스티커가 여전히 반짝이고 있었다. 예상치 못한 사진에 은지는 콧등이 시큰해졌다. 그때였다. 뒤이어 또 다른 문자메시지 하나가 도착했다.

'양은지, 당신이 책임져야 할 게 또 하나 있어. 사진 속 자리로 돌아와 제 몫을 다해주길.'

은지는 문자를 읽고 또 읽었다. 믿을 수 없었다. 원래 콜센터 상담원들은 한 번에 여러 가지 일을 하는 것에 익숙한 사람들이었다. 귀로는 고객의 목소리를 듣고, 입으로 답변을 하면서, 손으로는 고객이 원하는 정보를 찾는, 멀티 플레이어.

은지는 그동안 단련해온 멀티플레이어의 면모를 제대로 선보이기 시작했다. 미친 사람처럼 환호하고 소리치며 좋아하다가, 언제 그랬냐는 듯 엉엉 목 놓아 울었다. 또 그러다 세상을 다 가진 사람처럼 방방 뛰었다. 한 가지 행동으로는 도저히 표현할 수 없는 기쁨이었다. 최근 많은 일이 있었지만 그 중에서도 먹고사는 문제, 일자리를 잃은 것이 그녀의 가장 큰 고민거리였다. 헌데 그 고민이 뜻밖의 문자메시지 하나로 모두 해결되었다. 응어리져 있던 마음도 스르륵 녹아내렸다.

'도지욱 본부장, 냉정한 사람인 줄 알았는데 꼭 그런 것만은 아니었어. 말을 좀 정떨어지게 할 때도 있지만, 그래도 심성은 좋은 사람 같아. 따지고 보면 그 사람이 늘 도와줬잖아. 바다에 빠졌을 때도, 막말 상담원 논란이 커졌을 때도. 그리고 이번에도….'

지욱에 대한 생각이 뻗쳐나가던 은지는 한 가지 의문이 들었다.

'근데 왜 자꾸 나를 도와주는 거지? 설마, 혹시…?'

은지의 동공이 허공에서 멍하니 멈췄다. 하지만 그녀는 이내 그럴 리 없다는 듯 빠르게 고개를 저었다.

'그게 말이 돼? 아까 못 봤어? 도지욱은 잠든 모습마저 한 치의 흐트러짐이 없었어. 그렇게 완벽한 로얄카드 후계자가 왜 나를! 좀 잘해준다고 이렇게 착각하면, 그게 오만방자한 거라고. 정신 차리자, 양은지!'

은지는 단호한 이성으로 의심의 싹을 싹둑 잘랐다. 그럼에도 극장에서 자신의 어깨에 기대 있던 지욱의 얼굴이 잊히질 않았다.

길쭉한 키에 탄탄한 몸, 또렷한 이목구비까지. 지욱은 모든 면에서 성숙한 남자의 향기가 물씬 풍겼다. 헌데 딱 하나, 의외의 것이 있었다. 쌔근쌔근 잠든 그의 숨소리.

그것은 마치 갓난아기의 것처럼 고요하고 맑았다. 은지는 그의 숨소리를 조금 더 가까이에서 듣고 싶어 조심스럽게 고개를 숙였다. 그렇게 살짝 기댄다는 것이 그만 그에게 완전히 기대어 잠들고 말았다. 은지는 그때의 포근함이 되살아난 듯 두 눈을 지그시 감았다.

'미쳤어, 미쳤어! 지금 내가 무슨 생각을 하는 거야! 정신 차리고 답장이나 보내자!'

'감사합니다. 기회를 주신 만큼 최선을 다하겠습니다!'

은지는 메시지 창에 입력한 내용을 보다가 인상을 찌푸렸다.

'아니, 아니지! 이건 너무 신입사원 같아!'

'뭐, 이렇게까지 안 하셔도 되는데… 정 그러시다면….'

이번에는 신입사원 같지 않게, 조금 더 당당함을 부각하겠다는 게 너무 멀리 가버렸다.

'아냐, 아냐. 이건 다 차려진 밥상을 엎겠다는 문자라고!'

은지는 평소와는 달리 조금 더 상냥하고, 진정성을 담아 보내고 싶었다. 말 한마디로 천 냥 빚도 갚는다는데, 그동안 그에게 진 많고 많은 빚을 조금이나마 청산하고 싶었다. 진심이라는 비싼 이자를 붙여서.

'고맙습니다^^ 정말… 정말 잘해볼게요♡'

하트 이모티콘이 조금 낯 뜨겁긴 했지만, 은지는 사회생활을 잘하던 동료 상담원들을 떠올렸다. 꼭 메시지 말미에 이런 애교스러운 것을 달고는 하던 그녀들을.

누울 자리를 보고 다리를 뻗는다고, 냉철한 이성을 가진 도지욱이 이런 이모티콘을 오해할 리도 없었다. 은지는 그 어느 때보다 가뿐한 마음으로 전송 버튼을 눌렀다.

은지가 고민 없이 보낸 하트 이모티콘이 지욱에게는 큰 고민거리가 되었다. 그의 눈에 모든 사물이 하트가 되어 둥둥 떠다니기 시작한 것이다. 심지어 신호등 모양마저도 하트로 보였다. 그런데 더 이상한 것은 그게 싫지 않다는 거였다.

지욱은 신호등 보는 법을 처음 배운 아이처럼 초롱초롱한 눈빛으로 정면을 바라봤다. 그때 그의 시선이 우연히 자동차 전면유리 쪽으로 향했다.

'언제 이렇게 더러워졌지?'

지욱은 급히 차를 돌려 외제차 전용 프리미엄 세차장으로 향했다.

라운지로 들어간 지욱은 은지가 보낸 메시지를 읽고 또 읽었다. 그 짧은 문자 하나가 지욱에겐 엄청난 상징과 비유를 감춘 문학작품이 되어버렸다.

휴대폰을 들고 있던 그의 손에 강한 진동이 느껴졌다. 깜짝 놀란 지욱은 그것을 그만 손에서 놓치고 말았다. 바닥에 떨어진 휴대폰 화면에 익숙한 이름이 보였다.

***

서울 이태원동의 단독주택.

다섯 개의 주차장 출입구 중 하나로 나온 지욱은 정원으로 걸음을 옮겼다.

거대한 담장 너머 정원에는 정원수가 울창하게 펼쳐졌다. 그리고 정원 한가운데로 거대한 원목 야외 테이블이 보였다. 메이드복

장을 한 도우미들이 참나무 바비큐를 하느라 정신이 없었다.

지욱은 멀리서도 테이블에 앉아 있는 사람들을 얼른 알아차렸다. 아버지 도정남 회장과 부인 김라혜 여사. 그리고 그 옆에는 듬직한 체격에 하얀 피부, 웃을 때마다 반달이 되는 눈과 자연스러운 컬이 살아있는 스핀 펌 헤어의 20대 초반 남자.

지욱은 건우를 한눈에 알아봤다. 여덟 살 터울의 동생 건우는 초등학교 입학과 동시에 외국 유학을 한 탓에 지욱과 함께 보낸 시간이 거의 없었다. 지금처럼 건우가 방학을 해 한국에 들어오면 한 번씩 보는 게 전부였다.

"헤이, 브라더!"

건우가 정원을 가로질러 달려와 덥석 지욱을 껴안았다.

차가운 인상인 지욱과 달리, 건우는 가만히 있어도 웃음기 가득한 부드러운 인상이었다. 댄디하고 깔끔한 옷차림의 지욱과 달리, 건우는 홍대 인디밴드의 멤버처럼 빈티지한 스타일의 옷을 입고 있었다.

인상과 옷 스타일은 정반대였지만, 큰 키와 넓은 어깨는 그들이 형제임을 증명해주었다.

"들어오느라 고생했다."

"고생은 무슨! 형, 형만 알아. 사실 나 있지, 오늘 귀국한 거 아니다?"

건우가 지욱의 귓가에 속삭이듯 말했다.

"그게 무슨 소리야?"

"비행기 표 엄마 몰래 바꿨거든! 2주 전에 들어왔어."

"뭐?"

지욱이 놀라 물었다.

“버킷리스트를 위한 준비 기간이었달까?”

건우가 특유의 제스처를 취하며 말했다. 자유분방한 그 몸짓은 아버지 도정남을 쏙 빼닮았다. 지욱은 못 말린다는 듯 고개를 저으며 웃었다.

건우의 엄마 김라혜 여사는 반가움의 포옹을 나누는 두 형제를 의미심장한 눈빛으로 바라보았다.

지욱이 자리에 앉자 정남은 괜히 헛기침을 했다. 그리고는 한참 뜸을 들인 후에야 입을 열었다.

“막말 상담원 논란은 용케 잡았더구나. 하지만 방심은 금물이야! 우리 지리산 선녀님께서 말씀하시길, 이건 전초전에 불과하다고 했으니까!”

“생각보다 여론이 빨리 가라앉았습니다. 앞으로 좀 더 지켜봐야겠지만, 더 신경 쓰도록 하겠습니다.”

지욱이 담담하게 말했다.

“그 여자! 그 상담원인가 뭔가 하는 여자는 잘 처리했겠지?”

“…..”

“왜 대답이 없어?”

“에이, 아버지! 지루한 일 이야기는 그만하시고, 우리 재밌는 이야기해요.”

건우가 분위기를 바꾸려고 끼어들었다.

“재밌는 이야기? 어휴, 참 너처럼 세상 걱정 없이 사는 놈은 내 처음 본다. 대체 누굴 닮은 건지!”

"누굴 닮긴요! 아버지 닮았죠!"

건우가 천연덕스럽게 웃으며 정남을 바라보았다. 지욱은 태연하게 두 부자의 장난을 지켜보면서도 출근하는 은지의 모습을 떠올렸다.

***

로얄카드사 정문.

은지는 잠시 작별했던 로얄카드 앞에 다시 섰다. 감회가 새로웠다. 마치 입사 첫날, 첫 출근을 하는 마음 같았다. 들뜬 마음 때문에 가슴이 자꾸 벌렁거리고, 긴장을 했는지 자꾸 요의가 느껴졌다. 입사 첫날의 증세와 똑같았다. 그때 은지의 귓가로 익숙한 목소리가 들려왔다.

"야! 양은지!"

불과 얼마 전, 바로 이 자리에서 떠나가는 자신을 배웅하던 절친 경란이었다.

"경란아!"

경란은 달려와 은지를 덥석 끌어안았다. 그 순간 은지의 손에 들려 있던 도시락 통이 살짝 흔들렸다.

"어떻게 알고 나왔어!"

"방금 출근했는데 송 팀장이 너 온다고 방심하지 말라잖아!"

"엉? 나 오는 건 맞는데… 방심하지 말라니?"

"너 나가고 내가 여기 에이스였걸랑. 근데 이제 진짜 레전드가 오니까."

"레전드는 무슨 레전드! 하긴 실시간 검색어 1위도 찍었으니 이 정도면 레전드인가?"

은지가 도도한 척 머리를 쓸어 넘기며 말했다. 경란이 고개를 젖히고 숨이 넘어갈 듯 웃어댔다. 은지는 이렇게 경란과 함께 웃고 떠드니 그제야 일상으로 돌아온 게 실감났다.

쓸쓸히 퇴장했던 고객 상담실 입구로 들어서자 송 팀장을 비롯한 동료들이 몰려와 그녀를 반겨주었다. 은지는 분에 넘치는 환영에 몸 둘 바를 몰랐다.

"복직 소감 한마디 해야지?"

송 팀장이 넉살 좋게 말했다.

"다른 건 없고요, 누가 끌어내지 않는 이상! 절대! 다신! 나가지 않겠습니다! 뭐… 혹시 끌어내도요, 저번처럼 나가진 않을 겁니다!"

그녀의 말에 모두가 박장대소했다. 은지는 오랜만에 온 콜센터 안을 쓰윽 훑어보았다. 모든 게 예전 모습 그대로였다. 익숙한 공기, 익숙한 냄새, 익숙한 풍경. 이제 그 자리로 자신만 살포시 들어가 앉으면 될 것 같았다.

은지는 자리로 가기 전, 잠시 어딘가로 향했다. 복도 끝에 따로 자리한 본부장실이었다.

문자 한 통으로 입을 씻기엔 그녀의 양심이 허락지 않았다. 은지는 지욱에게 나름대로 성의를 다해 인사를 하고 싶었다. 그래서 새벽 일찍 일어나 정성껏 도시락을 쌌다. VIP 레스토랑을 즐겨 찾는 그에게는 보잘 것 없는 음식일 테지만, 은지는 그저 마음이라도 전하고 싶었다.

은지는 조심스레 본부장실 문을 노크 했다. 하지만 아무 기척도 들리지 않았다. 까치발을 하고 안을 힐끗 살펴봤지만 역시 아무것도 보이지 않았다.

어쩔 수 없다는 듯 은지가 몸을 돌리는 순간, 커다란 품이 앞에 턱 나타났다. 예상치 못한 충돌 사고였다.

“엇! 죄송합니다.”

은지가 다급하게 인사를 한 뒤 천천히 고개를 들었다.

길쭉한 키에, 넓은 어깨, 하얀 피부에 서글서글한 두 눈은 금방이라도 눈웃음을 지을 것처럼 보였다. 은지는 처음 보는 남자의 얼굴을 한동안 넋을 빼고 바라보았다.

‘누구지? 콜센터 사람은 아닌 것 같은데? 근데 인상이 참 선하다. 따뜻한 느낌이 들어. 누구랑은 참 다른 이미지랄까.’

그때였다.

“양은지 선배님 맞으시죠?”

남자가 두 눈을 반달로 만들며 말했다. 입가에는 귀여운 보조개도 장착한 채.

“어…. 저를 아세요?”

은지가 당황한 듯 되물었다.

“목소리가 참 예쁘세요!”

지욱은 송 팀장에게 은지가 출근했다는 연락을 받고 바쁘게 콜센터로 들어섰다. 하지만 은지는 어딜 갔는지 자리에 보이지 않았다.

아쉬움을 안고 본부장실 쪽으로 발길을 옮긴 그의 눈앞에 익숙한 두 사람의 모습이 보였다. 은지를 향해 웃고 있는 한 남자와 그를 지그시 올려다보고 있는 여자.

'도건우? 네가 여긴 무슨 일로…!'

지욱의 두 눈이 순식간에 커졌다.

은지는 처음 보는 남자의 칭찬에 잠시 마음이 설렜지만 금방 이성을 찾았다.

'내 목소리를 들었다면, 그건 분명…!'

"혹시 막말 파일 듣고 저 놀리는 거예요?"

은지가 미간을 찌푸리며 말했다.

"막말요? 그게 뭐지?"

남자는 처음 듣는 소리라는 듯 고개를 갸웃거렸다.

'지금 모르는 척하는 거야, 뭐야? 대한민국 국민이라면 모를 리가 없을 텐데.'

"제가 선배님 목소리를 잠잘 때 빼고 하루 종일 들었거든요! 근데 진짜 목소리가 좋아요. 계속 들어도 질리지 않고!"

남자가 꽤나 진지한 투로 목소리 감상평을 말했다. 그때 뒤쪽에서 목소리가 들려왔다.

"신입 어디 갔어? 대니얼!"

송 팀장이었다.

"자세한 얘긴 이따 또 해요! 전 그럼!"

건우는 송 팀장이 있는 쪽으로 급하게 가다 대각선 방향에 서 있는 누군가를 발견했다.

'지욱이 형?'

건우는 그를 향해 한쪽 눈을 찡긋하고 윙크를 날렸다. 앞으로 무슨 일이 벌어져도 모르는 척 눈감아달라는 듯.

하지만 지욱은 갑작스런 건우의 등장을 이해할 수 없었다.

'도건우, 네가 여긴 대체 무슨 일로….'

그의 뇌리에 어제 건우가 스치듯 했던 이야기가 떠올랐다.

'2주 전에 들어왔어. 버킷리스트를 위한 준비 기간이었달까?'

어제 말한 버킷리스트가 설마… 콜센터 아르바이트?

본부장실 앞을 서성이던 은지도 대각선 쪽에 서 있던 지욱을 발견했다.

"거기서 뭐하세요?"

지욱은 낯익은 솔톤 보이스에 놀라 얼른 고개를 돌렸다.

상담원 유니폼을 입은 은지가 그 앞에 서 있었다. 지욱은 한동안 말없이 그녀를 바라봤다.

'이 옷이, 원래 이렇게 잘 어울렸었나?'

지욱의 눈에 은지는 그 어느 때보다 생기 있고 아름답게 보였다.

"이제야 제 옷을 입었군!"

그는 무심한 듯 툭 진심을 던졌다.

"그죠? 제가 생각해도 이 상담원복이 저한테 제일 잘 어울리는 것 같아요. 외출복으로 입어야 되나 싶을 정도로요! 그리고 저… 이거."

은지는 짝사랑하던 선배에게 러브레터를 건네는 여고생처럼 수

줍게 도시락 통을 내밀었다. 지욱은 촌스러운 보자기에 싸인 그것을 유심히 바라보았다.

"이게 뭐지?"

"제가 빚지고는 못 사는 성격이라서요. 본부장님께 도움 받은 것도 많은데 뭔가 제대로 감사 인사를 하고 싶었어요. 근데 제가 할 수 있는 게 이것밖에는…. 별건 아니고 도시락이에요! 아, 자릴 너무 오래 비웠네! 전 그럼 이만 가볼게요!"

본부장실로 간 지욱은 얼른 은지의 선물을 확인했다. 분홍빛 보자기를 풀어헤치니 귀여운 도시락통이 나왔다. 3단으로 된 도시락을 차례대로 열었다. 한칸 한칸 열 때마다 지욱의 얼굴은 밝기 보정이라도 한 듯 3단계로 점차 밝아졌다.

가장 아래 칸에는 오색 재료를 넣어 만든 김밥과 베이컨 말이 김치볶음밥이 반반으로 정갈하게 담겨 있었다. 그 위 칸에는 떡갈비와 김치, 시금치나물 등 밑반찬이 들어 있었다. 마지막 칸에는 청포도, 키위, 방울토마토, 바나나를 아기자기하게 엮어 먹기 좋게 만든 과일꽂이였다.

지욱은 벌써부터 배가 부른 것 같았다. 헌데 문제가 하나 있었다. 음식을 눈앞에 두고 지욱은 식욕보다 다른 욕구가 먼저 치솟아 올랐다. 그는 두 주먹을 쥐었다 폈다 하며 가슴속에 불타오르는 욕구를 애써 삭였다.

'아, 미치겠군….'

처음이었다. 이렇게 음식을 눈앞에 두고 괴로운 것은.

'아, 도저히 못 참겠어. 도저히….'

지욱은 주머니에서 무언가를 조심스레 꺼냈다. 그의 손에서 홀연히 모습을 드러낸 것은 다름 아닌 스마트폰이었다. 지욱은 절대 상상하지 못했다. 자신이 음식 사진을 찍게 될 거라고는.

찰칵.

'원래 촬영음이 이렇게 컸었나?'

지욱은 괜히 신경 쓰여 주변을 두리번거렸다. 아무도 본 사람이 없는데 창피함에 볼까지 붉어졌다.

시험 촬영을 한 사진은 도시락이 반쯤 잘려 나온 상태였다. 아무래도 앉아서 찍은 탓인 듯싶었다.

'평소에 이런 걸 찍어봤어야 알지!'

지욱은 다시 한 번 시도해보기로 마음먹었다. 아무래도 세 개의 도시락이 모두 담기려면 일어나서 찍는 편이 나을 거 같았다. 그는 자리에서 일어나 정면 풀샷으로 도시락을 카메라에 담았다. 하지만 뭔가 아직도 부족한 느낌이었다.

한 번 시작된 사진 촬영은 쉽게 끝이 날 것 같지 않았다. 완벽주의자답게 그는 마음에 드는 구도와 각도를 찾기 위해 자리를 옮겨 다니며 열혈 사진작가 흉내를 냈다. 사선 방향에서, 아래에서 무릎을 구부리고, 줌으로 밥알의 알갱이 하나하나를 살아있게 찍어 보기도 했다. 하지만 아무리 찍어도 사진 전시회에서 감상했던 그 느낌이 나지 않았다. 그는 결국 구두를 벗고 의자 위에 올라갔다. 조금 더 새로운 각도를 찾기 위해서.

의자 위에 오른 지욱은 천장에 머리가 부딪힐 위험을 무릅쓰고 촬영에 몰두했다. 그때였다. 문이 열리고 누군가 들어와 황당해하는 얼굴로 지욱을 올려다보았다.

"아니, 본부장님. 거기서…."

송 팀장의 두 눈이 지욱이 촬영 중인 그것에 내리 꽂혔다.

"본부장님, 설마 이걸 찍으시려고?"

송 팀장은 웃음을 참고 말했다. 지욱은 깜짝 놀라 의자에서 내려왔다.

"아닙니다!"

'괜히 자극했다가 좋은 꼴 못 보겠지?'

송 팀장은 애써 모른 척하며 서류 하나를 건넸다.

"오늘 나온 인턴사원 이력서입니다. 지난 2주간 교육도 우수하게 이수했고요. 본부장님께서 그동안 바쁘셔서 이제야 보고하네요."

지욱은 무심히 서류를 펼쳤다. 이력서 왼쪽 상단에 익숙한 얼굴이 보였다. 하얀 피부에 서글서글한 두 눈, 금방이라도 이력서를 찢고 나와 눈웃음을 지을 것 같은 한 남자.

'도건우…!'

"대니얼 강이라고, 해외 유학파입니다. 저희 콜센터에도 이런 글로벌한 인재가 있으면 좋으니까요."

송 팀장이 부연설명을 했다.

'어떻게 이런 가짜 이력서가 통과되었지?'

마침 휴대폰에 문자 알림음이 울렸다.

'최 비서 아저씨가 몰래 도와주셨어. 내 버킷리스트야, 또래 친

구들처럼 힘들고 어려운 아르바이트 해보는 거. 아마 엄마가 알면 난리 나겠지? 형만 눈 감아주면 돼.'

지욱은 그제야 건우가 콜센터에 온 정황을 알게 되었다.

"네, 확인해보죠. 그럼 나가보세요."

***

"자, 모두 주목! 우리 고객 상담실에도 파릇파릇한 인턴이 왔다. 그것도 여자가 아니라 남자! 인사해."

건우가 앞으로 걸어 나오자 은지의 두 눈이 휘둥그레졌다.

'어? 아까 그 남자잖아.'

"안녕하세요. 도… 아니, 대니얼 강입니다. 제가 외국에 오래 살다 와서 아직 적응 기간이 필요한데 많이 도와주세요."

여자 상담원들은 난리가 났다. 경란도 흥분했는지 은지의 어깨를 두드리며 말했다.

"야, 쟤 완전 귀엽다. 얼굴은 강아지상인데, 피지컬은 완전 상남자야. 진짜 내가 오래 참고 버틴 보람이 있다. 이제야 만나네, 우리 꽃돌이!"

경란의 호들갑에 은지는 웃음을 터뜨렸다.

"우리 대니얼 캉, 사수는 누가 하지?"

송 팀장이 둘러보며 말하자 건우가 한 손을 치켜들었다.

"제가 생각해둔 분이 있습니다."

"오오!"

상담원들은 군부대 군인처럼 마구 환호했다.

"뭐야? 그게 누군데?"

송 팀장도 놀란 듯 물었다.

상담원들은 내심 기대에 찬 얼굴로 눈앞의 신입을 바라보았다. 경란도 괜히 두 손을 가슴에 모았다.

"양은지 선배님이요!"

이제 막 복귀해 정신이 없던 은지는 자신의 이름이 불리자 화들짝 놀란 얼굴이었다.

'뭐어? 나?'

은지는 믿기지 않는다는 듯 손가락으로 자신을 가리키며 고개를 두리번거렸다.

"양은지! 아직 살아있네!"

송 팀장이 놀리듯 소리쳤다.

점심식사 후, 은지는 건우와 단둘이 휴게실로 갔다. 동료 상담원들이 그녀를 부러운 눈빛으로 바라봤다. 은지는 눈앞의 대형견 같은 남자에게 꼭 묻고 싶은 게 하나 있었다.

"근데 왜 나를… 사수로 택한 거예요?"

"말 편하게 하세요, 선배님! 저 스물네 살이에요."

'스물넷이면… 나보다 세 살이나 어리네?'

"그래, 사수니까 말 편하게 할게. 근데 아까 내 목소리를 잠 잘 때 빼고 들었다는 건 무슨 소리야?"

“아, 그거요? 센터 들어오기 전에 2주간 교육받을 때요. 베스트 상담 스크립트와 녹취 오디오 들으며 연습했거든요. 그때 선배님 목소릴 처음 들었어요. 근데 완전 좋은 거 있죠? 솔톤 여신의 강림이랄까.”

은지는 건우의 칭찬 세례에 마음이 녹아들었다.

‘솔톤 여신이랄 것까지야… 뭘 또 그렇게까지…. 호호홋!’

“근데요. 더 재밌는 게 뭔지 아세요? 베스트 상담 녹취파일만 들었으면 하루 종일 선배님 목소리를 듣진 못했을 거예요. 하루의 반은 베스트 상담 파일을 듣고 연습하고, 나머지 반은 워스트 파일을 들었거든요.”

‘무슨 소리지?’

은지는 단번에 그 말을 이해하지 못했다.

“워스트 파일도 선배님 목소리였어요. 저 말이죠! 동네북 아니거든요.”

건우가 짓궂게 그녀의 목소리를 흉내 내며 말했다. 그 순간 은지의 얼굴이 화끈 달아올랐다.

“그, 그게 교육 때 쓰이는 줄은 몰랐네. 아, 쪽팔려….”

“왜요? 전 더 좋던데. 인간미 있잖아요. 사실 솔톤 여신도 좋긴 하지만, 뭔가 가상의 인물처럼 느껴졌는데, 워스트 파일을 들으니까 느끼한 것만 먹다 동치미국물 먹은 것처럼 속이 편해지더라고요. 전 개인적으로 워스트도 좋았어요!”

은지는 자신을 배려하듯 따뜻하게 말해주는 건우가 고마웠다.

“대니얼이라고 했지? 그럼 몇 가지 콜센터 생활 규칙을 좀 알려줄게.”

"네, 선배님."

건우는 메모장을 펼치고 펜을 들었다.

"봤다시피 콜센터는 직원 간의 거리가 1미터도 안 돼. 통로가 좁아서 화장실을 가거나 이동할 때 의자를 치거나 휴지통을 건드리는 일이 없이 조심조심 다녀야 해. 특히 대니얼은 키가 크고 덩치도 있기 때문에 더 유의해야 할 것 같아."

"아, 진짜 조심해야겠다!"

고개를 끄덕이며 메모를 하는 그의 모습이 은지는 귀엽게 보였다.

"그리고 콜센터에서는 거울이 필수야. 모니터를 보고 일하는 것보다 거울에 비친 자기 얼굴을 보면서 일하면 감정조절을 하기가 수월하거든. 감정이 극한으로 다다랐을 때 내 얼굴을 보면서 이러면 안 되지, 라는 생각을 하기도 하고. 물론 그걸로도 안 될 때가 있지만. 대부분은 거울을 보면서 컨트롤할 수 있어."

"이건 정말 좋은 팁이네요."

건우가 거울이라는 글씨 옆에 별을 여러 개 그려 넣었다. 그 모습을 흐뭇하게 바라보는데 갑자기 은지의 휴대폰이 분주하게 울어대기 시작했다.

***

지욱의 책상 위에 텅 빈 도시락 세 개가 나란히 놓여 있었다. 지욱은 마지막 과일꽂이 하나를 입에 털어 넣었다. 그리고는 한 손으로 아까 찍은 사진을 넘기며 감상했다. 실물보다는 못했지만 다시 보니 여전히 감동이 되살아났다.

지욱은 자세를 바로잡고 통화 버튼을 터치했다. 기분이 들뜬 탓인지 화면을 누르는 그의 손짓은 평소보다 몇 배 더 유연했다. 그래서인지 눌려선 안 될 엉뚱한 버튼이 눌리고 말았다.

영상통화.

하지만 지욱은 그것도 모른 채 전화를 귀에 가져다댔다. 지루한 신호가 가고 얼마 후 덜컥 연결되는 소리가 들렸다. 이윽고 생활 소음과 함께 익숙한 목소리가 들려왔다.

〔본부장님? 갑자기 무슨….〕

"아, 내가 아까 미처 인사를 못 한 게 생각나서…."

〔아, 네. 그런데 꼭… 이렇게 안 하셔도 괜찮은데….〕

은지가 당황한 듯 말을 더듬었다. 지욱은 뭔가 이상해 전화기를 잠깐 귀에서 떼었다. 그리고 화면을 보는 순간!

'이게 뭐야!'

화면에 놀란 지욱의 얼굴이 생중계 되고 있었다. 지욱은 뒤늦게 카메라 부분을 손으로 막았다.

"당신이 건 거야? 이 영상통화?"

지욱이 버럭 소리쳤다.

〔무슨 말씀이세요! 본부장님이 거셨잖아요! 대니얼도 봤지? 방금 전화 걸려온 거 말야.〕

은지가 함께 있는 사람에게 말을 거는 게 보였다.

"옆에 누가 또 있나?"

화면 속 지욱이 물었다. 건우가 스르륵 은지의 휴대폰 카메라

쪽으로 고개를 들이밀었다.

지욱은 건우를 발견하고는 다시 한 번 놀랐다.

'도건우, 네가 왜 이 여자 영상통화에 나오는 건데!'

〔본부장님이 거신 거 맞는데요!〕

건우가 천진난만하게 말했다. 지욱은 묵묵히 화면 속 두 사람을 바라보았다. 은지의 옆에 바짝 붙어 고개를 내밀고 있는 건우를 보니 왠지 기분이 이상했다.

갑자기 뱃속에서 뭔가 꿈틀꿈틀거리며 장이 꼬이는 것만 같았다. 지욱은 처음 전화를 걸었을 때와는 달리 몹시 어두워진 낯빛으로 천천히 입을 열었다. 그의 입에서 진심과는 다른 정반대의 말이 툭 튀어 나왔다.

"양은지, 음식에 대체 뭘 넣은 거지!"

***

〔신규로 나온 로얄 세이브 카드인가? 그건 어떤 혜택이 있나요?〕

"네, 고객님. 로얄 세이브 카드 혜택 말씀이신가요? 우선 첫 해 연회비를 100% 캐시백 제공해드리고요. 스타벅스 경우 50%, 패스트푸드점 20%의 청구할인 혜택이 있습니다. 대중교통 이용 시에도 10% 청구할인이 되고, 전 세계 800여 개 공항라운지를 무료로 이용 가능합니다. 기타 자세한 사항은 홈페이지를 통해서도 확인 가능하십니다."

은지는 복귀 첫날인 것이 무색할 정도로 능숙하게 신규카드의 혜택을 소개했다. 콜센터 상담원에게 필요한 첫 번째 덕목은 '어떤 질문에도 당황하지 않는 것'이었다. 베스트 상담원 은지는 웬만해선 잘 당황하지 않았다. 허나 몇 시간 전, 뜻밖의 질문에 완벽하게 당황하고 말았다.

'양은지, 음식에 대체 뭘 넣은 거지!'

지욱의 음성이 날카로워서 은지는 괜히 간이 콩알만 해졌다.

'음식에서 머리카락, 아님 벌레라도 나온 거야?'

괜히 죄인이 된 듯 마음이 쪼그라들었다.

'들어가면 안 될 걸 넣진 않았는데….'

은지는 직접 만든 수제 재료만 사용했다. 도지욱이 왜 성을 내는지 도무지 알 수 없었다.

불쾌한 생각이 가시지 않는데 모니터에 단체 쪽지 하나가 날아왔다.

보낸 사람 : 송 팀장님

오늘 신입 대니얼과 은지의 복귀 기념 회식을 추진할까 합니다. 참가비 1만원을 지참해주시면 감사하겠습니다.

※ 추신 : 도 본부장님께서는 회식문화를 극혐한다는 경영전략팀 첩보가 있었으니, 모두 입조심 하시길!

평소 이런 쪽지를 받으면, 은지는 보통의 직장인들처럼 이맛살을 찌푸리고는 했다. 하지만 오늘만은 달랐다. 자신을 반겨주는 동료들이 있다는 사실이 괜스레 고마웠다. 소속감 없이 보낸 시간들이 가르쳐준 소소한 변화였다. 은지가 괜히 감성적으로 변해 회식을 미화하고 있을 때, 주머니에서 진동음이 울렸다.

'잠깐 내 방으로 오지.'

문자를 본 은지는 긴 한숨을 내쉬었다.

'또 왜…. 또 뭐! 대체 뭐가 문젠데?'

은지는 입술을 삐쭉거리며 본부장실로 향했다. 그녀가 노크 후 조심스레 문을 열자 익숙한 뒷모습이 보였다. 지욱이 의자를 돌려 창 너머 한강철교를 내려다보고 있었다.

"부르셨어요?"

은지가 퉁명스럽게 말을 뱉었다. 그러자 지욱이 의자를 돌려 바로 앉았다.

"이따 끝나고 별일 없지?"

"왜요?"

"밥을 얻어먹었는데 모른 척할 순 없으니까."

"음식에 문제 있었던 거 아닌가요?"

은지가 뾰로통한 얼굴로 말했다.

"죄송하지만, 오늘은 선약이 있어요."

예상을 빗겨간 대답에 지욱은 당황했다.

"선약이라니. 오늘 복귀인데, 야근을 할 수도 있다는 생각은 못 했나? 신이 나서 약속부터 잡았단 거야?"

"제 사적인 스케줄까지 본부장님께 검사 받아야 되나요? 그리고 제가 개인적으로 잡은 게 아니고요, 팀에서!"

'헉!'

은지는 욱한 나머지 할 필요도 없는 이야기를 입 밖으로 꺼내고 말았다. 그걸 놓칠 지욱이 아니었다.

"팀에서 약속을 잡기라도 했나? 고객 상담실 총괄은 난데, 왜 나는 그 약속에 대해 아무것도 들은 바가 없지?"

"그, 그게 아니고요."

은지의 머릿속에 삼음절의 글자가 처절하게 쓰였다.

'망. 했. 다.'

지욱은 사무실 전화기를 집어 들어 기다란 손가락으로 내선번호를 눌렀다.

"접니다. 지금 당장 방으로 오세요."

수화기를 내려놓고 얼마 지나지 않아 송 팀장이 헐레벌떡 본부장실로 들어왔다. 그는 영문을 모른 채 사람 좋게 웃었다.

"송 팀장님, 오늘 업무 끝나고 팀에 또 다른 일정이 있나요?"

뜨끔 놀란 송 팀장이 은지 쪽을 쳐다보았다. 은지는 송구스럽다는 듯 고개를 주억거렸다.

"아… 그게… 오늘 인턴 직원도 오고, 양은지 상담원도 복귀한 기념으로 조촐하게…."

송 팀장이 '회식'이라는 단어를 요리조리 피해 말을 얼버무렸다.

"그래서 회식을 하겠다!"

지욱이 허를 찌르듯 말했다.

"뭐, 회식이랄 것까진 아니고, 하하하…. 네, 그렇습니다."

송 팀장이 웃는지 우는지 모를 얼굴로 고개를 끄덕였다. 은지는 그런 팀장의 얼굴을 보자 더 미안한 마음이 솟구쳤다. 그녀는 입

모양으로 '죄송해요' 라는 말만 연신 반복했다.

"왜 보고하지 않았습니까?"

"그, 그게 본부장님께서 회식문화를 몹시 싫어하신다고…."

"갑니다!"

지욱이 또 한 번 끼어들며 말했다.

"네?"

"저도 간다고요!"

"저, 정말이세요?"

송 팀장은 믿을 수 없었다. 지욱이 고객 상담실로 온다는 소식을 듣고 이제 회식은 완전히 물 건너갔구나 생각했었다. 헌데 회식문화에 치를 떤다고 소문났던 도지욱이 참석한다니! 믿을 수 없었다.

"보통 회식은 어디에서 했습니까?"

지욱이 송 팀장을 향해 물었다.

"보통 요 앞 오겹살 집이나, 저 사거리 꼼장어집도 자주 갔고요. 또…."

송 팀장은 눈알을 굴리며 회식 장소 안테나를 가동시켰다.

"알겠습니다. 나가보시죠."

아직 보기가 많이 남아 있는데, 지욱은 송 팀장의 말을 가차 없이 끊었다.

"예약을 해야 돼서 그러는데… 본부장님은 어디가 괜찮으신지…?"

"예약은 제가 합니다."

"네? 본부장님께서 직접요?"

송 팀장과 은지가 동그래진 눈으로 그를 바라보았다.

칼퇴근에 신난 경란과 은지는 팔짱을 끼고 로비를 걸어 나왔다. 콜센터 사람들도 하나 둘 그쪽으로 모여들었다.

"여기 모여서 가는 거랬지? 근데 어디래? 꼼장어? 아니면 갈빗살?"

경란이 희뿌연 연기가 가득찬 고깃집을 떠올리며 고개를 젓는 사이, 그들이 서 있는 곳으로 까만 BMW7 차량 여러 대가 줄지어 들어섰다.

"뭐지? 회장님이라도 납셨나?"

경란은 두 눈이 휘둥그레져서 말했다.

"회장님이 이 시간에?"

은지가 이상하다는 듯 고개를 갸웃거렸다. 그녀의 뒤에서 익숙한 목소리가 들려왔다.

"차를 앞에 세워두고 고사라도 지내? 어서 타!"

지욱의 목소리였다. 놀란 은지가 소리가 난 쪽으로 고개를 돌렸다.

"이걸, 타라고요?"

경란이 흥분해 은지의 팔을 잡아당겼다. 다른 직원들도 경란과 은지가 BMW에 올라타는 것을 보고는 따라 탑승하기 시작했다.

"승차감 짱! 야, 대박 좋아."

3.0리터 직렬 6기통 트윈파워 터보 디젤 엔진을 장착한 BMW는 시원한 속도감과 안정적인 승차감을 자랑하며 도로를 질주했다. 은지는 어안이 벙벙했다. 늘 지욱이 나타나면 상상하지도 못했던 일이 벌어지곤 했다. 지금도 그랬다.

"저 기사님, 지금 어디로 가는 거예요?"

경란이 넉살 좋게 생긴 운전기사에게 말을 걸었다.

"그랜드 하얏트 호텔로 가고 있습니다."

"호텔? 대박사건!"

경란은 또 한 번 함성을 질렀다. 그녀는 줄곧 연기 없는 회식을 주장해온 장본인이었다. 허나 대한민국 직장인들에게 회식과 고깃집 연기는 떼려야 뗄 수 없는 관계였다.

"그럼 이거 혹시 호텔 전용 리무진인가요?"

"네, 그렇습니다."

은지도 놀라긴 마찬가지였다. 누구에게도 호텔에서 단체 회식을 했다는 소식을 들어보지 못했다. 게다가 호텔 리무진이 직접 직원들을 태우고 갔다는 이야기는 더더욱 금시초문이었다.

'정말 안 되는 게 없는 사람이구나.'

은지는 지욱이 새삼 대단하고도, 낯설게 느껴졌다.

남산에 위치한 호텔 앞에서 BMW가 멈춰 섰다. 먼저 차에서 내린 경란은 신이 나서 호텔 입구로 들어갔다. 은지는 눈앞의 높다란 호텔을 올려다봤다. 버스를 타고 지나다 한 번씩 멍하니 바라보곤 했던 곳이었다.

'이런 곳에는 특별한 사람들이나 오는 줄 알았는데, 내가 다 와보네.'

은지는 기분이 묘했다.

"선배님! 찾았잖아요."

"대니얼."

"원래 회식을 이렇게 좋은 데서 하나 봐요?"

"2년 만에 처음이야! 언제 또 이런 날이 올지 모르니까 오늘 엄청 먹어야 해!"

은지가 억척스럽게 말하자, 건우는 재미있다는 듯 특유의 웃음을 배시시 터뜨렸다. 두 사람은 이야기를 주고받으며 화기애애하게 호텔 입구를 들어섰다.

뒤늦게 차에서 내린 지욱의 눈에 은지와 건우의 뒷모습이 보였다. 마치 사이좋은 연인처럼 호텔로 들어서는 두 남녀. 지욱은 그 모습이 왠지 눈에 거슬렸다.

10미터 높이의 통유리창 너머로 서울의 야경이 펼쳐졌다. 화장실에 다녀온 은지는 주변을 두리번거리며 호텔 안을 스캔했다. 그때 익숙한 뒷모습이 보였다. 저명한 작가들의 미술 작품이 전시되어 있는 갤러리 앞에 지욱이 서 있었다. 은지는 문득 요트에서 보았던 그의 모습을 떠올렸다.

'하긴, 참새가 방앗간을 그냥 지나칠 리 없지.'

"호텔에서 감상하는 그림은 어때요? 새로운 영감을 좀 받으셨나요?"

은지가 지욱이 있는 쪽으로 다가서며 물었다.

지욱은 낭랑한 솔톤 보이스에 고개를 돌렸다.

'영감…. 장소가 주는 작품의 느낌….'

지욱도 요트에서 자신이 했던 말이 떠올랐다.

은지가 보이지 않자 찾으러 나왔던 건우는 갤러리를 구경하고 있는 그녀를 발견하고는 반가운 미소를 지었다. 헌데 그녀의 옆에 그가 있었다.

'지욱이 형?'

같은 곳에 시선을 둔 두 사람을 보고 있자니 왠지 이상한 기분이 들었다. 한동안 멍하니 둘을 바라보던 건우는 조용히 등을 돌렸다.

지욱이 예약한 호텔 연회장에는 세계 각국의 다양한 요리가 뷔페식으로 준비되어 있었다. 그뿐만이 아니었다. 야외 테라스에서 자유롭게 바비큐 요리까지 즐길 수 있었다. 은지가 뒤늦게 연회장 안으로 들어서자 입안에 뭔가를 잔뜩 문 경란이 소리쳤다.

"양은지, 어디 갔었어, 오늘 주인공이! 얼른 와, 빨랑 먹어."

연회장 한가운데서는 은발의 외국 신사가 새하얀 그랜드 피아노를 연주하고 있었다. 한 곡을 멋지게 마친 신사는 앞으로 걸어 나와 사람들을 향해 인사를 했다. 허겁지겁 식사를 하던 직원들이 박수갈채를 보내기 시작했다.

은발의 신사는 관객석을 그윽하게 둘러보았다. 그러다 누군가를 발견했는지 놀라서 무대 아래로 급히 내려왔다.

신사의 걸음이 멈춘 곳은 지욱의 앞이었다. 은발 신사와 지욱은 영어로 대화를 주고받기 시작했다. 은지는 그 모습을 호기심 가득한 눈으로 바라보았다. 그때, 은발 신사의 목소리가 얼핏 은지가 있던 테이블로 들려왔다.

"May I ask you to play the piano?"

"뭐야? 본부장님한테 피아노 연주를 부탁하는 거 아냐?"

함께 지켜보던 경란이 말했다.

"진짜?"

처음에는 손사래를 치던 지욱이 은발 신사의 권유에 못이긴 듯 결국 무대로 올라가는 게 보였다. 무대에 오른 지욱은 정중앙에 있는 마이크 앞에 섰다.

"오늘 처음으로 여러분들을 위한 자리를 마련했습니다. 모두 즐거운 시간 보내시길 바랍니다. 고마운 마음을 담아 연주를 한 곡 할까 하는데…. 아 참, 그리고 잘 먹었습니다."

지욱은 마지막 말을 할 때 은지 쪽으로 넌지시 시선을 던졌다.

'잘 먹었습니다?'

사람들은 지욱이 말미에 던진 '잘 먹었습니다'라는 말을 호텔 측에 보내는 인사쯤으로 생각했다. 하지만 은지는 금방 그 말의 뜻을 알아차렸다.

'음식에 뭘 넣었냐며 따질 땐 언제고…. 이제라도 알아줬으니까 봐준다!'

은지는 흡족한 미소를 지었다. 피아노 앞에 앉은 지욱의 모습은 이태리 조각상이 따로 없었다.

작품명 '피아노 치는 남신'

은지는 기대에 찬 얼굴로 그를 바라보았다. 지욱의 하얗고 기다란 손이 피아노 건반 위를 자유자재로 넘나들기 시작했다. 연주에 잠시 귀를 기울이던 은지가 두 눈을 크게 치켜떴다.

'이건…!'

5
불멸의 연인

'나의 천사, 나의 전부, 나의 분신이여! 이 대목이 이 영화의 핵심이야. 베토벤이 자신의 불멸의 연인, 줄리에타에게 남긴 메시지를 얼마나 절절하게 잘 전달하느냐가 포인트지! 자, 그럼 누구부터 해볼까?'

은지의 머릿속에서 성우 아카데미 더빙 실습 시간의 기억이 되살아났다. 은지와 같은 조 수강생들이 맡게 된 외화는 버너드 로즈 감독의 〈불멸의 연인〉이었다. 베일 속에 가려진 베토벤의 진정한 연인을 추적하는 영화였다.

은지는 〈불멸의 연인〉을 연습하며 베토벤의 월광 소나타를 수도 없이 들었다. 클래식에는 문외한이었지만 이 곡은 도입만 들어도 금세 알아차릴 수 있는 것이었다. 가난한 평민 음악가 베토벤이 귀족 아가씨 줄리에타를 사랑하게 되고, 그녀를 위해 만들어

헌정한 곡. 결국 두 사람은 평민과 귀족이라는 신분의 격차를 뛰어넘지 못했지만, 그 사랑이 남긴 곡은 호수에 비친 달빛처럼 아름다웠다.

은지는 지욱이 연주하는 월광 소나타를 들으며 잠시 추억에 잠겼다. 그 순간, 문득 의문이 들었다.

'근데 왜 하필 이 곡이지? 이루어질 수 없는 사랑이라도 하고 있는 걸까? 고마움의 마음을 담는다더니….'

은지는 또 한 번 이상한 느낌이 들었다.

'그저 선곡일 뿐이라고. 확대 해석하지 말자!'

피아노 의자에 앉기 전만 해도 지욱은 알지 못했다. 자신이 어떤 곡을 연주하게 될지. 그는 평소 즐겨 연주하던 브람스의 곡을 연주하게 되지 않을까 생각했다. 하지만 손은 제 멋대로 베토벤의 월광 소나타의 선율을 따라가고 있었다. 무의식이 그의 손을 마음대로 제어했다. 건반을 누르는 동안 지욱의 머릿속에서 그동안의 장면들이 하나의 영상이 되어 흘러갔다.

은지와 있었던 그 모든 일들이 그의 마음에 만들어낸 것은 지욱으로서는 알 수 없는 이상한 감정이었다. 지욱은 그 감당할 수 없이 뜨거운 마음을 담아 3악장을 연주했다. 태어나 처음으로 느낀 주체할 수 없는 감정들. 정의 내릴 수 없는, 괴롭고도 아름다운 그 마음을 담아서.

마침내 연주를 마친 지욱이 붉게 상기된 얼굴로 누군가를 찾았다. 그의 떨리던 눈빛이 은지를 발견하고는 금세 차분해졌다.

은지는 조금 겁먹은 눈으로 지욱을 바라봤다. 하지만 이내 종잡을 수 없는 이상한 기분을 견디지 못하고는 먼저 시선을 피해버렸다.

고급스러운 음식과 지욱의 특별 연주로 회식 분위기는 더욱 무르익었다. 송 팀장을 비롯한 직원들은 호텔 안에 있는 송 바(Song Bar)로 자리를 옮겼다. 최고의 음질과 최첨단 조명이 자아내는 예술적인 분위기는 기존의 노래방과는 비교할 수 없었다. 노래를 부르지 않는 사람들을 위해 바로 옆에 바가 있어 언제든 칵테일을 마시고, 라운지에서 휴식도 취할 수 있었다.

송 팀장은 물 만난 고기처럼 마이크를 잡았다. 그리고는 대학가요제 예선 탈락 출신다운 참담한 노래 실력을 뽐냈다.

"자, 오늘의 주인공도 한 곡 뽑아야지! 양은지 나와!"

송 팀장이 그녀를 호명했다. 이윽고 그녀의 노래방 18번 전주가 흘러나오기 시작했다.

서영은의 '혼자가 아닌 나'

동료들은 그 곡이 가수 서영은의 곡인지 아니면 은지의 노래인지 혼동할 정도였다. 은지는 노래방만 오면 시종일관 그 노래만 불렀다.

"비가 와도 모진 바람 불어도 다시 햇살은 비추니까."

뒤늦게 안으로 들어온 지욱은 저만치 떨어진 바에 앉아 그녀의 노래에 귀를 기울였다.

'참 자기한테 어울리는 선곡이군.'

지욱은 캔디의 주제가 같은 노래를 열창하고 있는 은지에게서 눈을 떼지 못했다. 노랫말이 그녀와 잘 어울리기도 했고, 기교 없는 영롱한 목소리가 왠지 모르게 마음을 뭉클하게 만들었다.

노래가 몇 순번 돌고 나자 사람들은 본격적으로 술을 마시기 시작했다. 송 팀장은 은지의 복귀를 축하하는 의미에서 쉬지 않고 그녀의 잔을 채웠다.

은지는 오늘 같은 날이 언제 또 있을지도 모른다는 생각에 빼지 않고 마셨다. 그 때문에 점점 치사량에 가까워지고 있었다.

지욱은 그런 그녀를 걱정스럽게 지켜보았다. 은지가 눈앞에 있는 술잔에 또 다시 손을 대려던 순간이었다. 지욱이 그녀의 손을 막더니 눈앞의 잔을 가로챘다. 그리고는 단숨에 술을 넘겨버렸다. 사람들의 시선이 모두 지욱에게 꽂혔다.

“이것까지 마시면 양은지 상담원은 내일 출근 못 합니다! 복직 다음 날 결근하는 꼴을 못 보겠어서.”

건우는 처음 보는 지욱의 모습에 생각이 많아졌다.

‘형이 저렇게 다정한 스타일이 아닐 텐데.’

그때였다. 결국 고주망태가 된 은지가 테이블에 꽈당 쓰러지고 말았다. 지욱의 시선이 얼른 그쪽으로 향했다.

“야, 양은지… 괜찮아?”

경란이 은지의 어깨를 흔들었다.

“귀가하기 어려운 분이 생길 수 있을 것 같아 객실을 예약해뒀습니다.”

“아, 이런 배려까지…. 생각지도 못했는데 감사합니다, 본부장님.”

송 팀장은 기회를 놓치지 않고 사회생활의 고수다운 멘트를 날렸다.

"대니얼, 네 사수 좀 객실에 데려다 주고 올래? 사실 사회생활이란 게 별거 없어. 눈치만 빠르면 돼!"

"네!"

송 팀장의 말이 끝나기 무섭게 건우는 은지의 가녀린 어깨를 부축하고 일어섰다. 지욱은 그 모습에서 눈을 떼지 않았다.

프런트 안내를 받은 건우는 은지를 부축해 엘리베이터에 올랐다. 한 팔로는 은지를 지탱하고 나머지 한 팔로 7층 버튼을 눌렀다. 은지는 완전히 정신을 놓고 잠이 든 상태였다.

건우는 이렇게 좁은 공간에, 그것도 호텔 엘리베이터에 낯선 여자와 있으니 괜히 긴장이 되었다. 얼마 후 엘리베이터 문이 스르륵 닫혔다. 건우의 시선이 자연스레 은지 쪽을 향했다. 자신보다 세 살이나 많은 누나인데, 잠든 모습은 영락없이 아이 같았다.

건우가 은지에게 시선을 떼지 못하고 있던 그때! 누군가 닫히고 있던 문을 손으로 탁 잡았다. 놀란 건우는 정면을 응시했다. 엘리베이터 문을 잡아 버티고 서 있는 남자는 바로 지욱이었다.

"형…!"

"내가 다녀올게."

지욱이 나지막한 목소리로 말했다.

"나, 괜찮은데?"

"넌 사람들이랑 더 이야기 나눠. 이 여자는 내가 책임질 테니."

건우는 옆에 기댄 채 잠들어 있는 은지를 잠시 바라보았다. 누가 됐든 어서 그녀를 객실로 데려다주는 편이 좋을 것 같았다. 건우가 내리고, 얼마 후 엘리베이터 문이 닫혔다.

'이 여자는 내가 책임질 테니.'

건우는 방금 전 지욱의 목소리가 잊히지 않았다.

'이 여자? 형은 직원을 그렇게 부를 사람이 아니야….'

딩동.

7층 도착 알림음이 울렸다. 지욱은 은지의 어깨를 부축하려다 잠시 고민하더니 익숙하게 그녀를 양 팔로 들어 안았다.

'그래, 역시 이게 익숙하군.'

비몽사몽 간에 은지는 흐릿한 눈을 애써 떴다. 공중에 붕 떠 있는 느낌에서 어딘지 모를 기시감이 느껴졌다. 그리고 이 익숙한 향기! 은지는 천천히 고개를 돌려 자신을 품에 안고 있는 남자의 얼굴을 확인했다. 은지는 혀가 꼬여 아이 같은 발음으로 재잘대기 시작했다.

"도지욱? 도지욱이잖아! 내 생명의 은인 도. 지. 욱!"

"알긴 아는군!"

"고마워요! 진짜 고마워요! 저 잠깐 내려주시면요, 저 큰절, 큰절도 할 수 있어요!"

"그럴 필요 없어."

"내가 엄청 고마워하는 거 알죠?"

부정확한 발음으로 취중진담을 하던 은지는 금세 또 다시 잠이 들었다. 지욱은 한 팔로 그녀를 안고, 나머지 한 팔로 705호 객실 문을 열었다.

지욱은 조심스럽게 은지를 침대에 내려놓았다. 그는 웅크린 채 잠든 그녀의 모습을 한동안 말없이 바라보았다. 소용돌이치던 모든 감정이 잠든 은지의 얼굴을 보는 순간 고요하게 가라앉았다.

지욱은 은지의 가녀린 몸 위로 이불을 덮어주었다. 그리고는 조심스럽게 문 쪽을 향해 발을 내딛었다. 그 순간 뒤에서 와락 그의 팔을 잡아 당기는 손길이 느껴졌다. 놀란 지욱은 침대 쪽으로 몸을 돌렸다.

***

은지는 꿈을 꾸고 있었다. 지욱과의 살벌했던 그 순간이 다시 재연되었다.

'나가세요! 당장 여기에서 나가!'

은지는 자신을 쫓아내려는 지욱의 말을 무시하고, 자리로 돌아가 기어이 헤드셋을 썼다.

'제가 못마땅하면 끌어내세요. 그 전까지는 절대 못 나가니까요!'

은지 또한 팽팽하게 맞섰다.

'제가 어떻게 참고 버텨왔는데, 이렇게 허무하게 그만 둘 순 없다고요!'

꿈속의 지욱은 현실보다 더 집요하고 독했다. 그는 긴 다리로 성큼성큼 다가와 은지의 헤드셋을 마음대로 벗겨버렸다.

'이리 주세요! 상담원에게 헤드셋은 신체의 일부 같은 거라고요! 이렇게 함부로 하시면 저도 참을 수 없어요!'

'나가라니까.'

'이리 주시라니까요!'

은지는 헤드셋을 잡기 위해 지욱을 향해 힘껏 손을 뻗었다. 그리고 헤드셋 줄을 잡아 자기 쪽으로 끌어당겼다.

꿈속의 은지가 헤드셋을 되찾기 위해 힘차게 뻗은 손은, 객실을 떠나려던 지욱의 팔을 와락 잡아채고 말았다.

놀란 지욱은 그녀가 잠든 침대로 몸을 돌렸다. 은지는 여전히 깊은 수면상태였다. 지욱은 자신의 팔을 움켜쥔 그녀의 작은 손을 한참 바라보았다. 그리고는 조심스레 그 손을 쓰다듬기 시작했다.

그의 손길이 꿈속의 은지에게도 전해졌다. 조금 전까지만 해도 당장 나가라며 황소고집을 부리던 지욱이 갑자기 헤드셋을 순순히 돌려주는 게 아닌가.

'이렇게 줄 거였으면서, 왜 그렇게 고집을 부린 거야?'

꿈속의 은지는 그렇게 생각하며 헤드셋을 다시 머리에 고정했다. 꿈속의 그녀가 헤드셋을 쓸 때, 침대 위 은지도 지욱의 큼지막한 손을 잡아당겨 자신의 귀로 가져갔다.

'이 여자, 대체 무슨 꿈을 꾸길래….'

지욱은 은지의 이상한 행동에 집중했다.

은지는 여전히 꿈속이었다. 헤드셋을 쓰고 상담을 준비하는 그녀 앞으로 풀 죽은 얼굴을 한 지욱이 다가왔다.

'계속 이렇게 나가지 않으면, 이젠 나도 내가 무슨 짓을 할지 몰라.'

지욱의 눈빛은 더욱 이글이글 타올랐다. 그는 전광석화처럼 다가와 그녀의 허리를 단숨에 낚아챘다. 그리고는 여자의 상체를 뒤로 젖혀 몸을 밀착시킨 후 자신의 얼굴을 들이밀었다. 순식간에 두 사람의 입술이 맞닿았다. 지욱의 도톰한 입술은 모든 것을 집어삼켜버릴 듯 은지의 입술을 감쌌다. 폭풍처럼 거칠고 숨 막히는 키스에 은지의 심장박동이 미친 듯 방망이질 해댔다. 그 순간, 은지의 머릿속에 한 가지 생각이 끼어들었다.

'이거… 혹시 꿈은 아닐까?'

지욱은 침대에 앉아서 잠든 은지의 모습을 가만히 지켜보았다.

'속눈썹이 이렇게 긴 줄은 몰랐는데.'

그는 은지의 얼굴을 눈으로 차근차근 훑어 내렸다. 어느 순간 그녀의 붉은 입술에 시선이 닿자 괜스레 입안이 말랐다. 참새처럼 늘 재잘거리던 여자의 작은 입술. 그게 이렇게 붉고 꽃잎처럼 여린 모양이었는지 오늘 처음 깨달았다.

지욱의 모든 신경이 그 입술로 쏠렸다. 그리고는 자신도 모르게 고개를 은지의 입술을 향해 가져가고 있었다. 숨결이 느껴질 정도로 가까워진 그와 그녀의 거리. 입술이 닿기 바로 직전, 지욱은 웬일인지 몸을 바로 세웠다. 그리고 은지가 깨지 않도록 조용히 객실을 빠져나왔다.

그가 나가고 얼마 지나지 않아 은지는 잠에서 깨어났다. 현실보다 더 현실 같았던 꿈 때문인지 그녀의 심장은 아직까지 요동치고 있었다. 꿈속에서 지욱과 나눈 엄청난 키스. 그리고 그의 이상한 고백까지.

'제발, 제발 부탁이야. 나가줘…. 내 마음속에서.'

은지는 그 생각을 지워버리려고 고개를 마구 저었다. 그리고 한쪽 손으로 놀란 가슴을 쓸어내렸다. 근데 이상하게 손이 따뜻했다. 마치 방금 전까지 누군가 그 손을 포개고 있었던 것처럼. 은지는 괜스레 고개를 두리번거리며 빈 객실 안을 살폈다.

지욱은 객실로 들어가자마자 주저앉듯 안락의자에 몸을 던졌다.

의자에 몸을 기대고 눈을 감으니 은지의 괴상한 잠꼬대가 떠올랐다. 갑자기 남의 팔을 와락 잡아당기는가 하면, 그 손을 제 귀에 가져다 대며 웃던 얼굴이 눈에 선했다. 지욱은 피식 웃음이 났다. 그때였다. 도어폰에서 벨이 울렸다.

'이 시간에 누구지?'

도어폰 화면에 익숙한 얼굴이 비쳤다. 지욱은 조금 뜻밖이라는 얼굴로 문을 열었다.

"형! 나랑도 한잔해야지."

건우가 캔 맥주가 담긴 비닐봉지를 흔들며 들어왔다.

"버킷리스트라던 게 이런 걸 줄은 몰랐는데."

지욱이 캔 맥주를 잔에 따르며 말했다. 건우는 캔을 따서 시원하게 꿀꺽꿀꺽 넘겼다.

"재미있잖아! 전화 수화기 너머의 다양한 사람들을 만난다는 게."

"어머니께서 아시면…."

"형이 좀 도와줘. 나 이번엔 정말 제대로 찾은 것 같단 말야. 사수도 좋고!"

"사수라면…."

"왜 형도 잘 알잖아! 양은지 상담원!"

"…."

"아직 잘은 모르지만 좋은 사람일 것 같아. 목소리만 들어도 알 수 있거든. 목소리엔 그 사람의 영혼이 묻어나오니까. 참 독특해. 이제까지 어디에서도 보지 못한 그런 사람 같달까. 그리고 그 목소리… 왠지 자꾸 듣고 싶어지는 게, 묘한 매력이 있어."

신이 나서 말하던 건우는 문득 지욱의 표정 변화를 살폈다. 그리고 불쑥 화제를 전환했다.

"형! 근데 요즘 많이 변한 것 같더라. 많이 다정다감해진 것도 같고."

"우리가 떨어져 지낸 시간이 오래 돼서 그럴 거야."

"아냐. 확실히 그런 차원이 아니었어. 혹시 말야? 혹시… 아니야! 아무튼 앞으로 잘 부탁드립니다. 도지욱 본부장님!"

건우는 마시던 캔을 급히 비우고 자리에서 일어났다. 건우가 가고 그는 가만히 동생이 남기고 간 말을 되짚어보았다.

'내가 많이 변했다고?'

하긴, 스스로도 느끼는 변화였다. 그의 완벽한 일상으로 뛰어든 한 여자. 그리고 그녀로 인해 생겨난 많은 변화. 지욱은 그토록 평범한 여자에게 끌리는 자신의 마음을 도저히 이해할 수 없었다. 지욱은 답답한 듯 테라스로 나가 차가운 밤공기를 깊이 들이마셨다. 새벽의 쌀쌀한 공기가 그의 뜨거워진 가슴을 조금은 식혀주는 것 같았다.

***

복직 2일차, 그동안 주인의 백수생활로 휴업모드였던 휴대폰 모닝콜이 재가동됐다. 그 소리에 은지는 미간을 찌푸리며 눈을 떴다.

"잘 잤… 으아아."

은지는 기지개를 켜다 말고 두 손으로 복부를 부여잡았다. 과음 다음날 피해갈 수 없는 술병이었다. 그때, 갑자기 도어폰에서 소리가 들려왔다.

"룸서비스입니다."

서비스 정신이 깃든 직원의 상냥한 목소리였다.

'룸서비스?'

은지는 드라마에서나 보던, 그래서 자신과 거리가 먼 단어에 조금은 당황했다.

"방을 잘못 찾으신 거 같아요. 전 룸서비스 시킨 적 없는데…."

"양은지 님 아니신가요?"

"네, 맞아요…."

룸서비스 카트를 밀고 들어온 직원이 식탁 한쪽에 놓인 작은 카드를 그녀에게 내밀었다.

은지는 드라이플라워가 장식된 작은 카드를 열었다.

난 내 직원이 숙취를 안고 회사에 오는 걸 용납할 수 없거든. 당신이 만들어준 도시락엔 못 미치겠지만 속을 다스리는 데는 도움이 될 거야.

은지는 둥근 탕기의 뚜껑을 조심스레 들어올렸다. 그러자 톡 쏘는 향이 코끝을 찔렀다.

지욱의 카드 옆에 또 다른 종이가 보였다. 음식에 대한 설명을 호텔 셰프가 친필로 적은 내용이었다.

나주 영산포 홍어로 끓인 홍어탕은 술독을 풀어주는 해장국입니다. 한 그릇을 비우고 나면 간밤의 고약한 숙취가 슬슬 풀리는 것을 실감하실 수 있을 겁니다.

"이렇게 귀한 걸…! 감사히 잘 먹겠습니다."

은지는 허공에 감사기도를 하고 얼른 숟가락을 들었다.

고급스러운 조식을 클리어 한 뒤, 객실 문을 나서는데 등 뒤에서 익숙한 목소리가 들렸다.

"지금 버스 타면 정확히 21분, 지하철을 타면 15분 지각이 예상되는데…."

지욱이었다. 은지는 뒤늦게 휴대폰 시계를 확인했다. 여유롭게 조식을 먹다보니, 시간이 이렇게 흐른 줄 모르고 있었다.

"가지! 내 차로 가면 정확히 8시 57분 도착 예정이야."

차에 올라 탄 은지는 지욱의 눈치를 보다 조심스레 입을 떼었다.

"저, 아침 잘 먹었습니다."

지욱은 긴 팔을 뻗어 은지 앞에 있는 차 서랍 문을 열었다. 은지의 두 눈이 휘둥그레졌다.

"이… 이게 다 뭐예요?"

서랍 안에는 각종 숙취 해소 음료가 가득 차 있었다.

"사람마다 잘 받는 게 다르다고 해서…."

"아니, 제가 술고래도 아니고. 이건 뭐 배보다 배꼽이 더 크겠다!"

은지가 웃음을 터뜨렸다. 그녀가 생전 보도 못한 다양한 숙취 해소제를 비교하는 사이, 어느덧 지욱의 차는 회사에 가까워지고 있었다.

"어, 본부장님! 전 여기에서 내려주세요!"

"왜, 무슨 볼일 있나? 시간 다 됐는데?"

"아뇨! 그게 아니고, 누가 보면 어떡해요!"

"누가 보다니!"

지욱은 무슨 말인지 모르겠다는 듯 은지를 빤히 쳐다봤다.

"저 어제 취해서 호텔에서 잔 거 다 아는데, 이렇게 본부장님이랑 같이 출근하는 걸 누가 보면 오해하기 딱 좋잖아요."

하지만 지욱은 그녀의 말에 아랑곳 않고 계속 페달을 밟았다.

"본부장님! 저기, 저기! 우리 팀 사람들이에요! 저 어서, 좀 내려주시면 안 될까요?"

"왜 다른 사람들 눈치를 봐야 하지?"

"네?"

은지가 당황한 듯 토끼 눈을 떴다.

"내가 왜, 다른 사람들을 신경 써야 하냐고."

"그게, 원래 소문이라는 게 한 번 나기 시작하면 정말 걷잡을 수 없는 거거든요. 게다가 콜센터는 여자들이 많아서. 여자들이 모여서 한 번 수다를 풀기 시작하면…."

은지가 지욱을 설득하기 위해 구구절절 말했다. 하지만 그는 듣는 둥 마는 둥 아무 반응이 없었다.

"미안하지만, 난 다른 사람들 이야기엔 관심 없어."

은지는 무슨 궤변이냐는 듯 그를 빤히 바라보았다.

은지가 말릴 새도 없이, 지욱은 로얄카드 정문을 향해 힘차게 가속페달을 밟았다.

은지는 말없이 지욱의 옆모습을 바라보았다. 처음 그와 눈이 마주쳤던 그때가 떠올랐다. 감정이라고는 눈곱만큼도 없을 것 같아 보이던 냉정한 눈빛. 은지가 기억하는 지욱의 첫인상은 인공지능 로봇이라고 해도 될 만큼 냉기가 가득한 모습이었다. 헌데 지금 이 순간 그의 눈빛은 완전히 다른 사람이 되어 있었다. 그의 두 눈동자는 세상에서 가장 투명하고 환하게 빛났다. 그 어디에도 없을 고마운 사람, 생명의 은인이자 인생의 은인. 은지는 그걸로 족했다. 더는 바랄 수도, 바라서도 안 된다고 생각했다. 그는 자신과 너무나도 다른 삶을 살고 있는 사람이니까.

은지는 감정에 취해 마음 가는 대로 살 만큼 무모하지 않았다. 자신이 느끼는 특별한 감정보다 매일 매일의 치열한 일상을 꾸려나가는 게 우선이었으니까.

'난 순정만화 주인공이 아니야. 생활밀착형 다큐멘터리 주인공이면 몰라도.'

성우라는 꿈을 중단한 것도 비슷한 것이었다. 일말의 희망, 작은 가능성을 보고 살기에는 삶이 너무나도 팍팍했다. 오랫동안 간직해온 꿈, 태어나서 처음 느껴본 특별한 감정….

은지는 그 아름다운 것들을 고이 접어 마음속 깊숙한 곳에 숨겨두었다. 그렇게 두어도 그녀에겐 이미 가슴 벅차고, 충분히 가치 있는 것이었기에.

그런데 자꾸 누군가 그녀의 가슴속으로 낚싯줄을 던져 감춰둔 마음을 건져내려고 애를 썼다. 그녀를 바다에서도, 세상의 뭇매 속에서도 건져냈던 프로 낚시꾼, 그녀의 해결사. 그는 바로 도지욱이었다.

은지는 누구보다 잘 알았다. 가당치 않은 사랑에 쏟아질 매서운 시선과 반대. 은지는 그것에 맞설 자신이 없었다. 이미 세상의 엄청난 비난을 한 번 받아본 경험이 있기에 더욱 그랬다. 은지는 알고 있었다. 지욱은 자신의 것이 아닌, 발에 맞지 않는 구두처럼 아픈 사람이 될 게 분명하다는 걸. 그녀가 생각에 잠겨 있는 사이, 지욱의 차는 어느덧 로얄카드 정문 앞에 멈춰 섰다.

포르쉐 카레라 911이 들어서자 사람들이 고개를 두리번거리며 그쪽을 응시했다. 은지는 쉽사리 내리지 못했다. 그러자 지욱이 먼저 내리더니 반대편으로 가 차문을 열었다.

"뭐해, 내리지 않고?"

은지는 전면유리로 힐끔 밖을 내다보았다. 익숙한 얼굴들이 하나둘 보였다. 경란과 콜센터 동료들이었다. 다들 누가 내릴지 궁금하다는 듯 그쪽을 지켜보고 있었다.

'좀 가라, 좀!'

은지는 고개를 푹 숙인 채 차에서 내렸다. 그러자 저만치 떨어진 곳에서 웅성거리는 소리가 들려왔다.

"어? 은지 아냐?"

"뭐? 은지?"

놀란 경란의 목소리가 그녀가 서 있는 곳까지 들려왔다.

"뭐야? 왜 둘이 같이 온 거야?"

"은지 어제 호텔에서 잔 거 아냐?"

"설마…."

동료들은 미처 볼륨을 조절하지 못하고, 저마다의 낭랑한 목소리로 한마디씩 했다. 그 소리는 은지의 귀에 그대로 들어와 꽂혔다.

"말이 되냐? 입조심들 해!"

보다 못한 경란이 큰 소리로 그녀들의 입을 막았다. 그때였다. 지욱이 성큼성큼 걸어왔다. 방금 전까지만 해도 자유롭게 떠들어대던 상담원들은 순식간에 꿀 먹은 벙어리가 되었다.

"현재 시각 8시 57분. 3분 후면 콜이 열리는 걸로 아는데. 이쯤이면 헤드셋을 쓰고 있어야 할 시간 아닌가? 헤드셋을 영영 벗고 싶은 마음이라면 그렇게 해줄 수도 있지."

지욱은 상담원들 앞에 다가서며 위협적으로 말했다.

"죄송합니다."

상담원들은 어제와 사뭇 다른 지욱의 모습에 사색이 되어 뛰어갔다. 은지도 예외일 순 없다.

"데… 데려다주셔서 감사합니다. 그럼 전 이만."

은지는 후다닥 인사를 하고는 안으로 뛰어 들어갔다. 지욱은 그녀의 뒷모습을 말없이 지켜보았다. 휴대폰 진동이 울려왔다.

'본부장님, 회장님 호출이십니다'

***

지욱이 회장실 문을 연 순간, 발 아래로 무언가 날아들었다. 그는 바닥에 떨어진 서류 봉투를 집었다. 동시에 정남의 성난 목소리가 귓가를 때렸다.

"못난 놈!"

지욱은 손에 쥔 봉투를 열어젖혔다. 그의 두 눈이 힘없이 떨리기 시작했다. 익숙한 두 사람의 모습이 담긴 사진이었다.

막말 상담원 사건을 바로잡고 은지를 만나러 갔던 날, 그녀가 그의 품으로 뛰어와 안기던 그 순간이 영화 스틸 사진처럼 인화돼 있었다. 그리고 함께 VIP 레스토랑에서 식사를 하고 있는 장면과 극장으로 들어서는 모습, 오늘 아침 호텔에서 함께 나오는 모습까지.

말없이 사진을 보던 지욱은 처음으로 무언가를 깨달았다. 은지를 바라볼 때 자신이 어떤 표정을 짓고 있는지를. 그의 눈빛은 세상 무엇보다 투명했고, 입가에 미소는 따스하기까지 했다. 지욱은 자신에게 이런 표정이 있다는 걸 처음 알았다.

'내가 모르던 나의 얼굴이군. 내가 이런 표정을 짓고 있었다니.'

지욱의 입가에 미소가 번졌다.

그의 얼굴을 살피던 정남은 저절로 벌어지는 입을 다물지 못했다.

"허, 웃어?"

정남의 충혈된 두 눈이 지진을 일으키기 시작했다.

"도블리, 제발 이러지 마라. 넌 내 아들이야. 이 도정남이를 쏙 빼닮은 퍼펙트한 녀석이라고. 제멋대로 사는 건 건우 녀석 하나로도 충분하잖니. 넌 안 어울려."

지욱은 한동안 대답이 없었다.

"죄송합니다."

그가 겨우 입을 열어 말했다.

"아니, 죄송하다니! 괜찮아, 괜찮아! 너도 알겠지만 이 애비가 그리 속 좁은 인간은 아니야. 사람이 살다 보면 실수도 할 수 있는 거야. 과거는 중요치 않아. 앞으로가 중요하지."

정남은 애써 담대한 척 말했다. 그런 그에게 지욱은 찬물을 끼얹었다.

"실수 아닙니다."

"뭐!"

정남은 제 분에 못 이겨 빽 소리를 질렀다.

"좋아합니다."

"뭐, 뭘 해?"

"사진 속 여자. 제가 좋아하는 여자입니다."

"이 여자가 누군 줄 내가 모를 거 같니? 막말 논란으로 회사를 말아먹으려던 그 상담원인가 뭔가 하는 여자 아니냐!"

"사람이 살다 보면 실수도 할 수 있다고 하지 않으셨습니까? 과거는 중요치 않다고."

"지리산 선녀님 말이 토씨 하나 틀린 게 없어. 시작에 불과하다

더니 네놈 하는 꼴이 점입가경이로구나, 아주!"

지욱의 시선이 다시 그의 손에 들려 있던 사진에 가 닿았다.

"아버지는 이 사진을… 제대로 못 보신 것 같군요!"

"그 여자 맞잖아! 막말이나 해대는 막돼먹은 상담원."

"제가 정말 아버지를 닮았나요? 아버진 저에 대해 아무것도 모르시잖아요!"

"내가, 널 모르다니! 넌 나를 꼭 닮은…."

"정말 그렇다면, 이런 표정 짓고 있는 절 보신 적 있나요? 이 사진처럼 말예요."

지욱은 정남이 분에 못 이겨 뒷목을 움켜쥐고 자리에 풀썩 주저앉는 걸 보며 방을 나왔다.

자신의 진심을 이렇게 속 시원히 뱉고 보니, 주체할 수 없이 더 커져버린 마음을 걷잡을 수 없었다. 누군가의 목소리, 그 목소리를 듣고 싶었다. 아니, 들어야 했다. 이 순간 그의 평정심을 되찾아 줄 수 있는 건 은지의 목소리뿐이었다.

***

은지는 지욱이 이야기하는 모습을 볼 때면, 마치 조각상이 말을 하는 것 같단 착각이 들곤 했었다. 하지만 박물관에 있는 조각상이 마음에 든다고 집에 가져올 수 없듯, 지욱은 그녀가 가질 수 없는 사람이었다. 은지는 그에 대한 생각에서 벗어나고 싶어 머리를 내저었다.

사람들이 점심을 먹으러 나가자 사무실에는 은지만 홀로 남았다. 그녀는 괴로운 듯 책상에 고개를 깊이 파묻었다.

그때 책상 한편에 두었던 휴대폰이 바닥을 구르며 진동했다. 은지는 얼른 그쪽으로 시선을 던졌다.

'도지욱 본부장님'

화면에 비친 이름을 보는 순간, 그녀는 또 한 번 심장이 쿵 내려앉았다. 은지는 전화를 받지 않고 휴대폰을 책상 위에 그냥 올려두었다. 휴대폰은 마치 발버둥을 치는 아이처럼 제멋대로 뒹굴었다. 하지만 쉽사리 전화에 손이 가지 않았다.

"선배, 안 받아요?"

건우가 지나가다 의아하다는 얼굴로 물었다.

"어? 어!"

은지는 눈치를 보다 엉겁결에 통화 버튼을 눌렀다.

"네, 에…."

은지가 낮게 가라앉은 목소리로 전화를 받았다. 그녀의 귀에 잔뜩 격앙된 남자의 목소리가 쏟아지기 시작했다.

〔원하는 조건, 자격 그리고 연회비…. 뭐 그런 게 필요하다면 말해. 지금 당장!〕

"네? 그게 갑자기 무슨 말씀이신지? 혹시 신용카드…."

〔카드 말고 당신 마음. 어떻게 해야 당신 마음을 가질 수 있는지…. 내가 아는 거라곤 이딴 플라스틱 신용카드를 가질 수 있는 자격, 조건, 그런 것뿐이라서 당신은 어떤지, 어떻게 해야 당신 마음을 가질 수 있는지 알려달라고!〕

"…."

〔어서 말해줘.〕

"저 상담시간이라 사적인 통화는 받을 수 없어서요. 죄송…."

지욱이 그녀의 말허리를 뚝 자르며 다그쳤다.

〔다른 사람 전화는 모두 받아주면서, 왜 내 상담은 피하는 거야?〕

"죄송하지만, 신용카드 관련문의 이외의 상담은…."

〔양은지! 지금 이 세상에서 그 누구보다 당신 상담이 필요한 사람, 그건 다른 사람이 아니라 바로 나, 도지욱이라고. 알아들어?〕

어떤 상담전화에도 당황하지 않던 베테랑 상담원은 온데간데없었다. 그 자리에 서 있는 건 한 남자의 저돌적인 고백에 심장이 멎을 것 같은 한 여자뿐이었다.

***

일주일 후, 불 꺼진 콜센터 안에서 무언가를 속삭이는 남녀의 은밀한 목소리가 새어나왔다.

"우리, 입 한 번 맞춰볼까?"

"너무 떨려요."

"괜찮아, 내가 리드할 테니까 나만 믿고 따라와."

"상상도 못했어요. 이런 걸 하게 될 줄은."

"다 처음엔 그런 거야."

"자, 잠깐만요. 조금만, 조금만 더 시간을 주세요."

"연습은 그만! 이제 실전으로 들어갈 타이밍이야."

"하지만…."

"공격적으로, 좀 더 저돌적으로 다가와. 상대를 끝없이 자극한다는 느낌으로."

"네, 한 번 해볼게요."

"그럼 시작할게…. 안녕하십니까, 고객님! 로얄카드 상담원 양. 은. 지. 입니다."

"아, 상담실이죠? 신규 카드 프로모션으로 캐시백이 된다고 해서 가입했는데… 아니, 이게…."

"아니지, 대니얼! 좀 더 공격적으로 해. 실감나게 말야."

"선배, 이게 이렇게 어려운 줄 몰랐어요."

은지와 건우는 롤플레잉 연습이 한창이었다. 롤플레잉은 콜센터 상담원들이 스크립트를 재정비하고 상담 품질 향상을 위해 꾸준히 하는 훈련 중 하나였다. 하지만 이렇게 퇴근 이후의 시간까지 내서 연습을 하는 것은 조금 이례적인 경우였다.

일주일 전, 은지는 송 팀장에게서 갑작스런 통보를 받았다.

'은지야, 전국 상담원 롤플레잉 경진대회 알지? 그거 올해 우리 로얄카드는 불참하기로 했는데, 갑자기 위에서 참여하라는 공문이 내려왔어. 네가 예전에 한 번 나가본 적 있잖아?'

'그건, 저 완전 신입일 때… 고객 역할로 나간 건데요.'

'그래도 한 번 경험해본 사람이 나가는 게 좋지. 부탁한다. 대니얼이랑 둘이 나가봐. 대니얼도 경진대회 가서 보면 배우는 것 많을 거야.'

은지는 송 팀장의 성화에 못 이겨 대회에 참가하기로 했다. 신경을 쏟을 만한 무언가가 필요했다. 자신의 마음을 어지럽히는 여러 고민들에서 자유로워지기 위해.

은지는 하루 앞으로 다가온 경진대회를 위해 건우와 최종 점검을 하고 있었다.

"선배, 궁금한 게 있는데요. 지금까지는 다행히도 고객들이 스크립트 안에 있는 내용만 물어봤거든요. 근데 혹시 모르는 질문이나 당황스러운 질문을 하면 어떡하죠?"

'모르는 질문, 당황스러운 질문…!'

은지는 불현듯 잊고 있었던 그의 질문이 떠올랐다.

'당신은 어떤지, 어떻게 해야 당신 마음을 가질 수 있는지 알려달라고!'

은지는 지욱의 갑작스런 물음에 어떻게 답변을 해야 할지 몰랐다. 2년간 차곡차곡 정리해놓은 스크립트 북을 뒤져도 그 물음에 대한 답변은 찾을 수 없었을 것이다.

그때 문득 은지는 사수였던 강 선배의 가르침을 떠올렸다.

'막내야, 고객이 모르는 걸 물어봤을 땐 솔직하게 사실대로 말하는 편이 나아. 고객에게 제공하는 모든 것은 나중에 다 책임져야 할 부분이기 때문에, 어설프게 둘러대는 것보다 그게 나아.'

그러면서 선배는 몇 가지 매뉴얼을 알려주었다.

첫째, '업무에 투입된 지 얼마 안 돼서 공부가 부족했습니다. 죄송합니다. 관련 부서에 알아보고 바로 전화 드리겠습니다'라고 말하며 양해를 구할 것.

둘째, '제가 알고 있던 부분이 최근 변경된 것 같아 확답 드리기 어려우니 바로 알아보고 전화 드리겠습니다'라고 말할 것.

셋째, 전화 상담 화면에서 무음으로 전환 버튼을 누른 뒤, 음소거로 돌려놓고 담당 실장님이나 선배에게 물어본 뒤 응대할 것.

그 가르침 덕분이었을까. 은지는 지욱의 갑작스러운 질문에 저도 모르게 이 매뉴얼을 적용해버렸다.

'어떻게 해야 당신 마음을 가질 수 있는지 알려달라고!'

'제가 그 부분은 미처 생각해보지 못해서요. 어, 그러니까… 관련 부서에 확인해보고, 아니…. 어쨌든 다시 연락드리겠습니다.'

뚝.

은지는 그 어느 때보다 다급하게 통화 종료 버튼을 눌렀다.

'내가 대체 무슨 말을 한 거지? 관련 부서? 아, 쪽팔려. 그런 게 어디 있다고.'

그때를 회상하던 은지의 두 뺨이 다시 붉어졌다. 이불 킥을 날릴 만큼 창피했다. 그 후 지욱은 일주일 동안 잠잠했다.

'무소식이 희소식이겠지. 피드백이 없으니까 포기한 걸 거야. 아암, 그럴 거야. 차라리 잘됐어. 일이 복잡해지기 전에 잘된 거야.'

은지는 애써 그렇게 생각하며 마음을 다잡았다. 하지만 조금 허전한 기분이 들었다. 당황스러운 질문을 받으면 무조건 솔직하게 답하라고 했는데, 은지는 자신의 솔직한 속내를 하나도 표현하지 못한 것이다.

'내 마음을 어떻게 가질 수 있냐고요? 자격, 조건, 연회비가 어떻게 되냐고요? 내가 아는 한 당신은 이미 자격이 차고도 넘쳐요. 벌써 여기 내 마음에 있거든요, 도지욱 씨가.'

은지는 괜히 조용하기만 한 휴대폰을 만졌다. 그때였다. 그녀의 손안에 있던 휴대폰이 갑자기 진동하기 시작했다. 놀란 은지가 휘둥그레진 눈으로 손안의 휴대폰 화면을 응시했다. 얼굴에 금세 실망감이 번졌다.

요즘 들어 부쩍 잦아진 스팸 전화는 그녀의 마음을 들었다 놨다 했다. 은지는 통화 거부 버튼을 누르고 휴대폰을 가방 속으로 집어던졌다.

***

〔고객님이 전화를 받지 않아 삐 소리 이후….〕

지욱은 굳은 표정으로 통화 종료를 눌렀다.

'양은지, 당신은 기초부터 다시 배워야겠어. 답변을 주기로 해놓고 상습적으로 연락을 피하다니.'

지욱은 일주일 전, 그녀의 마지막 목소리를 떠올렸다.

'제가 그 부분은 미처 생각해보지 못해서요. 어, 그러니까… 관련 부서에 확인해보고, 아니…. 어쨌든 다시 연락드리겠습니다.'

그때의 지욱은 누구보다 진지하고 심각한 상태였다. 헌데 예상치 못한 은지의 답변에 모든 긴장이 풀어지고 급기야 웃음이 튀어나올 뻔했다.

'역시 무엇을 상상하든 그 이상이군. 재미있는 여자야. 뭐? 관련 부서?'

지욱은 이후 줄곧 은지의 답변만을 기다렸다. 존재할 리 없는 관련 부서에 문의를 해서라도 어떤 대답을 들려주길 바랐다. 헌데 일주일 내내 무소식이다. 더더구나 지욱은 그녀를 찾아갈 수도 없게 이역만리에 출장을 온 상태였다.

은지에게 고백 아닌 고백을 던진 그날, 지욱은 한 통의 전화를 받았다. 아버지 정남이었다. 그 전화를 받고 지욱은 다음날 바로 미국으로 출국했다. 세계 최대 카드사인 VISA사에서 열리는 컨퍼런스에 참석하기 위해서였다.

지욱은 시차 적응도 미처 하지 못한 상태에서 강행군을 소화했다. 그 와중에도 손에서 휴대폰을 놓지 못했다. 언제 그녀에게 연락이 올지 몰랐기에.

다음 일정을 위해 객실에서 대기 중이던 지욱에게 유 비서가 다가왔다.

"본부장님, 회의실로 들어가실 시간입니다."

지욱은 세계 각국의 카드 관계자들 앞에서 한국 대표로 '카드사의 디지털화'란 주제를 발표할 예정이었다. 회의실에 들어서기 전, 지욱은 휴대폰 종료 버튼을 눌렀다. 화면이 어두워지는 순간 지욱은 생각했다. 다시 전화를 켰을 때 부디 은지에게 걸려온 부재중 전화가 남아 있기를.

"…디지털화에 집중하지 않으면 카드사들은 미래에 살아남기 어려울 것입니다. 수수료에 목매기보다 4차 산업혁명 시대에 맞는 새로운 성장 동력을 발굴하는 일이 무엇보다 우선되어야 합니다. 그러기 위해서 모바일 결제시장의 동향을 살피는 것은 물론, 블록체인, 챗봇, 인터넷은행, VR과 AR 등 4차 산업에 대한 교육이 필수적으로 시행되어야 할 것입니다."

동시통역 헤드셋을 쓴 세계 각국의 관계자들이 그의 발표에 격하게 공감하며, 박수갈채를 보냈다.

지욱은 어디를 가든, 그곳이 어디든 사람들의 인정을 받고 호응을 받는 것에 익숙했다. 헌데 유일하게 그에게 호응하지 않는 한 사람, 은지는 여전히 난공불락의 요새 같았다.

***

"선배, 근데 경진대회 심사 기준표를 보니까 순발력, 스크립트의 창의성, 전달력… 이렇게 항목이 있던데. 순발력이랑 스크립트 창의성은 알겠는데, 전달력은 대체 뭐예요?"

건우는 신입의 열정을 담아 끊임없이 질문을 던졌다. 은지는 피곤할 만도 한데 제법 잘 받아주었다.

"아, 그 부분은 상담원의 훈련 상태를 보겠다는 걸 거야. 순발력이나 스크립트의 창의성은 조금 주관적이고 모호한 부분이잖아. 근데 전달력은 꽤 뚜렷하게 보이는 부분이거든. 상담원이 정보를 전달할 때의 발음과 호흡, 낭독 자세 등을 평가하는 항목이지."

"한번 보여주세요."

"특별한 건 없어."

건우의 부탁에 은지는 자세부터 바로 잡았다.

"우선 고개는 모니터와 평행이 되도록 하고, 마이크는 턱 쪽을 향하게 하는 게 좋아. 입 쪽으로 향하게 되면 바람소리가 많이 들어가거든. 그리고 미리 스크립트에 강조할 곳과 띄어 읽어야 할 곳 등 포인트를 체크해두고 외우는 게 좋아. 그래야 정보 전달이 효과적으로 돼."

"전 외국에서 오래 살다 와서 그런지 발음이 잘 안 되거든요. 이건 어쩜 좋죠?"

"아, 그거! 난 발음 연습용 문장을 외워서 녹음을 하고 들어봐. 그러면서 점점 시간을 줄여 나가. 정확한 발음으로 단시간에 말하는 연습이지."

"어떤 문장이에요? 저도 알려주세요!"

"너도 한 번쯤은 해봤을걸? 왜 있잖아, 이런 거. 앞뜰에 있는 말뚝이 말 맬 말뚝이냐, 말 안 맬 말뚝이냐. 또, 생각이란 생각하면 생각할수록 생각나는 것이 생각이므로 생각하지 않는 생각이 좋은 생각이라고 생각한다."

건우는 낭랑한 목소리로 또박또박 발음하는 은지를 흠뻑 빠진 듯한 눈빛으로 바라보았다.

'예쁘다.'

무언가에 열중하는 사람의 모습은 원래 이렇게 아름다운 걸까? 오늘따라 목소리도 더 듣기 좋았다. 마음 깊숙한 곳까지 시원하게 청량감이 느껴졌다.

건우는 멍하니 은지의 얼굴을 바라보았다. 이윽고 눈을 감더니 그녀의 목소리를 귀에 담았다.

"대니얼 지금 졸아? 어서 잠 깨고 너도 한번 따라해봐!"

영문을 모르는 은지가 그를 재촉해댔다.

"다시 한 번만 해주세요. 완전 어려워요!"

"아냐, 하다 보면 쉬워. 봐봐. 생각이란 생각하면 생각할수록 생각나는 것이 생각이므로 생각하지 않는 생각이 좋은 생각이라고 생각한다…."

은지는 늘 연습하던 그 문장이 오늘따라 이상하게 느껴졌다.

'생각이란 생각하면 생각할수록 생각나는 것이 생각이므로….'

도지욱, 그의 고백. 정말 그랬다. 생각이란 생각하면 할수록 생각났다.

은지는 잠시 멈칫 했다. 건우는 그걸 아는지 모르는지 발음 연습에 집중하고 있었다. 그때 또다시 가방 안에서 진동소리가 들려왔다. 또 그녀의 심장이 쪼그라들었다.

'혹시? 아니지. 내가 지금 무슨 기대를 하는 거야! 아냐, 아닐 거야.'

은지가 단숨에 휴대폰을 꺼내 화면을 확인했다. 낯선 지역번호가 보였다.

'아빠?'

〔은지야! 그래 난 네가 크게 한 건 할 줄 알았어! 역시 내가 자식 농사 하나는 아주 잘 지었어.〕

"아빠, 대체 무슨 소리야?"

〔내가 남의 자식 자랑은 귀가 닳게 들었어도, 딸네 회사에서 빚을 갚아줬단 소린 생전 못 들었거든. 근데 이게 웬일이니!〕

"무슨 말이야? 빚을 갚아주다니!"

〔뭐야, 너한테는 일언반구도 안 한 거야? 아니 로얄카드에서 내

빚을…!〕

은지는 그 순간 머리가 새하얘졌다.

'누가 누구 빚을 갚아줬다고?'

머릿속에 온통 한 사람의 이름만이 떠올랐다.

'도지욱! 서, 설마…. 연회비 어쩌고 하던 게 그럼 진짜였던 거야! 그런 거야?'

"설마, 도…."

〔그래, 맞아 이름이 도 뭐라더라. 이름이 도… 뭐라고 했는데!〕

"아빠, 안 돼! 그 돈 받으면 절대 안 되는 돈이라고!"

〔뭐? 이미….〕

"절대 안 돼. 다시 찾아와. 나 분명 말했어!"

순간 화가 머리끝까지 치밀어 오른 은지는 신경질적으로 통화 종료 버튼을 눌렀다.

'어쩐지 한동안 조용하다 싶었어! 그래도 당신은 그런 사람 아닌 줄 알았는데. 돈이면 안 되는 게 없는 세상이라지만… 도지욱, 당신까지 돈으로 사람 마음을!'

"선배, 무슨 일 있어요?"

건우가 걱정스러운 얼굴로 물었다.

"아, 아냐. 아무것도."

은지는 이마에 깊게 잡힌 주름을 펴며 말했다.

그때 다시 진동이 울려왔다. 은지는 신경질적으로 전화를 귀에 가져다댔다.

"아빠, 나 분명 말했어. 돈 다시…."

〔누나!〕

"어? 양은구?"

〔응, 나야, 나. 근데 어떻게 된 거야?〕

"뭐가?"

〔누나 일 쉬어서 월급 못 받았다고… 우리 학원 당분간 끊는다고 그런 거 아니었어?〕

"어, 맞아. 대신 누나가 열심히 해서 곧 다시…."

〔아니야. 방금 수학학원에서 연락 왔어. 수강료 다 결제됐다고 나오래.〕

"뭐?"

은지는 말도 안 되는 이야기를 연속으로 들었더니 어안이 벙벙해졌다.

삶이 너무 팍팍해서 로또라도, 아니면 백마 탄 왕자라도 나타나라고 기도한 적은 있었다. 하지만 이내 그런 꿈을 꾼 스스로가 부끄러워졌다. 세상에 공짜는 없다는 걸 그녀는 누구보다 잘 알았다. 그리고 쉽게 얻은 것은 가장 빨리 사라진다는 것도.

헌데 하루아침에 아빠의 빚이 청산되고, 동생들 학원비까지 해결되었다. 조금도 기쁘지 않았다. 받은 만큼 갚아야 하는 게 인지상정인데 은지는 줄 게 아무것도 없었다.

'내가 아무 대답도 할 수 없었던 건 이런 오해를 받게 될까 봐였어. 왜 함부로 이런 짓을 한 거야? 왜 내가 허락지도 않은 일들을….'

은지는 급하게 전화를 걸기 시작했다.

〔고객님의 전화가 꺼져 있어….〕

'비겁해! 도지욱, 당신 보기보다 정말 비겁해!'

집으로 돌아가는 길에 은지는 감정을 꾹꾹 누르고 메시지를 한 글자 한 글자 입력했다.

'이 메시지 보면 바로 전화주세요. 지금 당장 할 이야기가 있으니까요.'

한숨이 쏟아져 나왔다. 매일 오르던 오르막길인데 오늘 따라 더 버거웠다.

언덕 꼭대기에 다다르자 눈앞에 낡은 다세대 연립이 보였다. 그 앞에 낯선 차 한 대가 세워져 있었다.

다세대 연립과는 도무지 어울리지 않는, 럭셔리 카.

은지가 점점 가까이 가자 기사로 보이는 남자가 운전석에서 내리더니, 차 뒷문을 공손히 열었다. 은지는 눈을 가늘게 뜨고 차에서 누가 내리나 구경했다.

마이바흐에서 내린 남자가 손에 든 흰 종이를 살랑살랑 흔들었다.

"은지 양 맞죠? 카드대금고지서 배달 왔습니다, 허허허허."

중절모를 써 얼굴이 반쯤 가려진 남자가 의미심장한 웃음을 날렸다. 은지는 순간 머리가 멍해졌다.

6

도정남 카드

'카드대금고지서?'

"어? 전 종이 고지서 안 받아보는데요. 전자고지서로 신청하면 500원 할인 혜택에 마일리지 적립까지…."

'아, 이런 이야기까진 할 필요 없지.'

저도 모르게 직업병이 도졌다.

"아하, 내 그건 미처 몰랐네."

눈앞의 중년 신사가 중절모를 슬그머니 벗었다. 그러자 낯익은 얼굴이 서서히 드러났다.

'엇!'

TV와 신문 그리고 사내 잡지에서 수없이 본 얼굴이었다. 은지는 남자의 이목구비를 똑똑히 기억했다.

"호, 혹시 도정남 회장님… 아니신가요?"

"우선 타실까?"

정남이 마이바흐를 가리키며 말했다.

은지는 정남을 따라 강남의 한 특급호텔 1층, 커피숍으로 들어섰다.

"저를 찾아오신 이유가 카드대금고지서라고 하셨던 것 같은데요?"

은지가 조심스레 입을 열었다.

"사람이 정도 없지. 너무 대놓고 용건부터 묻는 거 아닌가? 안부도 좀 물어주고 그럼 얼마나 좋아."

정남이 너스레를 떨며 말했다.

'안부? 우리가 안부를 물을 만한 사이인가? 로얄카드의 회장님께서 일개 상담원에게 안부의 말을 듣고 싶다고?'

은지가 할 말을 잃은 사이, 놀랍게도 정남이 먼저 은지의 안부를 챙겼다.

"그래, 아버지랑 남동생들은 잘 있고?"

"네? 회장님께서 어떻게 제 가족들을…."

뜻밖의 말에 놀란 은지는 정남의 얼굴에 떠오른 묘한 미소를 보았다. 그 순간 잊고 있던 아빠와 동생의 전화가 떠올랐다.

'이 모든 게 다….'

"혹시 회장님께서 저희 아버지 빚과 동생들 학원비를…."

"내가 은지 양한테 아주 관심이 많아요. 상담원으로서 역량도 우수하다고 들었고. 그래서 격려 차원에서 뭐 도울 일이 없을까 하고 알아봤지."

"저보다 더 열심히 일하는 사원들도 많습니다. 그리고 이런 도움 전 부담스러워서요. 빠른 시일 내로 다시 돌려드릴게요."

"그냥 준 거 아닌데? 우선 급한 불은 끄라고 신용카드를 내어준 셈이지. 이 도정남 카드를."

"네?"

은지는 무슨 말인지 알 수 없었다. 정남은 아까 은지의 집 앞에서 살랑살랑 흔들었던 종이를 다시 꺼냈다.

"이거 봐요, 여기 있잖아. 도정남 카드대금고지서."

정남이 나이에 맞지 않게 발랄한 얼굴로 말했다.

"신용을 담보로 선이용하고 후지불하는 신용카드 방식 그대로예요, 이 도정남 카드도. 이제 은지 양이 카드빚을 갚을 차례고. 그렇다고 걱정 말아요. 말도 안 되는 돈을 내놓으라고 하진 않을 테니까. 난 불공정거래를 끔찍이 싫어하거든."

은지는 입을 꾹 다문 채, 정남이 내민 고지서로 시선을 옮겼다.

그가 건넨 고지서는 이제껏 봐온 일반 고지서와는 차원이 달랐다. 납부기한이나 납부금액, 가상계좌 등의 숫자는 일체 보이지 않았다. 대신 그 안에 익숙한 두 사람의 이름만이 남발되고 있었다.

'양은지', '도지욱'

납부 내역

- 이 시간 부로 양은지는 도지욱과 사적인 연락을 주고받지 않는다.
- 이 시간 부로 양은지는 도지욱과 단둘이 만나는 등의 개인적인 만남을 하지 않는다.

– 양은지는 도지욱과 직장 상하관계 이상의 관계 발전을 하지 않는다.

– 양은지는 도지욱을 사랑하면 안 된다.

– 약관 불이행 시 양은지는 어떠한 불이익이 오더라도 감수해야 한다.

도정남 카드대금내역서를 읽어 내리던 은지의 두 손이 떨려왔다.

"난 굉장히 합리적인 사람이에요. 그리고 트렌드에 민감한 사람이지. TV 드라마 같은 데 보면 돈 봉투 던지면서 우리 아들한테서 떨어져! 이런 저급한 대사 하잖아. 난 도무지 이해할 수가 없더라고. 충분히 서로 해결책을 찾을 수 있을 텐데 말야. 지금 우리처럼!"

"회장님께서 대신 내주신 돈은 얼른 돌려 드릴게요."

"사채업자한테 한번 들어간 돈을 다시 빼오겠다고? 그게 그리 쉬운 일이 아닐 텐데. 괜히 아버질 위험하게 만들지 말아요, 은지 양."

은지는 순간 가슴이 철렁 내려앉았다. 뭔가 손쓸 수 없이 일이 커진 느낌이었다.

"그냥 은지 양을 회사에서 내쫓고 두 사람 못 만나게 막으면 해결될 일이라는 걸 내가 모를까? 헌데 난 우수한 인재를 놓치고 싶지 않거든. 그리고 은지 양도 이게 생업이잖아. 내가 이렇게 잔정이 많아서 탈이라니까… 허허허. 그니까, 우리 한 발짝씩만 양보해요. 인생 뭐 있나? 다 그렇게 사는 거지, 안 그래?"

그때 정남은 무조건 좋은 말로 타일러야 한다던 지리산 선녀의 당부를 떠올리고 있었다.

은지는 깊은 생각에 잠겼다.

'그래, 어쩌면… 이분 말이 맞을지도 몰라. 어차피 도지욱과 난 어울리지 않잖아. 말도 안 되는 모험을 해서 괜히 상처 받고 싶지 않아. 그래, 차라리 여기에 사인이라도 해버리면 나도 더 이상 고민할 필요 없을 거야. 이젠 완전히 내 손을 떠난 일이 되는 거니까.'

무언가를 결심한 듯 그녀의 긴 속눈썹이 움찔거렸다.

"좋아요, 하겠습니다. 사인."

"옳지! 역시 상황판단이 빠른 아가씨야. 세상 사람들이 나랑 은지 양만 같다면, 정말 파라다이스가 될 텐데. 사람들은 왜 그걸 모를까. 정말 이해가 안 된단 말이야! 하하하."

정남은 혼자 도취되어 말했다.

은지는 서류 하단에 있는 서명란에 펜을 꾹꾹 눌러 양은지, 세 글자를 적었다.

'그래, 잘한 거야. 가당치도 않는 사랑을 꿈꾸는 것보다 현실적으로 가족들을 돕는 편이 열 배, 아니 백 배는 나을 거야. 잘했어, 양은지. 정말, 정말…. 잘한 거야.'

은지는 몇 번이고 마음속으로 되뇌었다. 아니, 그렇게 마음을 속이고 있었다.

"그럼 정말 신용카드라고 생각하고, 대금은 차근차근 갚아 나가겠습니다. 이자도."

"이자는 무슨. 우리 사이에…. 괜찮아요, 괜찮아."

목적을 달성한 정남이 사람 좋게 웃어 보였다.

***

성공리에 발표를 마친 지욱은 만찬장으로 들어서며 휴대폰을 켰다.

새 메시지 알림표시가 떴다. 지욱은 얼른 메시지함을 열었다.

〔이 메시지 보면 바로 전화주세요. 지금 당장 할 이야기가 있으니까요.〕

은지에게서 일주일 만에 온 연락이었다.

지욱은 벅찬 마음으로 만찬장을 뛰쳐나갔다. 짧다면 짧고 길다면 긴 기다림의 시간 속에서 그의 마음은 더욱 견고해진 상태였다.

'양은지, 네가 어떤 답을 하든 중요치 않아. 중요한 건 나, 도지욱이 너를 사랑하고 있다는 사실이니까.'

휴대폰을 귀에 가져다 댄 지욱은 마음이 들뜨기 시작했다.

〔지금 고객님의 전화가 꺼져 있어….〕

지욱은 통화 종료 버튼을 누른 후 다시 걸었다. 하지만 마찬가지였다. 은지의 목소리와 비교도 되지 않는 생기 없는 ARS 음성이 귓가를 때렸다.

지욱의 얼굴에 걷잡을 수 없는 실망감이 번졌다.

정남과 헤어진 은지는 하염없이 거리를 걸었다.

집까지 데려다주겠다는 걸 뿌리치고 사람들이 붐비는 곳으로 왔다. 복작복작한 곳으로 가면 잠시 마음이 편안해질 것 같았다.

강남 쪽은 자주 오지 않아서인지 은지는 자꾸 길을 헤맸다. 눈에 익숙한 건물 하나가 들어왔다.

강남경찰서.

'제발 그렇게… 마음대로 가지 좀 마….'

그의 애절한 목소리가 바로 옆에서 들려오는 것 같은 착각이 들었다.

'제발 그렇게… 마음대로 가지 좀 마….'

하지만 아무리 그 목소리가 잡아 끈다 해도 은지는 더 이상 그에게 갈 수 없었다.

'내가 지금 무슨 생각을 하는 거야. 이미 다 끝난 일이야. 난 사인을 했고, 이제 도지욱과 어떤 일로도 얽혀선 안 돼.'

은지는 길을 잃은 아이처럼 한동안 같은 곳을 헤매고 또 헤맸다.

***

"앞뜰에 있는 말뚝이 말 맬 말뚝이냐, 말 안 맬 말뚝이냐, 생각이란 생각하면 생각할수록 생각나는 것이 생각이므로 생각하지 않는 생각이 좋은 생각이라고 생각한다. 생각이란…."

건우는 외출 준비를 하면서 한시도 입을 가만 두지 않았다. 은지의 가르침대로 발음 연습을 하는 중이었다. 한참 열중하던 그는 갑자기 고개를 비스듬히 기울였다.

"생각이란 생각하면 생각할수록…."

은지가 알려준 이 문장이 어쩌면 주문 같은 것은 아닐까 하는 의심이 들었다.

문장을 외면 외울수록 자꾸 그녀가 떠올랐다. 어디에서도 들어보지 못한 맑은 음성과 수수하면서도 정감 있는 얼굴. 딱히 선호하는 외모도 아닌데.

"진짜 명문장이네. 생각하면 할수록 진짜 생각이 더 나잖아."

건우는 무심코 벽시계를 봤다.

벌써 한 시라니!

롤플레잉 경진대회까지 딱 한 시간 남았다. 마음이 급해졌다. 은지와 한 시간 전에는 행사장에서 만나 리허설 하기로 한 약속이 떠올랐다. 할리 데이비슨 오토바이 위에 오른 건우는 서둘러 헬멧을 착용했다. 그리고는 바람을 가르며 도로를 질주해 나갔다.

서울의 한 컨벤션센터.

'2018 전국 상담원 롤플레잉 경진대회'

행사장 입구에 커다란 현수막이 걸려 있었다. 은지는 그제야 대회에 참가하는 것이 실감났다. 제 마음 하나 추스르기 힘든 상태라 버겁게만 느껴졌는데, 현장에 오니 오히려 긴장감이 살아났다.

은지는 현장 분위기를 익히기 위해 주변을 돌아다녔다. 곳곳에서 전문 상담원들의 낭랑한 목소리가 들려왔다.

은지도 스크립트를 꺼내 꼼꼼히 체크하기 시작했다. 이미 종이가 너덜너덜해질 정도로 보고 또 본 내용이었다. 아직 자연스럽게 안 되는 구간과 발음이 있었다.

"네, 고객님. 캐시백 관련하여 사전 고지해드렸듯이… 아니! 이게 아니지. 네, 고객님 그러셨군요. 캐시백 관련해서는…."

은지도 다른 상담원들처럼 육성으로 파트를 연습해보았다. 스크립트를 두어 번 낭독하고 보니 벌써 시계는 한 시 30분을 가리키고 있었다.

'대니얼은 왜 안 오지?'

은지는 가방에서 급히 휴대폰을 꺼냈다.

건우의 오토바이가 컨벤션센터 앞에 멈춰 섰다.

허물을 벗듯 헬멧을 벗고 오토바이에서 내렸다. 그 순간이었다. 검은 수트 차림의 장정 서너 명이 순식간에 건우를 에워쌌다.

"뭐야?"

남자들은 눈 깜짝할 사이에 건우의 양팔을 낚아챘다. 그 바람에 건우의 손에 들려 있던 휴대폰이 바닥에 내동댕이쳐졌다.

은지는 입술을 잘근잘근 깨물며 전화 신호음에 집중했다.

'대니얼…. 어서 좀 받아라. 제발 쫌!'

"잠시 후 2018 전국 상담원 롤플레잉 경진대회를 시작하겠습니다. 장내에 계신 내빈 여러분들께서는 자리에 착석해주시길 바랍니다. 그리고 참가자분들께서는 대기실로 이동해주시면 감사하겠습니다."

안내 방송에 은지의 속은 바짝 타들어갔다.

몇 차례 더 전화를 걸어보았지만, 이번엔 아예 전화가 꺼졌다는 속절없는 대답이 돌아왔다. 로얄카드는 두 번째 차례였다. 은지는 하는 수 없이 먼저 대기실로 갔다.

첫 번째 참가팀의 롤플레잉이 시작되었을 때까지만 해도 은지는 희망을 버리지 않았다. 그러나 클로징 멘트가 나오고 관객석에서 쏟아지는 박수소리가 들려오자 은지는 눈앞이 깜깜해졌다.

'망. 했. 다.'

상황을 모르는 진행자는 로얄카드 대표로 나올 은지와 대니얼에 대해 과장된 소개를 하고 있었다.

"이번 경진대회의 강력한 우승 후보로 뽑히는 팀입니다. 로얄카드 양은지 상담원과 대니얼 강 상담원 무대로 나와주세요."

은지는 쥐구멍에라도 들어가 숨고 싶은 심정이었다. 하지만 그럴 수도 없었다. 결국 홀로 쓸쓸히 무대에 오르자 관객석에서 웅성거리는 소리가 났다.

"뭐야? 왜 혼자 나왔지?"

"일인극? 모노드라마 그런 건가?"

은지가 상담원 좌석에 착석했다. 그러자 약속된 대로 전화벨 소리가 장내로 울려 퍼졌다. 상담전화가 걸려오는 상황을 재연한 것이었다.

따르릉 따르릉 따르릉.

은지가 대답을 하면 전화벨 소리가 자연스레 사라지기로 되어 있었다. 하지만 그녀는 언제 입을 떼어야 할지 몰랐다. 그녀가 인사를 건네도 대답을 해줄 고객이 없기 때문이다.

하염없이 벨소리가 장내에 흘러나왔다. 관객석에서 또 한 번 웅성거리는 소리가 들렸다. 은지는 더 이상 머뭇거릴 수가 없었다. 결국 그녀는 조심스레 입술을 떼었다.

"안녕하십니까, 고객님. 로얄카드 상담원 양. 은. 지. 입니다. 무엇을 도와드릴까요?"

입에 달고 사는 그 멘트가 오늘 따라 너무 두려웠다. 솔톤 보이스의 카랑카랑한 목소리가 흐른 뒤 침묵이 흘렀다.

은지는 민망함에 괜히 마른침을 꿀꺽 삼켰다. 그 순간이었다.

"왜 이렇게 전화를 늦게 받지?"

누군가 무대 위로 단숨에 올라오며 소리쳤다.

은지는 휘둥그레진 눈으로 소리 난 쪽을 돌아봤다. 그녀의 두 눈이 지진이 난 듯 마구 흔들렸다.

'아니, 어떻게…!'

"대체 왜 내 전화를 안 받느냐고."

조각상처럼 완벽한 남자, 도지욱이 걸어오고 있었다.

지켜보던 사람들도 이 상황이 연출인지, 아니면 실제 상황인지 분간되지 않는 듯 고개를 갸웃거렸다. 상담원의 놀란 얼굴도, 잔뜩 성난 남자의 얼굴도 모두 실제 상황처럼 리얼했기 때문이다.

방금 전에 벨이 계속 울려도 상담원이 전화를 받지 않던 게 어쩌면 짜인 각본이겠구나, 생각하는 사람들도 있었다. 그러니까 고객의 입에서 저런 말이 나오겠지 하고.

"대답해. 왜 내 전화를 피한 건지."

지욱은 그 어느 때보다 진심으로 그녀에게 외치고 있었다.

***

지욱은 공항에 도착하자마자 은지가 있는 곳으로 달려갔다.

컨벤션센터에 들어서자 익숙한 음성이 그의 귓가를 사로잡았다. 커다란 강당 문 너머에서 맑은 솔톤 보이스가 흘러나오고 있었다. 지욱은 무언가에 이끌리듯 안으로 들어갔다.

"안녕하십니까, 고객님. 로얄카드 상담원 양. 은. 지. 입니다. 무엇을 도와드릴까요?"

은지는 숙련된 상담원답게 그 어느 때보다 낭랑한 목소리를 냈다. 하지만 지욱은 그녀의 얼굴에 감도는 남모를 불안감을 캐치했다.

목소리는 감쪽같았지만 그녀의 두 눈동자가 부서질 듯 떨리고 있었기 때문이다.

'또 혼자 허우적대고 있었군.'

은지의 인사말이 끝나고 강당에는 정적이 흘렀다. 관객석에서 웅성거리는 소리가 나기 시작했다.

은지는 시간이 0.9배속, 0.8배속으로 점점 느려지는 것만 같았다. 이대로 일어나 인사를 하고 내려가야 하나….

우연히 관객석에 시선이 닿았다. 이름 모를 사람들의 눈빛이 번쩍이는 게 보였다. 간담이 서늘해졌다. 어서 자리를 피하고 싶었다.

조심스레 자리에서 일어서려는데, 그 목소리가 그녀를 순식간에 얼음으로 만들었다.

"왜 이렇게 전화를 늦게 받지?"

긴 다리로 단숨에 무대까지 올라온 남자는 다름 아닌 지욱이었다.

"대답해. 왜 내 전화를 안 받느냐고."

"…."

침묵.

상담원에게 '침묵'은 효과적인 화법 중 하나였다. 강조해야 할 부분이나 셀링 포인트에서 약 3초 정도 침묵한 뒤 정보를 제공하면 보다 효과적이었다. 은지도 환기가 필요할 때나 고객의 주의를 끌기 위해 때때로 침묵했다. 하지만 지금 이 순간, 그녀의 침묵은 그런 차원의 것이 아니었다. 은지는 그저 할 말을 잃고 만 것이다.

'당신이 어떻게 여길….'

지욱의 깜짝 등장에 관객석에서는 다시 한 번 수군대는 소리가 들려왔다.

"저 남자, 어디선 본 것 같지 않아?"

"어머! 도지욱 아니야?"

"뭐? 도지욱이라면… 로얄카드 후계자?"

지욱은 무대 위를 가로질러 은지 앞까지 다가갔다. 그리고는 두 사람만 들릴 정도로 나지막한 목소리로 속삭였다.

"이제 내가 널 도울 거야."

은지는 숨이 멎을 것만 같았다. 히어로 영화를 볼 때처럼 마음 속에 설렘과 흥분, 두려움이 뒤섞였다.

'자꾸 이렇게 나타나 도와주면 나도 어쩔 수가 없잖아요.'

은지가 울 것 같은 얼굴로 그를 바라봤다.

지욱이 특유의 도도한 목소리로 말했다.

"너무 감동받진 마, 너도 날 도와줘야 하니까! 뭐해, 어서 전화 받지 않고!"

은지는 침묵을 깨고 특유의 솔톤 보이스로 가상 상담을 시작했다.

"죄송합니다, 고객님. 대기 중인 콜이 많아 전화 연결이 지연됐습니다. 더 신속하고 원활한 서비스를 위해 노력하겠습니다."

"관련 부서에 확인해보고 연락을 준다고 하지 않았나?"

스크립트에 없는 질문이었다.

은지는 순간 당황했다. 경연대회를 위해 준비한 스크립트를 지욱이 알 턱이 없었다. 고로 지금 이 순간부터 주고받는 모든 것은 라이브였다. 은지는 마른 침을 꼴깍 삼켰다.

'그런데 관련 부서라니?'

은지는 일주일 전 그와의 마지막 통화가 떠올랐다. 앙 다물고 있던 입술을 떼어 조심스럽게 말했다.

"관련 부서에 확인해본 결과, 고객님께서 요청하신 카드는 발급이 어렵다는 피드백이 왔습니다."

'미안해요. 우린 어울리지 않아요.'

"어떤 부분 때문에 발급이 어렵다는 거지?"

사람들은 지욱의 애절한 눈빛을 보며, 카드 발급이 절실한 고객 역할에 완벽히 빙의한 것 같다고 생각했다.

"고객님께서 요청하신 카드는 더 이상 발급되지 않는 상품입니다. 죄송합니다."

'당신과 더 이상 얽히지 않겠다고 사인했어요. 이제 당신과 어떤 감정도 나눌 여유가 없어요.'

고객에게 카드 발급이 어렵다고 통보하는 은지의 눈빛 또한 생생했다. 마치 자신의 일이라도 되는 듯 안타까워하는 그녀의 목소리에 사람들은 몰입했다.

한동안 두 사람은 아무도 모르게 서로의 진심을 주고받았다. '신용카드'라는 이름으로 포장한 그들의 진짜 마음을.

***

"이거 놔! 놓으라고! 당신들 뭐야!"

건우의 두 손을 결박하고, 눈까지 가린 장정들은 그를 끌고 컨벤션센터 지하 주차장으로 들어섰다.

"대체 어딜 가는 거냐고!"

건우가 억지로 버티며 소리쳤다.

빽빽이 들어찬 자동차들 사이에 유독 반짝이는 흰색 벤츠 S클래스 한 대가 보였다.

장정들은 그 앞에서 걸음을 멈췄다. 그리고는 뒷좌석 문을 열어 건우를 그 안으로 밀어 넣었다.

"대체 뭐 하는 거야!"

"내가 묻고 싶은 소리다!"

익숙한 음성이 그의 귀로 날아와 꽂혔다.

'어, 엄마?'

"도건우! 너 정말 언제까지 이렇게 제멋대로 살 거니?"

김라혜 여사는 결박된 아들의 손을 풀어주며 앙칼지게 말했다.

"뭐야! 서프라이즈 뭐 그런 건가?"

"서프라이즈? 진짜 서프라이즈는 네가 나한테 하고 있는 것 같은데!"

라혜는 움켜쥔 사진들을 건우에게 집어던졌다.

콜센터 안에서 은지와 함께 경진대회 준비를 하던 모습, 회식자리에서 은지와 듀엣곡을 부르던 모습, 취한 은지를 부축하고 프런트에 갔을 때. 그리고 지욱과 은지, 건우 세 사람의 모습이 담긴 사진까지.

"엄마, 이제 내 뒷조사까지 하고 다니는 거야?"

"내가 왜 그런 짓을 해!"

"아니면 이 사진들은 다 뭔데…!"

아들 바보로 소문이 자자한 그녀였지만, 라혜는 집착보다 자유를 주는 게 더 큰 사랑임을 알고 있었다. 그녀의 교육 방식대로 건우는 자유로운 영혼으로 자랐다. 라혜는 그런 아들의 삶을 늘 지지해왔다. 하지만 딱 하나, 딱 하나만은 그녀도 절대 양보할 수 없는 게 있었다.

로얄카드의 후계자가 되는 일.

라혜는 무슨 수를 써서라도 건우를 그 자리에 앉히고 싶었다. 지욱을 깎아내리고, 억지로 추락시켜서라도.

그래서 라혜는 남몰래 지욱의 뒷조사를 했다. 탈탈 털면 무언가 하나는 나오겠지 하는 마음으로. 헌데 생각지도 못한 것을 발견한 것이다. 건우가 콜센터에서 일을 하고 있는 것이 아닌가. 그리고 건우와 지욱, 둘 사이에 끊임없이 등장하는 웬 촌뜨기 같은 여자까지.

"콜센터 알바라니! 자유롭게 사는 건 좋아! 하지만 말이다, 굳이 로얄카드에 말단으로 들어가야 했니?

"가까운 데 놔두고 왜 남의 회사를 가요. 나 같은 인재가 경쟁카드사에 가면 로얄카드 손해 아닌가?"

건우가 당돌하게 말했다.

"네가 그냥 평사원 아들도 아니고, 아버지 체면도 있지, 일개 상담원이라니! 엄마한테 미리 말했으면…!"

"엄마, 전 누구 아들로 살고 싶지 않아요. 그냥 도건우 그 자체로 살고 싶다고요. 물론 엄마 아들이길 거부한단 건 아니고."

"그건 그렇고, 이 여자는 대체 누구니?"

라혜가 사진 속 은지를 가리키며 말했다.

"도 본부장 사진에도 주구장창 등장하던데!"

"지욱이 형? 엄마…! 그럼, 지금 형 뒷조사도 한 거야?"

라혜는 꼬리를 밟힌 듯 재빨리 시선을 피했다.

건우는 사진 속 은지를 바라보았다. 그 순간 잊고 있던 무언가가 번뜩 떠올랐다.

"큰일 났다!"

***

건우가 숨을 헐떡이며 경진대회 장소로 들어섰다. 무대 위에 낯익은 여자의 모습이 보였다.

'은지 선배!'

그의 옆으로 또 한 명의 익숙한 사람이 보였다.

'지욱이 형? 형이 왜 거기에….'

그때 무대 위 은지와 지욱의 대화 소리가 들려왔다.

'자격, 조건, 신용등급, 연회비…. 어떤 부분 때문에 발급이 어렵다는 거지?'

'고객님께서 요청하신 카드는 이제 더 이상 발급하지 않는 상품입니다. 죄송합니다.'

건우는 고개를 갸웃거렸다.

'두 사람은 스크립트를 준비한 적이 없는데?'

얼핏 보기에는 고집을 피우는 블랙 컨슈머와 난처해 하는 상담원의 모습이었다. 하지만 자꾸 이상한 느낌이 들었다. 두 사람의 얼굴, 표정, 눈빛이 모두 이상했다.

'겉으로는 카드를 말하고 있지만, 꼭 다른 이야기를 하고 있는 것 같아.'

무언가를 갈구하는 남자의 눈빛과 그것을 외면하려 애쓰는 여자의 눈빛. 건우는 눈앞의 두 사람에게서 그것을 읽어버렸다.

"형, 설마…."

그 순간 허탈한 기분이 들었다. 그의 귓가로 기억 속 익숙한 목소리가 되살아났다.

'생각이란 생각하면 생각할수록 생각나는 것이 생각이므로 생각하지 않는 생각이 좋은 생각이라고 생각한다.'

매력적인 목소리로 또박또박 문장을 읊조리던 은지의 얼굴도 아른거렸다.

건우는 불현듯 무대 위에 은지와 함께 있어야 할 사람이 지욱이 아닌, 자신이라는 사실을 떠올렸다.

따르릉 따르릉 따르릉.

건우는 주최측에 벨소리를 부탁하고 무대 위로 올라왔다.

큰 키에 드넓은 어깨, 자유분방한 스핀 펌 머리에 보헤미안 옷차림의 남자.

은지는 눈앞의 남자를 보고 두 눈이 휘둥그레졌다.

'대니얼?'

지욱도 건우의 등장에 잠시 놀랐지만 이내 평정심을 찾았다. 은지 옆으로 다가가 나지막이 마지막 말을 남겼다.

"양은지, 내가 널 돕는 건 여기까지야. 이젠 네가 날 도울 차례지. 기억해."

***

은지는 아직도 반쯤 넋이 나간 얼굴로 꽃다발을 바라봤다.

어떻게 수상을 하게 된 건지도 몰랐다. 그저 지욱이 나타나 던지고 간 이상한 말들만 귓가에 아른거렸다.

'아니, 난 꼭 그 카드여야 해. 다른 카드는 필요 없어. 난 그 카드여야 한다고. 양은지, 내가 널 돕는 건 여기까지야. 이젠 네가 날 도울 차례지. 기억해.'

지욱이 나타나지 않았다면…. 자신은 졸도라도 하고 말았을 것이다.

'그러고 보니 고맙다는 말 한마디를 못 했네.'

뒤늦게 그 생각이 들었다. 은지는 휴대폰을 꺼내 얼른 메시지 창을 열었다.

'오늘 일은 정말 고마웠…'

문자를 입력하던 손이 문장을 채 완성하지 못하고 멈춰 섰다. 뇌리에 도정남 회장과의 계약이 스쳐갔다.

'사적인 연락을 하면 안 된다고 했지.'

고개를 들자 익숙한 다세대 연립이 보였다.

긴장이 모두 풀렸는지 온몸이 천근만근이었다. 현관문을 열면 그 자리에 풀썩 주저앉을 것만 같았다.

어디선가 격정적인 피아노 연주음이 들려왔다. 베토벤의 '월광 소나타 3악장'이 분명했다. 지욱이 회식자리에서 연주했던 바로 그 곡.

'옆집에서 피아노를 샀나?'

은지는 고개를 갸웃했다. 하지만 소리가 나는 곳은 옆집이 아니었다. 그녀가 서 있는 바로 그 자리였다.

소리가 나는 쪽으로 가까이 다가갔다. 문고리에 걸려 있던 우유 주머니 쪽이 수상했다. 은지는 얼른 주머니에 손을 집어넣었다.

그 안에서 최신형 스마트폰 한 대가 나왔다. 때마침 전화가 오는 중이었다.

'누가 이걸 여기에 둔 거지?'

은지는 조심스럽게 통화 버튼을 눌렀다.

"여, 여보세요?"

〔나야.〕

짧은 두 음절의 말에 은지의 심장이 쿵 내려앉았다.

〔내 말 듣고 있는 거야?〕

지욱이 답답하다는 듯 물었다.

"네…. 근데 어떻게 이 전화가 여기에."

〔이제 네 거야.〕

"제 거라뇨? 저도 휴대폰 있어요."

〔내 말 잊었어? 이제 네가 날 도울 차례라고 했잖아.〕

"절 도와주신 건 고마워요. 정말로요. 매번 신세만 져서 죄송…."

지욱이 그녀의 말허리를 뚝 끊었다.

〔고맙다, 죄송하다 그런 말로 때울 생각은 아니겠지?〕

"네?"

〔이제 네가 날 도와야 한다니까.〕

"그렇지 않아도 그게 궁금했어요. 제가 본부장님을 도와야 한다니요? 대체 무슨 말씀이신지."

〔난 개인의 능력치를 넘어서는 일을 요구하지 않아. 서로 피곤해지거든. 잘 생각해봐, 네가 날 어떻게 도울 수 있을지.〕

"잘… 모르겠어요."

〔자신에 대해 너무 모르는군. 왜, 당신 특기 있잖아. 지금 이 시간부터 넌 도지욱 전담 카운슬러야.〕

"뭐, 뭐라고요?"

〔네 마음을 가질 수 있는 법, 이제 내가 알아낼 거야. 하나씩 알아가면 되는 거잖아! 내가 너란 여자에 대해 궁금한 게 참 많거든.〕

은지는 다시 한 번 할 말을 잃었다. 세상 누구를 데려다놓아도 능수능란하게 통화할 수 있다 자신했는데 지욱 앞에선 매번 말을 잃었다. 대신 심장이 뛰었다.

〔오늘 이거 하나는 알아야겠어. 그래야 잘 수 있을 것 같거든!〕

네? 은지는 조금 긴장한 듯 마른 침을 꿀꺽 삼켰다.

〔양은지… 넌 어떤 남자를 좋아하지?〕

'넌 어떤 남자를 좋아하지', '넌 어떤 남자를 좋아하지', '넌 어떤 남자를 좋아하지' 버퍼링이라도 걸린 듯 그 말이 귓가에 왕왕 울렸다. 은지의 얼굴에 열꽃이 피어올랐다.

은지는 자신의 마음을 들킬 것 같아 숨고 싶었다. 그리고는 멋쩍어 전화를 뚝 끊어버렸다.

'어떤 남자를 좋아하냐고?'

은지의 머릿속에 누군가가 그려졌다. 지욱의 얼굴, 지욱의 목소리, 지욱이 있는 풍경, 지욱의 따뜻한 품.

'아무래도… 나는 당신인 것 같아요.'

은지는 입 밖으로 꺼낼 수 없는 그 말을 마음으로 속삭였다. 탁자 위에 던져둔 시상식 꽃다발이 쓸쓸하게 보였다. 그리고 그 옆에 잊고 있던 차가운 종이가 눈에 들어왔다.

도정남 카드대금고지서.

'사인을 한 주제에… 내가 지금 무슨 생각을 하고 있었던 거야?'

은지는 그제야 정신이 들었다. 때마침 월광 소나타 벨소리가 다시 울리기 시작했다.

연주는 더욱 더 격정적으로 흘러갔다. 손가락이 격렬하게 피아노 건반을 때리듯, 격정적인 멜로디가 은지의 마음을 때렸다.

***

지욱은 침대 헤드에 기댄 채 은지와의 통화를 떠올렸다. 그의 입가에 미소가 번졌다.

상대에 대해 많이 생각하다 보면 그 사람의 작은 변화도 크게 느껴지기 마련이다. 지욱은 은지의 미세한 변화를 금방 알아차렸다.

지욱은 쉽사리 진정되지 않는 마음을 달래려 다시 휴대폰에 손을 뻗는데 갑자기 진동이 오기 시작했다. 화면에 비친 이름은 그를 실망에 빠뜨렸다.

서울 이태원동의 단독주택.

정남은 서재에서 롤플레잉 경진대회 하이라이트 영상을 보고 있었다.

"아니 저 녀석이 저길 왜 올라가!"

화면을 보던 정남이 주먹으로 책상을 내리쳤다.

'저 녀석이 왜 저기에서 카드 타령을 하고 있는 거야!'

가만 보니 카드가 문제가 아니었다. 무대 위 두 사람은 그들만이 아는 또 다른 대화를 하고 있는 것 같았다.

정남은 두 눈을 가느다랗게 뜨고 생각에 잠겼다.

"저건 분명 카드 얘기가 아니야. 하지만 심증은 있는데 물증이 없군. 물증이 없어!"

정남은 두 사람 사이에서 흘러나오는 이상한 기류를 온몸으로 감지했다. 곧 노크 소리가 들렸다.

"들어오렴."

정남이 급하게 모니터 화면을 껐다.

"이렇게 늦은 시간에, 무슨 일이시죠?"

지욱이 영문을 모르겠다는 얼굴로 들어왔다.

"애비가 아들 녀석이 보고 싶을 수도 있는 거지!"

정남의 살가운 말에 지욱은 온몸에 소름이 돋는 기분이었다.

"그래, 미국 출장은 어땠니?"

"나라는 달라도 카드사가 갖고 있는 고민들은 엇비슷했습니다. 관련된 보고서는 내일 정리해 올리도록 하겠습니다."

"아들아, 넌 말야. 너무 사무적이야. 난 그저 안부를 물은 거란다."

"뭐, 보시다시피요. 근데 정말 제 얼굴을 보려고 부르신 겁니까?"

"성미 한 번 급하긴! 도블리, 넌 매사에 철두철미해 보이지만 보기보다 순진한 구석이 있어. 네 호의나 호감을 누군가 이용할 거란 생각은 못 해봤니?"

"그게 무슨 말씀이십니까?"

지욱의 물음에 정남은 알 수 없는 미소를 지었다.

***

새벽 3시.

은지는 이불을 머리끝까지 뒤집어썼다가 이내 다시 걷어냈다.

선잠을 자다 깬 게 벌써 세 번째다. 그녀는 머리맡에 둔 스마트폰을 손으로 더듬었다. 그리고 얼른 전원 버튼을 눌렀다.

'왜 이렇게 신경 쓰이지. 혹시 또 전화가 왔을까? 메시지를 남긴 거 아니야?'

휴대폰이 환한 빛과 함께 켜지자 은지는 얼른 통화목록과 메시지함을 확인했다. 하지만 지욱에게 온 연락은 하나도 없었다.

왠지 서운한 마음이 들었다. 먼저 끊어버린 것도, 연락을 받지 않겠다고 전원을 꺼버린 것도 자신이었다. 헌데 왜 그에게 서운한 감정이 드는지 스스로도 이해할 수 없었다.

은지는 실은 답을 알고 있었다. 하지만 그것과 마주하지 않으려고 애썼다. 결국 은지는 취침등을 켜고 자리에 앉았다. 그리고는 손을 뻗어 탁자 위에 두었던 정남과의 계약서를 집어 들었다. 은지는 한동안 가만히 계약서를 읽어 내렸다.

'양은지, 너 참 많이 변했어. 돈이 네 진심, 네 마음보다 더 중요했니?'

은지는 스스로에게 묻고 또 물었다. 그제야 뒤늦은 후회와 한숨이 파도처럼 밀려왔다.

***

엘리베이터 안에서 사람들이 우르르 내리고, 은지 혼자 덩그러니 남겨졌다.

2년 동안 로얄카드에 다녔지만 20층에 가보긴 오늘이 처음이었다.

'하긴 일개 상담원이 회장실에 갈 일이 뭐가 있겠어.'

그렇게 생각하는 사이 20층을 알리는 벨이 울렸다.

'그래, 양은지! 나답게 살자. 그깟 돈 없어도 잘 살아왔잖아. 아빠, 미안해. 하지만 이런 도움은 애초에 안 되는 거였어.'

하얀 종이를 움켜쥔 은지의 얼굴에 비장함이 맴돌았다. 마음을 다잡은 은지는 당당하게 엘리베이터에서 내렸다. 그 순간 누군가 그녀를 덮칠 듯이 불쑥 튀어나왔다.

놀란 은지가 고개를 치켜들었다. 잔뜩 성난 얼굴의 지욱이 은지를 내려다보고 있었다. 그의 시선이 그녀의 손에 들린 하얀 종이에 가 꽂혔다.

은지는 놀라서 얼른 뒤로 급히 감췄다. 하지만 지욱은 긴 팔을 뻗어 순식간에 낚아챘다.

"안 돼요!"

은지는 망연자실한 표정으로 지욱을 바라보았다.

한동안 종이를 살피던 지욱이 종이를 확 구겨버렸다. 그리고는 은지를 벽 쪽으로 밀어붙였다.

"양은지, 넌 내 뒤에 가만히 숨어 있어. 더 이상 우리 아버지 수

작에 넘어가지 말고.”

은지는 놀란 얼굴로 눈앞의 남자를 응시했다. 지욱의 눈빛이 마치 이렇게 말을 걸어오는 것 같았다.

‘괜찮아, 이제 정말 괜찮아. 내가 다 알았으니까. 그 말도 안 되는 종이가 우리를 가로막을 순 없을 거야.’

은지의 눈에 눈물이 가득 고였다. 억지로 꾹꾹 눌러두었던 감정이 솟구쳐 오르기 시작했다.

“미안해요.”

그녀가 진심을 담아 말했다. 하지만 예상치 못한 싸늘한 목소리가 되돌아왔다.

“미안? 미안하다는 말로 이게 다 없던 일이 될 줄 알아?”

지욱은 금세 180도 달라진 얼굴을 했다. 눈빛에 냉기마저 감돌았다.

“당신, 정말 끔찍한 여자야! 사람 마음을 돈으로 사고팔 줄이야….”

지욱의 입에서 나오는 한마디 한마디가 은지의 가슴에 비수가 되어 꽂혔다. 은지는 아무 말도 할 수 없었다.

“내가 잠시 사람을 잘못 봤어. 당신은 최악이야, 최악!”

지욱은 확인 사살을 하듯 모진 말을 던졌다.

은지의 커다란 두 눈에 가득 고였던 눈물이 뚝 떨어졌다.

매정하게 돌아서 가는 지욱의 뒷모습을 은지는 하염없이 바라보았다.

VIP 전용 엘리베이터 앞에서 두 사람의 대화를 엿듣던 정남은 만족스런 미소를 지었다.

'녀석, 매정하기도 하지. 눈앞에서 여자가 눈물을 쏟는데… 정말 누굴 닮아서 저러나 몰라.'

정남의 눈에 눈물을 훔치는 은지와 멀어져가는 지욱의 모습이 동시에 들어왔다.

모든 게 그의 계획대로 돌아가고 있었다. 정남은 자신이 마치 조물주라도 되는 양 어깨가 으쓱해졌다. 그는 가스펠송까지 휘파람으로 흥얼거리며 VIP 전용 통로로 들어갔다.

은지의 가녀린 다리가 마구 휘청거렸다. 차마 눈물범벅이 된 채로 엘리베이터를 탈 수는 없었다.

은지는 비상계단으로 연결된 문을 열어젖혔다. 동시에 누군가 은지의 팔을 획 낚아챘다. 은지는 고꾸라지 듯 그쪽으로 끌려갔다.

"엄마야!"

은지의 입에서 비명이 터져 나왔다.

"쉿!"

은지는 얼른 고개를 들었다. 눈앞의 남자를 본 순간 그녀의 얼굴이 걷잡을 수 없이 일그러졌다.

'대체 나한테 왜 이러는 거야, 당신!'

마음속에서 그 말이 메아리쳤다. 지욱이 언제 무슨 일이 있었냐는 듯 걱정스런 눈길로 내려다보고 있었다.

"대체 나한테 왜 이러시…."

서러움을 쏟아내려던 그때, 지욱이 기다란 두 팔을 뻗어 은지를 와락 끌어당겼다. 은지는 단숨에 그의 품으로 끌려 들어갔다. 벗어나려고 힘껏 밀쳐봐도 그의 힘을 이길 수 없었다.

"잠깐, 잠깐만 이러고 있어."

지욱이 나지막한 목소리로 속삭였다. 조금 전 악담을 퍼붓던 그 냉정한 말투가 아니었다. 은지는 종잡을 수 없는 남자의 행동에 더 이상 어떤 말도 할 수 없었다.

그녀를 품에 안은 지욱은 어젯밤 정남과의 대화를 떠올렸다.

"당돌한 아가씨더구나, 그 상담원 말이다. 나한테 이런 제안을 해왔지 뭐냐."

정남은 은지에게 건넸던 서류를 교묘하게 바꿔 아들에게 내밀었다.

"아버지 부채와 동생들 학원비를 해결해달라고. 요구를 들어주지 않으면, 너와 더러운 스캔들을 만들겠다고 하더구나."

지욱은 믿기지 않는다는 얼굴로 아버지를 보았다.

"네가 자기에게 푹 빠져 있다고 하던데? 하필 네가 미국 출장 중이라 내가 해결했다."

'더러운 스캔들? 돈을 요구해?'

그 순간, 지욱은 온몸에 흙탕물을 뒤집어 쓴 것처럼 정신이 아득해졌다. 하지만 얼마 가지 않아 정신이 들었다. 그녀의 카랑카랑한 목소리가 떠올랐다.

'이런 게 문제라고요. 갑이 저지르는 흔한 실수! 을은 무조건 돈이라면 끔뻑 죽는 줄 알죠? 가진 거 없으면 돈에 환장하는 줄 알잖아요. 근데 그거 아니거든요. 그러니까 사람 마음을 돈으로 좌지우지하려고 하지 마세요!'

지욱은 그 말을 하던 은지의 눈빛을 잊을 수 없었다. 세상 그 무엇보다 맑고 투명하게 빛나던 그 눈빛을.

'그 여자 목소릴 똑똑히 기억해. 마음 깊은 곳에서 끌어올린 진심이었어. 그런데 돈을 목적으로 이런 제안을 했다고?'

지욱은 나중에 유 비서를 통해 며칠 전 정남이 은지를 찾아갔다는 사실을 확인했다.

두 사람을 비추던 계단 등이 예고 없이 꺼지자, 지욱은 생각에서 빠져나왔다.

은지는 놀랐는지 지욱의 등을 더욱 꽉 잡았다.

"아까는 미안했어."

지욱이 다정한 말투로 말했다.

"네?"

"아버지가 쓴 저급한 각본에 잠시 놀아준 것뿐이야."

"그게 무슨 말이에요?"

"아버지는 당신의 각본대로 진행되는 것처럼 보여야 우리에게 관심을 끌 거야."

"그럼 이게 다…."

"그래, 모두 다 쇼지."

"그래도 최악이다, 끔찍하다…. 그런 말은 하지 말지. 내가 정말, 얼마나… 얼마나 무서웠는데…."

"미안해."

"돈이 욕심나서 그런 건 진짜 아녜요. 우리가 잘될 일은 없으니까. 그래서 사인한 거예요. 우린 어울리지 않잖아요."

"우리가 왜 어울리지 않지?"

"본부장님이 사는 세상과 제가 사는 세상은 너무 달라요. 전 말이죠…."

"다른 게 왜 문제지? 정 그게 문제라면 같아지면 되겠군!"

지욱이 은지의 고개를 자기 쪽으로 홱 잡아 당겼다. 그리고는 그녀의 가느다란 입술을 순식간에 덮쳤다.

지욱은 마음속 깊숙이 뜨겁게 달궈진 숨결을 은지의 입술로 전해주었다. 절대로 만날 수 없었던 두 사람의 세계가 하나가 되고 있었다.

지욱은 거침없이 은지의 입술을 빨아들였다. 은지는 정신이 아뜩해져 살짝 비틀거렸다. 그러자 지욱은 단단한 팔로 그녀의 허리를 단숨에 낚아챘다. 그리고는 거칠고 날카로운 키스를 이어나갔다.

은지의 분홍빛 입술이 점점 더 붉게 물들었다. 마구 뒤엉킨 두 입술은 떨어질 줄을 몰랐다. 은지가 숨이 찬 듯 헐떡이며 먼저 입술을 뗐다. 지욱은 담담한 투로 말했다.

"이제 우리만 아는 세계가 생겼어. 더 이상 다르다고는 못하겠지?"

은지는 아무 대답도 할 수 없었다. 그저 촉촉이 젖은 입술만 매만질 뿐이었다.

'로얄카드 후계자 도지욱 본부장, 상담원과 입 맞추는 현장 발각'

은지는 포털 사이트 메인에 뜬 기사 제목을 보고 깜짝 놀랐다.

마우스를 잡은 그녀의 오른손이 덜덜 떨렸다.

믿기지 않았다. 아무리 일거수일투족 이슈가 되는 재벌이라지만 사적인 모든 것이 기사화 될 줄은 몰랐다. 그리고 그 특종기사에 자신이 기여하게 될 줄은 더더욱.

어느새 송 팀장이 은지 옆으로 다가왔다.

"기사 보고 있었구나. 아주 난리도 아니다. 양은지… 좋았냐?"

"네?"

은지의 두 볼이 순식간에 붉어졌다.

"좋긴 누, 누가 좋아요!"

"에이, 좋았나 보네. 말까지 더듬는 걸 보니."

"아니에요. 그런 거! 진짜…."

"도 본부장님은 어떻게 못하는 게 없지? 아주 능수능란해. 장인의 기운이 느껴진달까."

송 팀장의 말에 은지는 깜짝 놀랐다.

'그걸 송 팀장님이 어떻게 알지?'

은지는 지욱의 완벽한 키스에 혼이 빠져나가는 것 같은 기분을 느꼈다.

절대 그와 다신 얽히지 않겠다고 다짐했는데 다 부질없었다. 그의 완벽한 키스는 은지의 마음을 무장해제시켰다. 은지는 그의 키스에 딱 맞는 적당한 표현을 찾지 못했는데, 방금 송 팀장이 한 말에서 힌트를 얻었다. 키. 스. 장. 인.

"야, 양은지 무슨 생각을 그렇게 해! 그러지 말고 이것 좀 봐봐."

송 팀장이 은지가 미처 누르지 않고 있던 그 기사를 클릭했다. 은지는 긴장되는지 마른침을 꿀꺽 삼켰다. 그때 송 팀장의 손에 있던 휴대폰이 울리기 시작했다. 그는 전화를 받으러 복도로 뛰어나갔다. 은지는 그가 열어놓고 간 기사에 천천히 눈을 돌렸다.

로얄카드 후계자 도지욱 본부장, 상담원과 입 맞추는 현장 발각!

지난 24일 서울의 강남 컨벤션센터에서 '전국 상담원 롤플레잉 경진대회'가 성황리에 개최되었다. 이 행사에는 로얄카드 도정남 회장의 장남 도지욱 본부장이 직접 참여해 화제가 되고 있다.

당초 도지욱 본부장의 출연은 예정에 없었지만, 로얄카드 참가자의 사정으로 대회가 지연되자, 응원차 방문했던 도 본부장이 직접 무대에 올랐다고 전해졌다. 그의 능수능란한 역할극은 보는 사람들을 완벽히 사로잡았다는 후문이다. 이날 도 본부장의 순발력과 숙련된 상담원들의 활약으로 로얄카드는 경진대회 1위의 성과를 거뒀다.

은지의 눈동자가 기사의 마침표에서 멈췄다. 그녀는 안도의 한숨을 내쉬었다.

'기자들도 정말 대단해. 사람을 낚는 프로 낚시꾼들!'

기사 아래로 수백 개에 달하는 댓글들이 달렸다.

–재벌에, 넘사벽 외모, 거기다 개념 탑재까지. 부족한 게 뭐냐?

–나도 도지욱이랑 입 맞춰보고 싶다

은지의 볼이 다시금 붉어졌다. 지욱과 나눈 뜨거운 키스가 떠올라 얼굴이 화끈거렸다. 또 하나의 댓글이 눈에 띄었다.

–저 여자 상담원 표정 봐, 완전 계 탄 표정!

'뭐? 계 탄 표정? 우이씨!'

은지는 그제야 기사 중앙에 있는 현장 사진으로 눈을 돌렸다. 당황과 안도, 반가움이 뒤섞인 알쏭달쏭한 표정.

'도지욱을 볼 때, 난 이런 표정이구나.'

생각에 잠긴 은지에게 건우가 다가왔다.

"선배!"

"어? 대니얼!"

"메일 봤어요? 경진대회 주최 측에서 메일 보냈던데."

은지는 얼른 이메일 계정에 접속했다. 상금이 있는 건 알고 있었지만 수상하리라고는 생각지도 못해서 눈 여겨 보지도 않았다.

'참가자 각 상금 200만 원'

뜻밖의 횡재였다. 200만 원이라는 금액을 보던 은지의 눈빛이 흔들렸다. 왠지 낯설지 않은 금액이었다. 은지는 얼른 달력을 확인했다.

'이제 5일밖에 안 남았구나.'

은지는 중요메일 보관함을 클릭했다.

***

지욱은 기사에 나온 사진 속 은지의 얼굴에서 한동안 눈을 떼지 못했다. 문득 그녀가 궁금해졌다.

'퇴근은 했을까? 저녁은 먹었을까? 기사를 보고 놀라진 않았을까?'

지욱은 참지 못하고 은지에게 전화를 걸었다. 오늘따라 신호음이 더 길게만 느껴졌다. 느낌상 이제 곧 ARS로 연결되겠구나 싶던 무렵, 통화가 연결되는 소리가 들렸다.

딸깍.

이윽고 무언가 떨어지는 듯 우당탕탕, 소리가 났다.

"무슨 일이야!"

지욱이 놀라서 소리쳤다.

〔살려주세요!〕

잔뜩 겁에 질린 여자의 목소리가 수화기 너머에서 들려왔다.

"양은지! 괜찮아? 대체 무슨 일이야!"

지욱이 소리쳤다. 그때 수화기 너머로 낯선 남자들의 목소리가 들려왔다.

〔그러니까 좋은 말로 할 때 들었어야지. 우리랑 놀자. 오빠가 잘 해줄게.〕

〔안 돼! 아아아악!〕

"양은지! 대답해! 지금 어디야!"

지욱의 애타는 목소리가 사무실 안에 울려 퍼졌다. 돌아온 건 차가운 신호음.

뚜뚜뚜뚜.

지욱은 은지의 비명을 듣는 순간 온몸이 마비되는 것 같았다.

그는 곧바로 수십 명의 경찰과 여러 대의 경찰차를 동원해 은지를 찾아 나섰다.

위치추적 결과 은지의 휴대폰 GPS가 마지막으로 잡힌 곳은 서울 외곽 지역이었다.

퇴근 시간 교통 체증은 사람을 더욱 피 말리게 했다. 지욱은 몇 번이나 차를 버리고 뛰쳐나가고픈 충동에 휩싸였다.

'양은지, 조금만 기다려. 내가 가고 있으니까.'

지욱의 애타는 마음과 달리 자동차는 가다 서다를 반복했다. 얼마나 지났을까. 기나긴 인고의 시간 끝에 반가운 소리가 들려왔다.

〔목적지 주변에 도착했습니다.〕

30년도 더 되어 보이는 낡은 빌딩 앞에서 차를 세웠다. 그리고는 곧장 건물 안으로 뛰어 들어갔다.

뒤늦게 현장에 도착한 경찰들도 지욱이 들어간 곳으로 우르르 뛰어갔다.

"양은지!"

지욱의 절절한 목소리가 로비 안에 울려 퍼졌다. 한 바퀴 빙 둘러 주변을 살피던 그의 눈에 심상치 않은 간판이 들어왔다.

귀청소방. 밀레니엄 전화방. 성인전용 카바레.

그의 얼굴에 짙은 어둠이 깔렸다. 불길한 기운이 온몸을 휘감기 시작했다.

지욱은 귀청소방이라는 간판이 붙은 곳으로 달려갔다.

문을 잡아 밀었지만 옴짝달싹하지 않았다. 투명 유리에 고개를 바짝 댔다. 안은 텅텅 빈 상태였다. 그는 전화방과 성인전용 카바레도 샅샅이 뒤졌다. 하지만 어디에도 은지의 흔적은 찾을 수 없었다.

비상계단 쪽으로 뛰어갔다. 2층과 3층도 뒤졌지만 소용이 없었다.

'대체 어디 있는 거야!'

지욱은 다시 계단을 오르기 시작했다. 4층 비상문이 보였다. 지욱은 몸으로 문을 밀어 젖혔다. 문이 열리면서 환한 빛이 쏟아져 나왔다. 지욱의 두 눈이 튀어나올 듯 커졌다.

***

3시간 전.

은지는 상금 안내메일을 확인한 후, 달력을 보았다.

그리고 중요메일 보관함을 클릭하니, 메일 제목 앞에 별 표시가 붙은 목록이 쭉 나열됐다. 그중에서도 맨 위의 메일에 은지의 시선이 꽂혔다.

'성우 아카데미 공채반 88기 수강생 모집'

구 남친 성준이 기초반과 심화반을 거쳐 공채반을 수료한 뒤 성우가 된 것과 달리 은지는 기초반에서 공부를 중단해야 했다. 그때는 그게 최선이라 생각했다. 먹고사는 문제에 봉착한 가족을 뒤로 한 채 혼자서 꿈 타령을 할 수는 없었다.

하지만 마음속에 접어둔 꿈은 불쑥불쑥 튀어나와 그녀를 괴롭혔다. 특히 며칠 전 공채반 수강생 모집 메일을 받고는 더 그랬다.

'형편에도 안 맞게 공채반은 무슨 공채반이야.'

성우 공채반은 기초반보다 수강료가 훨씬 비싸다. 언젠가 꼭 들어가겠노라 다짐했지만 그저 다짐으로만 그쳤다. 그래서 속으로 혼자 허무맹랑한 노래를 부른 적도 있다.

'더도 말고 덜도 말고 딱 이백, 딱 이백만 원만 생겨라. 내가 꼭 접수하고 말 테니까.'

하지만 이백이나 되는 목돈이 쉽게 생길 리 없었다. 그래서 이번에도 나중을 기약해야 하나 싶었는데, 기대하지도 않던 곳에서 딱 필요한 돈이 생겼다.

'경진대회 우승은 진짜 생각도 못 했는데….'

그녀의 머릿속에 한 사람의 얼굴이 떠올랐다.

'도지욱… 그 사람이 없었으면, 상은커녕 망신만 당했겠지?'

그를 생각하니 조금 전 키스가 떠올랐다. 잠잠해졌던 심장이 다시 뛰기 시작했다.

'내가 대체 왜 이러지?'

은지는 어쩌면 도지욱이 제2의 성우 아카데미가 될지 모른다는 생각이 들었다. 진심으로 좋아하고 원하지만 현실을 이유로 접어둔 가슴 아픈 꿈. 그런 사람.

은지는 그 누구보다 잘 알았다. 마음은 접히지 않고, 갈망만 불쑥불쑥 되살아나 자신을 끝없이 괴롭힐 거라는 사실을. 차라리 깨지고 무너지더라도 원하는 걸 갖기 위해 부딪쳐보고 싶었다. 꿈,

그리고 사랑도.

시곗바늘이 여섯 시 정각을 가리키자, 은지는 곧장 회사를 튀어 나갔다.

***

"자, 녹음 들어갑니다!"

"아 아 아 아."

"아 에 이 오 우."

꿈을 가진 사람들의 열정 어린 목소리가 곳곳에서 들려왔다.

은지는 강의실을 두리번거렸다. 한때나마 이곳을 누비던 추억이 새록새록 떠올랐다.

한 강의실을 발견한 은지의 얼굴에 화색이 감돌았다. 그녀는 문을 열고 살금살금 안으로 들어갔다. 구석 자리에 앉아 목소리 연기자들의 열연을 지켜보았다.

라디오 드라마는 은지가 제일 사랑하는 분야였다. 어느 시인은 라디오 드라마를 이렇게 표현했다. 마음의 극장, 시어터 오브 더 마인드(theater of the mind). 귀로 듣고 마음으로 보는 이야기.

은지는 그 말을 누구보다 공감했다. 그리고 이해했다.

막내가 한 살이 되던 해, 엄마는 세상을 떠났다. 은지는 엄마가 보고 싶을 때면, 녹음된 엄마의 목소리를 듣곤 했다. 곁엔 없지만 목소리를 듣는 것만으로도 큰 위로가 되었다.

하루는 여느 때처럼 녹음기로 엄마의 목소리를 듣다가 라디오를 잘못 누르고 말았다. 그때 그녀는 처음 라디오 드라마를 들었다.

아름다운 음악과 효과음 그리고 성우들의 열정 어린 목소리 연기는 은지의 마음을 단숨에 사로잡았다. 성우들의 숨소리와 떨림 하나 하나가 어린 그녀의 마음에 큰 울림을 주었다. 눈으로 볼 수는 없지만, 귀로 듣고 마음으로 볼 수 있는 것. 라디오 드라마는 녹음기에 흘러나오던 엄마의 목소리 같은 것이었다.

"라디오 극장 '젊은 양아치의 노래' 극본 김계단, 연출 박수훈."

은지가 생각에 잠겨 있는 사이, 라디오 드라마 더빙 연습이 본격적으로 시작되었다. 그때 어디선가 현란한 피아노 연주음이 흘러나왔다.

'음향 효과인가?'

은지는 잠시 고개를 갸웃거렸다. 하지만 사람들의 시선이 심상치 않았다. 하나 둘 은지를 노려보기 시작했다.

'맞다, 그 사람이 준 전화!'

지욱에게 돌려주려고 가져왔던 휴대폰의 존재가 기억났다. 은지가 멈칫하는 사이, 월광 소나타 3악장은 가장 격정적인 구간을 지났다. 은지는 가방에 손을 넣어 후다닥 휴대폰을 꺼냈다. 하지만 분주한 손길은 그만 그것을 아래로 놓치고 말았다.

우당탕탕.

휴대폰은 경로를 이탈해 소파 아래로 들어가 버리고 말았다. 은지는 좁은 바닥 틈으로 손을 집어넣어 휴대폰을 찾아 더듬거렸다. 그러다 스치듯 통화 연결 버튼이 터치됐다.

벨소리가 멎자, 수강생들은 다시 목소리 연기를 이어나갔다. 예비 성우들의 실감나는 연기가 강의실 안을 가득 울렸다.

"살려주세요…!"

"안 돼! 아아아악!"

"그러니까 좋은 말로 할 때 들었어야지. 우리랑 놀자. 오빠가 잘해줄게."

한참을 낑낑댄 끝에 먼지와 머리카락을 달고 휴대폰이 나왔다. 하지만 동시에 배터리 부족으로 전원이 꺼졌다.

은지는 라디오 드라마 연습을 조금 더 구경하다 밖으로 나왔다. 그때 저 멀리 복도 끝에 있는 안내판이 보였다.

더빙 녹음실.

더빙 녹음실은 은지의 또 다른 로망이었다.

심화반 선배들이 그곳에서 녹음하는 모습을 볼 때 괜히 가슴이 쿵쾅거리곤 했다. 은지는 자석에 이끌리듯 그곳으로 다가갔다. 방금 전까지 누가 연습을 했는지 더빙실 안에서 온기가 느껴졌다. 마이크 앞 작은 탁자에 꾸깃꾸깃 헤진 대본도 보였다.

은지는 슬쩍 대본을 봤다.

'어, 이건?'

영화 〈노팅힐〉의 더빙 대본이었다.

대본을 살피던 그녀의 눈에 영화의 명대사가 들어왔다. 은지는 목청을 가다듬었다.

"큼, 흐흠."

마이크 앞에 선 그녀의 분홍빛 입술에서 대사가 흘러나왔다.

"난 그저 사랑해달라며 한 남자 앞에 서 있는 여자일 뿐이에요."

은지는 고개를 갸웃거리더니 다시 한 번 입을 뗐다.

"난 그저 사랑해달라며 한 남자 앞에 서 있는 여자일 뿐이에요."

그 순간이었다. 누군가 더빙실 문을 확 열어젖혔다.

놀랍기도 했지만 부끄러운 나머지 은지는 소심하게 문 반대쪽으로 몸을 휙 돌렸다.

'아, 쪽팔려….'

남의 밥상에서 몰래 밥 먹는 기분이 이럴까. 은지는 고개를 숙인 채 얼버무렸다.

"함부로 들어와서 죄송해요. 제가 무지 좋아하는 영화라서요. 그냥 한번 낭독해본 것뿐이에요."

그리고는 문 쪽으로 후다닥 걸어갔다. 그때 문 앞에 서 있던, 아마도 마이크의 주인일 듯한 사람이 팔을 벌려 그녀를 확 막았다.

은지는 깜짝 놀라 그 자리에서 굳어버렸다.

"너…! 정말 내가 얼마나 걱정했는지 알아?"

성우반 강사가 들었다면 감정 과잉이라고 할 절절한 목소리였다.

은지는 흠칫 놀라 고개를 치켜들었다.

지욱이 이글거리는 눈빛으로 그녀를 내려다보고 있었다.

"본부장님이 여길 어떻게…."

그 순간 지욱이 은지를 와락 끌어안았다.

"다행이야, 정말…."

그가 나지막이 말했다. 은지는 무슨 영문인지 몰랐지만 그 어느 때보다 뜨거운 그의 품이 싫지 않았다. 은지는 서서히 그의 품에 스며들었다.

"방금… 그 말 진짜야?"

지욱이 조금 진정된 목소리로 물었다.

"무슨 말이요?"

"난 그저 사랑해달라며 한 남자 앞에 서있는 여자일 뿐이에요."

지욱은 은지가 연기했던 구절을 딱딱하게 읊었다.

'어디서부터 본 거지?'

은지는 괜히 민망해서 과장되게 손사래를 쳤다.

"아, 아하하. 그건 그냥 대본이에요. 대본! 외화 더빙 알죠?"

지욱이 긴 손가락을 뻗어 은지의 입술을 막았다. 그리고 말했다.

"난 그저 사랑해달라며 한 여자 앞에 서 있는 남자일 뿐이야."

은지는 갑작스런 지욱의 말에 심장이 쿵 내려앉았다.

그녀가 연기할 때처럼 말랑말랑한 느낌은 없었지만 딱딱한 말투와 도도한 목소리에서 진정성이 느껴졌다.

"난 사랑해달라고 애원하지 않아. 그냥 날 사랑하게 만들 뿐이지. 이렇게!"

지욱은 그 말과 동시에 은지 앞으로 불쑥 다가왔다. 그리고는 그녀의 붉은 입술을 단숨에 덮쳤다.

***

청담동 VIP 전용 럭셔리 점집.

정남은 불그스레한 빛이 새어나오는 신당 쪽으로 걸어갔다.

복도를 비추는 금색 연꽃 관음인등은 고급스러운 분위기를 자아냈다. 우리나라에서 유일무이한 럭셔리 점집이었다.

신당 안으로 들어서자 오색 신복을 입은 뒷모습이 보였다. 풀어 헤친 긴 머리칼은 코팅을 한 것처럼 윤기가 나고 찰랑거렸다.

"지리산 선녀님, 모두 잘 해결됐습니다. 지욱이 녀석이랑 그 여자 완전히 쫑 났어요!"

정남이 들뜬 목소리로 말했다. 그러자 지리산 선녀가 딸랑이를 흔들며 말했다.

"아니야, 아니야."

둔탁한 저음의 목소리였다.

지리산 선녀가 고개를 획 돌려 정남을 응시하자 짙은 화장을 한 얼굴이 나타났다. 분칠로도 가리지 못한 턱수염이 인상적인 사내는 게슴츠레한 눈으로 허공을 응시했다.

"선녀님이 못 보셔서 그렇지, 우리 지욱이가 아주 그 여자한테 치를 떨었다고요. 계획대로 일이 척척…."

정남의 말을 지리산 선녀가 뚝 끊었다.

"그렇게 쉽게 끊길 인연이 아니야!"

꽤나 앙칼진 목소리였다.

"무슨 말씀이세요! 이 도정남이 눈으로 똑똑히 봤는데. 지욱이가 그 여자한테 끔찍하다고까지 했다고요."

"눈에 보이는 것이 다는 아니란 말일세."

"대체 무슨 말씀이신지? 좀 알아먹기 쉽게…."

"그 녀석은 절대 그 여자를 포기하지 않을 거야! 지구 끝까지라도 쫓아갈 기세라고."

"네?"

"그래서 내가 말했잖아. 절대 물에 빠지게 해선 안 된다고."

"그럼 그 저주가!"

"이제 겨우 빙산의 일각을 본 것뿐이야…!"

정남은 멍한 얼굴로 턱수염 난 선녀에게서 눈을 떼지 못했다.

***

"양은지!"

목에 핏대가 선 채 절규하는 지욱의 모습이 태블릿에서 흘러나왔다.

누군가를 찾아 건물 곳곳을 뒤지는 아들을 따라 정남의 시선도 함께 움직였다.

'아니, 이 녀석이…!"

정남은 그제야 자신이 속았다는 사실을 깨달았다. 붉으락푸르락해진 정남의 얼굴을 보자 최 비서는 급히 영상 종료 버튼을 눌렀다.

"확인 차 사람을 붙였던 것인데… 감히 내 뒤통수를 쳐!"

정남이 원목 탁자를 주먹으로 쾅 내리쳤다.

최 비서가 얼른 끼어들었다.

"회장님, 그 상담원, 양은지에 대해 조사하다가 아주 재미있는 사실을 하나 발견했습니다."

"재미있는 사실?"

"네, 우선 이걸 좀 들어보시죠."

최 비서가 태블릿으로 오디오 파일 하나를 재생했다.

슈베르트의 피아노 트리오 2번 2악장이 흘러나왔다. 잠시 후 음악 위로 누군가의 목소리가 덧입혀졌다.

'카드의 품격이 당신의 품격을 만든다면, 아름다운 그대여, 당신은 로얄카드가 어울리는 사람이에요. 당신의 품격을 책임지는 카드, 로얄 크레딧 카드!'

발음, 호흡, 발성 삼박자를 모두 갖춘 완벽한 남자의 목소리였다.

"이건 우리 카드 라디오 광고 아냐? 이게 그 여자랑 무슨 상관인데?"

"그게 말입니다…."

최 비서는 정남의 귓가에 손을 받치고 비밀스럽게 속삭였다. 정남의 얼굴에 화색이 돌기 시작했다.

***

휘날리는 버들가지 모양으로 분수가 춤을 추었다. 은지는 무지개 빛깔의 분수를 보며 간만에 환한 표정을 지었다. 그녀를 바라보는 지욱의 입가에도 평온한 미소가 번졌다.

"반포대교에 이런 게 있는 줄은 오늘 처음 알았어요. 이름하야 달빛 무지개 분수래요!"

은지가 스마트폰을 보며 천진난만하게 말했다.
"나도 처음 알았어."
"정말요? 본부장님은 반포대교 자주 오가지 않으세요?"
"아니, 그것 말고."
"그럼요?"
"네가 그런 꿈을 가지고 있는 줄 몰랐거든."
"아… 그거요?"
은지는 괜히 멋쩍은 듯 머리를 긁적였다.
"잘 어울리던 걸."
은지의 두 볼이 금세 발그스레해졌다. 그녀는 쑥스러운 마음을 감춰보려 괜히 푼수처럼 말했다.
"에이, 누구나 그런 거 하나쯤 가슴에 품고 살잖아요. 왜… 이루지 못한 꿈같은 거."
"이루지 못한 꿈…? 그럼 그냥 꿈일 뿐이잖아."
"맞아요. 아직 꿈을 이루지 못한 건… 어쩌면 나는 안 될 거야, 미리 겁먹고 안 될 만한 핑계를 찾아 모았기 때문일지도 몰라요."
그 말을 할 때 은지의 두 눈은 별을 박아놓은 듯 반짝거렸다. 지욱은 그녀의 눈빛에 빨려 들어갈 듯 바라봤다.
"앞으로는 안 그러려고요. 그냥 내 마음이 이끄는 곳, 그곳으로 날 데려 갈 거예요."
은지가 순정만화 주인공처럼 씩씩하게 말했다. 가만히 듣던 지욱이 불쑥 끼어들며 말했다.
"그곳에 나도… 있나?"

"네?"

은지가 소스라치게 놀라 되물었다.

"마음이 이끄는 곳으로 자신을 데려 갈 거라며? 그곳에 나도 있냐고!"

지욱의 눈빛은 그 어느 때보다 진지하게 빛났다.

은지는 할 말을 잃었다. 대신 그녀의 심장이 시끄럽게 요동치기 시작했다. 가만히 귀를 기울이면 들릴 정도로 우렁찬 박동소리였다. 그녀의 마음이 보내오는 신호이기도 했다. 은지는 그에게만 들릴 정도로 조용히 속삭였다.

"네…."

지욱은 예상치 못한 대답에 두 눈썹을 치켜올렸다.

"있다고요, 그곳에."

그 순간 두 사람 앞으로 하트 모양 분수가 터져 나왔다.

둘은 말없이 분홍빛 조명으로 물든 분수를 바라보았다. 더 이상의 말은 필요 없었다. 분수보다 더 생기 있는 두 눈동자가 서로를 향해 빛나기 시작했다.

며칠 뒤 은지는 장롱 위에 두었던 낡은 상자 하나를 낑낑대며 내렸다. 성우 공부를 할 때 모았던 자료들이었다.

은지는 누렇게 바랜 필기 노트를 열어보았다.

'대한민국 최고의 성우가 되는 그날까지! 아자, 아자!'

그 아래 당구장 표시 다섯 개로 강조해놓은 글씨도 보였다.

'성우에게 성대는 제2의 심장! 성대 관리에 목숨 걸자!'

글씨를 따라 읽던 은지는 피식 웃음을 터뜨렸다. 그때 낯익은 피아노 연주음이 그녀의 추억여행에 끼어들었다.

"여보세요?"

〔나야. 주말인데 뭐해?〕

"저… 오늘 그때 거기 가요. 성우 아카데미."

〔몇 시에 끝나? 데리러 갈게.〕

"7시 쯤 끝날 거 같긴 한데…."

〔그래.〕

"알겠어요. 이따 봐요."

은지가 전화를 끊으려던 순간이었다.

〔양은지…!〕

"네?"

〔내가 너의 꿈, 응원한다는 거 잊지 마.〕

은지는 심장이 쿵 내려앉았다. 누군가에게 응원의 말을 들어본 게 얼마 만인가 싶었다.

사실 은지는 이런 응원이 간절히 필요했다. 누군가 자신을 생각해주고 성원해주는 마음.

'아, 주책맞게 왜 눈물이 나지.'

순식간에 눈가에 눈물이 가득 고였다.

'모진 말은 아무리 들어도 눈물 한 방울 안 났는데, 왜 정작 따뜻한 말 한마디에 이렇게 눈물이 쏟아지는 걸까…!'

은지는 눈물을 훔치며 생각했다.

7
좋은 성우가 되는 법

강의실에 들어서자 서른 명 정원의 공간이 꽉 차 있었다. 은지는 맨 앞줄 빈자리로 가 앉았다.

'해가 갈수록 지망생도 많아지는구나.'

곧 아카데미 운영팀 직원이 들어왔다.

"안녕하세요. 88기 공채반 수강생 여러분 반갑습니다. 지금 강사님께서 오고 계신데 주말이다 보니 차가 막혀 조금 늦으실 것 같다고 연락이 왔어요. 양해 부탁드리겠습니다."

그때 뒷줄에 앉은 덩치 큰 남자 수강생이 손을 번쩍 들었다.

"저 홈페이지에 강사님 정보가 아직 없던데요. 원로 성우분께서 하시는 건가요?"

남자 수강생의 성량 좋은 목소리가 교실에 쩌렁쩌렁 울렸다.

"이번 기수는 원로 강사님이 아니에요. 공채 심사 기준이나 방향이 많이 바뀌어서요. 가능한 최근 공채를 통과하고 활발하게 활동하시는 분들 위주로 초빙했습니다."

직원과 수강생 사이에 시시콜콜한 문답이 이어지고 있던 사이, 누군가 강의실 문을 잡아당겼다. 훤칠한 키에 트렌치코트를 입은 남자의 실루엣이 보였다.

남자가 문턱을 넘어 몸을 정면으로 돌리는 순간, 은지는 숨이 멎는 것 같은 통증을 느꼈다.

'차성준…!'

은지는 입이 다물어지지 않았다.

"늦어서 죄송합니다. 안녕하세요. SBN 방송사 61기 공채 성우 차성준입니다."

성준도 얼마 지나지 않아 맨 앞자리에 앉은 은지를 발견했다. 하지만 태연한 건지 애써 태연한 척하는 건지 덤덤한 얼굴로 얼른 시선을 돌렸다.

은지는 치가 떨렸다.

'잘 지내는 줄 알았는데. 네가 이렇게 망가지면, 내가 미안해지잖아. 혹시 내 관심 끌고 싶어서 그런 건 아니지? 부디 아니길 빈다. 이번 계기로 너도 그 욱하는 성질 좀 고쳐.'

'개새끼!'

은지는 결코 그 메시지를 잊을 수 없었다. 한 글자 한 글자가 비수처럼 박혀와 그녀의 가슴을 난도질 해놓았기 때문이다.

"자, 원론적인 이야기지만 이 질문을 안 하고 넘어갈 수 없을 것 같군요. 좋은 성우가 되기 위해선 어떤 게 필요할까요?

성준이 제법 강사다운 자세로 질문을 던졌다. 은지는 이를 부득 갈며 손을 번쩍 들었다. 성준은 당황한 듯 침을 꿀꺽 삼켰다.

"네, 말씀하세요."

"좋은 성우가 되려면 아름다운 말을 해야 한다고 생각합니다. 성우는 말로 벌어먹는 직업이잖아요. 그렇기 때문에 말의 무서움도 알고 소중함도 알아야 한다고 생각해요. 그래서 좋은 말, 아름다운 말을 해야 하죠. 무심코 던진 말 한마디가 사람을 살리고 죽일 수도 있으니까요."

그 말을 할 때 은지는 어금니를 꽉 깨물었다. 그리고는 다시 말을 이었다.

"발성, 호흡, 발음 다 중요하지만 그것보다 더 중요한 건 말을 소중히 다루는 자세라고 생각합니다."

'차성준, 넌 그런 면에서 성우로서 완전 꽝이야! 자격 박탈이라고!'

은지는 레이저 광선이 나올 것처럼 매서운 눈으로 성준을 노려봤다.

성준은 되도록 은지 쪽을 보지 않으려고 노력했다. 그의 몸이 무의식적으로 은지가 있는 방향을 등지고 섰다.

수업이 끝나자 은지는 서둘러 교실을 나섰다.

수업시간 내내 기분이 꿀꿀했지만, 지욱과의 저녁 약속을 생각하니 조금 위안이 되었다. 은지는 빠른 걸음으로 복도를 걸어갔다. 그때 뒤에서 부르는 소리가 들렸다.

"은지야!"

성준이었다. 은지는 어이가 없었다.

'그 더러운 입으로 내 이름 부르지 마.'

성준이 그녀 앞으로 뛰어왔다.

"잠깐 할 말이 있어."

내키지 않았지만 무슨 꿍꿍이인가 싶어 은지는 잠깐 시간을 내주었다. 인적이 드문 비상계단에 두 사람이 나란히 섰다.

"할 말이 뭐야? 나 가봐야 해!"

은지가 차갑게 말했다. 성준이 갑자기 바닥에 철퍼덕 무릎을 꿇고 앉았다.

"뭐하는 거야!"

은지가 기함했다.

"미안하다, 은지야. 내가 죽일 놈이야. 역시 나한테 너만큼 소중한 사람은 없어. 나 그래서 파혼도 했어. 뒤늦게 깨달았거든. 네가 나한테 어떤 의미인지."

"뭐, 뭘 해?"

'사람 마음 질근질근 밟아놓고 갔으면 잘 살아야지, 뭐? 파혼을 했다고!'

은지의 마음이 꽥 소리를 지르고 있었다.

"너한테 모진 말 했던 거 용서 안 될 거야. 근데 이것만 알아주라. 진심이 아니었어. 너에 대한 마음이 죽지 않으니까, 나 스스로 단념하겠다고 너한테 더 모진 말을 한 거야. 그렇게 해야 미안해서 돌아보지 않을 것 같았거든. 그래, 다 변명처럼 들릴 거 알아. 하지만 이 말만 기억해줘. 사랑한다, 사랑해."

성준의 입에서 '사랑'이라는 말이 나오자 은지는 숨이 멎는 기분이었다.

"뭐? 뭐라고? 마지막 그 말…."

"사랑해, 진심이야."

뜻밖의 고백에 은지는 온몸을 떨었다. 처음엔 눈가가, 나중에는 입술까지 파르르 떨렸다.

"왜 이제 와서…!"

성준이 자리에서 일어나 은지를 와락 품에 끌어안았다. 은지가 거부할 틈도 없었다.

"미안하다. 은지야, 다 내 잘못이야. 한 번만, 딱 한 번만 기회를 줘, 정말 사랑해."

그때였다.

"나도 사랑해…. 성준 씨."

은지의 애절한 목소리가 비상계단을 타고 퍼졌다.

한시라도 빨리 그녀를 만나기 위해 계단을 오르던 지욱은 익숙한 목소리에 걸음을 멈췄다.

눈앞에 펼쳐진 믿기지 않는 광경에 지욱의 두 눈이 부서질 듯 흔들렸다. 그렁그렁한 눈으로 낯선 남자의 품에 안긴 은지가 보였다.

"나 한 번도 성준 씨를 잊은 적 없어…. 돌아와 줘서 고마워."

은지의 입가에 아스라한 미소가 번졌다. 지욱은 믿을 수 없다는 듯 가볍게 고개를 흔들었다.

"사랑해."

지욱은 상상하지 못했다. 은지가 누군가에게 사랑고백 하는 장면을 보게 될 줄이야.

걷잡을 수 없이 쓴웃음이 새어나왔다. 더 이상 그곳에 있을 수도 없었다. 지욱은 허탈한 얼굴로 계단을 내려가기 시작했다.

은지의 고백에 놀란 건 성준도 마찬가지였다. 성준은 그녀를 품에서 살짝 밀어내며 말했다.

"너 지, 진짜야?"

"뭐가?"

은지가 눈을 크게 치켜뜨며 물었다.

"그, 그러니까… 한시도 날 잊지 못했다는 말…. 또 사랑한다는 말."

"그럼 진짜지."

"정말 날 아직도 사랑한다고?"

"응, 사랑해."

은지는 뭐가 문제냐는 듯 당당하게 말했다. 성준은 예상치 못한 대답에 당황스러운 듯 머리를 긁적였다.

"성준 씨도 알지? 연애의 끝에는 두 갈림길이 있대. 이별… 아니면 결혼! 우린 이미 하나를 경험했잖아. 그러니까 이제 나머지 하나를 하자."

"뭐?"

성준이 놀라며 뒤로 한 발짝 물러섰다.

"왜? 그 정도 각오도 없이 다시 시작하자고 말한 거야?"

은지가 톡 쏘듯 말했다.

"아, 아냐…. 하자, 까짓것."

"뭐? 까짓것?"

"아냐. 내가 널 사랑하고 너도 날 사랑하면, 뭐 못 할 것 없지. 음, 그렇지."

성준은 마치 자기 자신을 설득하려는 듯 횡설수설했다.

은지가 성준의 정강이를 세게 걷어차버렸다.

"야, 차성준! 네가 나랑 결혼을 하겠다고?"

은지가 어금니를 물고 말했다.

"…."

"우리가 함께 한 시간이 6년이야. 자그마치 6년! 근데 내가 당신 연기하는 목소리랑 진짜 목소리를 모를까 봐?"

"으, 은지야…!"

성준이 난처한 목소리로 그녀의 이름을 불렀다. 고개까지 주억거리며 시선을 피했다. 말없이 아랫입술을 잘근잘근 씹던 성준의 귓가로 목소리 하나가 울렸다.

이틀 전.

성준은 녹음 스튜디오에서 더빙을 준비하고 있었다. 한 달 전만 해도 외주 일을 하게 되리라고는 상상도 못했다. SBN 방송사에서 제작하는 프로그램 수십여 개를 소화하는 것만으로도 벅찬 일정이었다. 하지만 갑작스런 파혼으로 성준은 참여하던 모든 프로그램에서 아웃되었다. 하루아침에 단발성 아르바이트로 생계를 연명하게 된 것이다.

"준비되셨나요?"

외주 제작사 PD가 성준을 향해 사인을 보냈다.

"네, 잠시만요."

갑자기 주머니에 있던 휴대폰이 울렸다. 처음 보는 번호에 두 눈이 커졌다.

'더빙 의뢰인가?'

머뭇거리다 급히 녹음 부스를 빠져나왔다.

"네, 성우 차성준입니다."

〔안녕하세요. 로얄카드 회장실입니다.〕

"네? 어디시라고요?"

〔로얄카드 도정남 회장실입니다.〕

"네, 그런데 저한테 무슨 일로?"

수화기 너머에서 익숙한 이름이 튀어나왔다.

〔양은지 씨라고 아시죠?〕

성준은 그 이름을 듣는 순간 가슴이 철렁 내려앉았다.

'오빠, 방금 누구라고? 은지? 은지가 누구야! 지금 다른 여자 이름을 부른 거야!'

성준이 파혼남이 된 건 정말 말도 안 되는 어이없는 실수 때문이었다. 너무나 익숙해서 습관처럼 입에 붙은 그 이름, '양은지'를 무심코 불러버린 것!

'양은지, 또 너야? 넌 대체 뭔데 날 이렇게 따라 다니는 거야!'

성준은 영문도 모른 채 곧장 로얄카드 회장실을 찾아갔다.

정남이 기다렸다는 듯 일어나 그를 맞았다.

"어서 오세요."

성준은 얼떨떨한 표정으로 정남에게 90도로 인사를 했다.

"에이, 난 고리타분한 사람 아니에요. 그런 인사는 꼰대들에게나 하시고…. 자, 우린 악수나 합시다."

정남이 성준을 향해 손을 내밀었다. 성준은 얼떨결에 회장의 손을 마주 잡았다. 그러자 정남이 격렬하게 팔을 흔들어댔다.

"자, 이제 나랑 손잡기로 한 겁니다."

정남이 그를 향해 의미심장한 말을 내뱉었다.

"네?"

성준은 당황한 듯 사색이 되었다.

"조크야, 조크! 하하하."

"아아…."

"에이, 젊은 친구가 뭘 그리 놀라고 그러나. 마음을 좀 비워요. 그저 물 흘러가듯 유유히 살면 돼! 파혼 좀 당했다고 그렇게 세상 무너지는 얼굴 하고 있을 필요도 없는 거야."

정남은 모든 걸 알고 있는 눈치였다. 성준은 자신 앞에 엄청난 수렁이 기다리고 있다는 걸 뒤늦게 직감했다. 정남이 뜬금포를 던지듯 이상한 질문을 내뱉은 것이다.

"그 여자 매력이 뭡니까? 양은지 씨."

"네?"

"아니, 난 도통 모르겠어서. 요새 젊은 사람들 눈에는 촌닭 같은 스타일이 인기가 있는 건가? 그런 거에도 복고가 유행인가 해서… 말해봐요. 6년이나 만났으면 누구보다 잘 알 것 같은데."

"…."

성준은 말문이 턱 막혔다.

"성우가 이렇게 말을 못해서야…. 이래서 어떻게 믿고 우리 로얄카드 광고를 맡기겠나."

정남이 장난처럼 던진 한마디가 성준의 귀에는 뼈 있는 말처럼 들렸다. 무슨 답변이든 해야 할 것 같았다.

"매력이라면…."

성준이 말문을 열었다.

"그래, 계속해봐요."

"회장님이 말씀하신 것처럼 촌닭 같은 면도 있죠. 조금은 촌스럽고 요즘 사람 같지 않게 정도 많고요. 무엇보다도 티 없이 순수하고 맑은 면이 있어서 지켜주고 싶은 마음이 들게 하는 여자예요."

"아하, 그렇다면 우리 차성우가 지켜주도록 하세요."

"네?"

성준은 방금 전 그것도 조크인가 잠깐 헷갈렸다.

"이렇게 매력을 잘 알면서 그 여자를 놓쳐야 쓰나. 지켜주고 싶다면서? 그럼 그렇게 하시라고."

정남은 막무가내로 몰아갔다.

"그건 안 됩니다."

성준은 망설임 없이 대답했다.

"왜 안 된다는 거지?"

"한 번 끊긴 인연이에요. 인력으로 억지로 갖다 붙인다고 다시 이어지지는 않을 겁니다."

"하하하하, 안 되는 게 어디 있어? 세상에 안 될 일은 아무것도 없어요."

정남이 가소롭다는 듯 웃었다.

"하지만…."

"파혼 이후 많이 어려워졌다고 들었는데… 우리 로얄카드 라디오 광고 계약을 중도 해지하게 되면 위약금은 감당할 수 있으려나?"

"중도 해지요?"

놀란 성준이 눈썹을 치켜뜨며 말했다.

"파혼에, 메이저 방송사와 관계도 나쁜… 한마디로 사생활이 꼬일 대로 꼬인 성우를 우리 로얄카드의 목소리로 쓰고 싶은 마음은 추호도 없거든."

"회장님, 하지만…!"

"그러니까 내가 먼저 제안하는 겁니다. 더 이상 사생활 복잡하게 만들지 말고, 그 여자에게 돌아가요. 구관이 명관이란 말이 괜히 있나. 양은지 그 여자와 다시 만난다면, 계약 연장과 기존 계약금에 플러스알파로…."

성준은 자신의 진심을 들켜버린 마당에 둘러대기는 글러먹었다고 판단했다. 솔직하게 톡 까놓고 얘기하는 게 상책일 듯싶었다. 그는 며칠 전 정남과 만났던 일을 털어놓았다. 은지의 눈빛이 정처 없이 흔들렸다.

"그러니까, 나를 다시 만나면… 성준 씨를 살려주겠다는 거구나."

"그래, 무슨 영문인지 모르겠지만, 너도 그 회장한테 밉보인 게 있는 것 같던데. 아냐?"

성준이 은지의 얼굴을 살피며 말했다.

"그래서?"

"나도 이렇게 된 마당에… 너도 더한 꼴 당하지 않으려면 우리끼리 담합이라도 해야 하는 게 아닌가 해서."

"뭐? 그럼… 회장님 말대로 다시 사귀고, 결혼이라도 하자는 거야?"

"나라고 좋아서 이러는 거 아냐! 그게 서로 윈윈하는 거니까!"

은지가 갑자기 웃음을 터트렸다.

"미안. 아, 웃으면 안 되는데 너무 웃겨서."

"그렇게 좋아?"

성준의 눈치 없는 소리에 은지의 얼굴이 일순간 차갑게 굳었다.

***

'마음이 이끄는 곳에 자신을 데려갈 거라며. 그곳에 나도 있냐고!'

'네….'

수줍게 미소 짓던 얼굴, 붉게 물들던 뺨, 가늘게 떨리던 목소리.

그때의 대화가 되살아나자 지욱의 마음에 또 한 번 파도가 쳤다.

'그 표정, 그 목소리가 거짓일 리 없어.'

지욱은 자신이 직접 보고 느낀 것만을 신뢰하는 사람이었다.

그는 반쯤 내려온 계단을 다시 성큼성큼 뛰어 올라가기 시작했다.

조금 전 은지를 흔들어놓던 남자의 목소리가 들려왔다. 헌데 그의 입에서 익숙한 이름이 튀어 나왔다.

"며칠 전, 너희 로얄카드 도정남 회장에게 불려갔어."

'아버지!'

내막을 엿들은 지욱은 그제야 모든 것을 알아차렸다. 그는 두 주먹을 불끈 쥐었다.

'이렇게까지….'

그때 은지의 목소리가 들려왔다.

"성준 씨, 일이 왜 이렇게까지 되었는지 모르지만, 난 당신이랑 다시 잘해볼 생각 추호도 없어."

"너무 감정적으로 생각하지 말고, 너도 잘 판단해봐."

"아니, 더 생각할 필요도 없는 문제야. 그리고 있지, 나 좋아하는 사람 생겼어."

"뭐?"

성준은 믿기지 않는다는 얼굴이었다.

"좋아하는 사람?"

"그래, 내 마음이 이끄는 곳에 그 사람이 있어."

"양은지, 너 직업 전향했냐? 상담원 때려치우고 로맨스 소설 같은 거 쓰는 거야? 이상한 소리 하지 말고 그냥…."

성준은 끝까지 믿기지 않는다는 투로 말했다.

"소설 아냐."

"그럼 이거 하나만 알자. 누구냐? 그 새끼."

지욱이 긴 다리로 성큼성큼 계단을 올라 두 사람 앞에 멈춰 섰다. 길쭉한 기럭지에 조각 같은 이목구비, 옆으로 길게 찢어진 매서운 눈이 성준을 내려다보고 있었다.

"나다, 그 새끼."

지욱은 긴 팔을 뻗어 은지의 손을 휙 잡아 당겼다. 성준의 눈꺼풀이 빠르게 껌벅였다.

"당신…!"

천하의 도지욱을 모를 리 없었다. 성준은 말도 안 된다는 듯 지욱과 은지를 번갈아보았다. 그리고는 가만히 고개를 흔들었다.

"양은지, 네가 어떻게…."

말끝을 흐렸지만 은지는 뒤에 따라올 말이 뭔지 충분히 짐작할 수 있었다. 그때 지욱이 성준 앞으로 한 발 다가서며 말했다.

"사람을 볼 줄 모르는군, 당신. 사람만 볼 줄 모르는 게 아닌가?"

지욱은 예리한 눈썰미로 성준의 팔목을 스캔했다.

"그러니까 그런 짝퉁을 차고 있는 거겠지."

성준은 민망한 듯 오른쪽 손목에 찬 짝퉁 롤렉스 시계를 뒤로 숨겼다.

지욱이 은지를 바라보며 나긋이 속삭였다.

"이제 가자, 양은지."

은지는 대답 대신 고개를 끄덕였다.

성준은 멀어져가는 두 사람에게서 눈을 떼지 못했다.

지욱은 말없이 가속 페달을 밟았다. 은지는 차 안에 흐르는 정적이 어색한지 자꾸 그의 눈치를 살폈다.

'이 사람 대체 어디서부터 들은 거지? 과거 연애사는 묻어두는 게 상책이라던데, 완전히 다 들켜버렸잖아. 그냥 쿨한 척 먼저 이실직고 할까? 6년 만난 사람인데, 바람나서 헤어졌다가 오늘 우연히 마주친 거라고. 그 사람에 대한 감정은 발톱의 때만큼도 없다고.'

머릿속이 해명의 말로 가득 찼다.

"그거 정말이야?"

"네! 진짜예요. 발톱의 때만큼도 없어요."

은지는 머릿속에 있던 말을 저도 모르게 불쑥 내뱉고 말았다.

지욱의 시선이 그녀의 발 쪽으로 잠시 향했다. 구두를 신은 은지의 두 발이 수줍게 오므라들었다.

"그거 말고. 좋아하는 사람 생겼단 말 그리고 당신 마음이 이끄는 곳에 그 사람이 있다는 말."

지욱의 핏기 없는 얼굴에 잠시 붉은 기가 감돌았다. 은지의 두 뺨에는 홍조가 도졌다. 보이지 않는 핑크빛 기운이 차 안을 가득 메웠다. 은지는 갑자기 진땀이 나기 시작했다. 어디서 분홍빛 꽃가루라도 날리는지 헛기침이 났다.

"사람들은 자기가 듣고 싶은 말만 골라 기억한다니까."

은지는 괜히 먼 산을 바라보며 멋쩍게 말했다.

"그래, 그러니까 다시 들려줘."

"왜 그래요, 진짜."

은지는 지욱 쪽에서 더 떨어져 창 쪽에 딱 달라붙었다.

"어서 해보라니까."

그때 은지의 복부에서 요란한 고동소리가 흘러나왔다.

꼬르륵.

은지는 민망한 나머지 얼른 배를 움켜쥐었다.

***

VIP 전용 C 레스토랑.

언젠가 지욱이 다짜고짜 그녀를 데리고 왔던 곳. 은지의 인생에 있어 가장 고급스러운 한 끼를 먹었던 바로 그곳이었다.

두 사람은 직원의 안내를 받아 안으로 들어섰다.

우연히도 두 사람은 저번에 앉았던 그 자리에 앉게 되었다.

"어떤 걸로 하겠어?"

지욱이 메뉴판을 덮으며 물었다.

"전 푸아그라로 할게요. 거위 간이 그렇게 제 입에 맞을 줄은 꿈에도 몰랐거든요."

은지가 천진난만하게 말했다. 지욱은 그런 그녀를 놀리려는 듯 뱉었다.

"당신 입맛에 맞지 않는 음식이 있을지 의심스럽군!"

"뭐요? 저도 못 먹는 음식 많아요."

"어떤 음식?"

이번에는 놀리려는 의도가 아니었다. 지욱은 그녀에 대한 모든 걸 알고 싶었다.

"…."

하지만 은지는 아무리 생각해도 싫어하는 혹은 못 먹는 음식이 떠오르지 않았다.

"없는 걸 억지로 만들어낼 필요 없어."

직원이 와규 스테이크와 푸아그라 요리를 가지고 왔다. 와인 잔에는 샤또 라피트 로쉴드가 채워졌다. 은지는 와인잔을 들고 향을 음미했다.

"이거, 알아요! 사또가 어쩌구 맞죠?"

그녀의 말에 지욱이 씨익 웃었다.

"일취월장했군."

"제가 원래 하나를 가르쳐주면 열을 아는 그런 사람이거든요."

"그렇다니 더 기대되는군. 얼마나 멋진 성우가 될지."

"두고 보세요. TV 트는 족족 제 목소리를 듣게 되실 테니까."

지욱의 얼굴이 느닷없이 어두워졌다.

'내가 너무 오바 했나?'

은지는 잠시 지욱의 눈치를 살폈다.

"그건 안 되겠는데."

"네?"

"네 목소리… 아직은 나만 듣고 싶거든."

예상치 못한 답변에 은지의 심장이 쿵 내려앉았다.

8

파도에 안기다

지욱의 애마가 경사가 심한 언덕을 올랐다. 은지가 사는 다세대 연립이 저 앞에 보였다. 거기 한 남자가 서 있었다.

"불청객이 와 있군."

지욱이 싸늘한 목소리로 말했다. 은지는 술에 취해 휘청거리고 있는 남자를 바라봤다.

'차성준, 왜 여기까지 따라온 거야!'

"제가 내려서 돌려보낼게요. 오늘 감사했어요. 그럼."

은지가 후다닥 내리려 하자 지욱이 손목을 잡았다.

"가지 마."

그리고는 한 손으로 핸들을 돌렸다.

"괜찮아요. 제가 저 사람을 모르는 것도 아니고. 이상한 짓 할 만큼 용기 있는 사람도 아녜요."

은지가 지욱을 설득하려는 듯 말했다. 하지만 통하지 않았다.

"직접 상대할 필요 없어."

지욱은 휴대폰을 꺼내 어딘가로 전화를 걸었다.

"집 앞에 수상한 남자가 몇 시간이나 배회하고 있습니다. 주소!"

그가 은지를 향해 휴대폰을 내밀었다.

"서울 종로구…."

은지는 얼떨결에 집 주소를 읊기 시작했다.

"이제 됐으니까 집에 가도 되죠?"

"아니, 오늘은 가지 마."

지욱의 단호한 목소리에 은지는 조금 겁을 먹었다.

한강 조망 70층 초고층 아파트, 대리석으로 된 복층 하우스.

은지는 드라마에서나 나올 법한 집을 보고는 입을 다물지 못했다.

"여기서 본부장님 혼자 산다고요? 은구랑 은호 데려다가 축구를 시켜도 될 판이네."

"역시 피는 못 속여."

"무슨 소리예요?"

"은구, 은호도 그 얘길 했으니까."

"개네가 여길 언제 왔다고요?"

"저번에 ARS 녹음했을 때 녹음이 늦게 끝나서 두 녀석을 여기서 재웠거든."

은지는 그제야 기억이 난 듯 고개를 끄덕였다.

"맞아, 들었어요!"

"다음엔 동생들도 함께 초대하지."

"네, 뭐··· 다음엔 저도 정식으로 초대해주세요. 그런데 오늘은 그만 가볼게요. 너무 갑작스러워서···."

"누구 마음대로."

지욱이 은지 앞으로 성큼 다가섰다. 은지는 놀라서 침도 삼키지 못했다. 비상구라도 찾듯 그녀의 두 눈동자가 요동쳤다. 그때 반짝이는 무언가가 눈에 들어왔다.

"우와, 저게 뭐지?"

은지는 과장된 목소리로 유리장을 가리켰다.

지욱이 옆으로 살짝 물러나자 은지는 그때를 놓치지 않고 부리나케 유리장 쪽으로 다가갔다.

장식장 안에는 각양각색의 신용카드가 전시되어 있었다. 특히 세계 유명 화가들의 명화를 본 따 만든 카드들이 눈에 띄었다. 클림트의 '키스'부터 모네의 '수련' 연작도 보였다. 그리고 다른 칸에 일반인들은 구경하기도 어렵다는 VVIP 신용카드가 보였다. 그때 무언가를 발견했는지 은지의 두 눈이 휘둥그레졌다.

"어? 저 카드···! 아메리칸 익스프레스 센츄리온 아니에요? 이름하여 블랙카드! 대박, 이거 처음 봐요."

"가까이서 볼래?"

지욱이 능숙하게 장을 열어 블랙카드를 꺼냈다.

"헐리우드 영화에서나 봤어요. 발급 받기 엄청 어렵다고 들었는데. 미국에선 이 카드를 들고 숍에 들어가면 혼자 쇼핑하라고 가게를 전부 비워준다는 게 진짜예요?"

"그렇다고 하더군."

"대박!"

"생각보다 어렵지 않았어. 그 카드를 발급 받는 건. 진짜 어려운 건 따로 있지."

"블랙카드보다 더 어려운 게 있다고요? 이중에 어떤 건데요?"

지욱이 그녀 옆으로 바짝 다가왔다. 그리고는 긴 손가락을 뻗어 장 속에 있는 카드를 고르려는 듯 움직였다. 하지만 그의 손은 전혀 엉뚱한 곳에서 멈춰 섰다.

지욱은 긴 손가락으로 은지의 머리카락을 쓸어 넘겼다. 그러자 은지는 흠칫 놀라 몸을 떨었다.

"블랙카드보다 더 어려웠어. 네 마음 발급 받기가."

은지의 심장이 마구 요동치기 시작했다. 지욱은 큼지막한 손으로 그녀의 얼굴을 단숨에 감쌌다. 그의 얼굴이 서서히 그녀의 입술을 향해 다가왔다.

'아, 긴장돼서 목이 타들어가는 것 같아.'

"저, 주방이 어느 쪽이죠? 물 좀 마셔야겠어요. 아, 목말라!"

은지가 분위기를 깨며 국어책을 읽듯 말했다.

지욱은 피식 웃음을 삼켰다. 그리고는 무심히 손을 뻗어 주방을 가리켰다.

'아, 숨 막혀. 왜 자꾸 분위기가 묘해지지?'

은지는 지욱이 알려준 방향으로 걸어가며 생각했다.

눈앞에 모델하우스에나 있을 법한 분위기 있는 아일랜드식 주방이 펼쳐졌다. 그때 주방 안 식탁이 그녀의 시선을 강탈했다. 은지의 얼굴은 순식간에 종잇장처럼 구겨졌다.

"이, 이게 뭐예요!"

은지는 식탁에서 눈을 떼지 못했다. 반짝이는 대리석 식탁 위로 고급스럽게 플레이팅 된 음식들이 보였다. 뒤늦게 지욱이 그쪽으로 다가왔다. 그는 별일 아니라는 듯 여유로운 표정이었다.

"이게 다 뭐예요?"

"주인을 기다리다 사망한 음식들이지."

"뭐라구요?"

그러고 보니 식탁 위 요리들은 전시용 모형처럼 딱딱하게 굳어 있었다.

3시간 전.

VIP 전용 C 레스토랑.

"이분, 제가 좀 빌려가겠습니다."

지욱이 총괄 셰프의 팔을 잡아당기며 말했다. 전쟁 같은 런치타임을 보내고, 이제 막 숨을 돌리려던 주방 스텝들의 고개가 모두 그쪽으로 쏠렸다.

"저랑 같이 가시죠."

정남과 친분이 있던 데이비드 박 셰프는 잠시 머뭇거리다 이내 그를 따라 나섰다.

"요리를 좀 해야겠어요."

지욱이 셰프를 향해 나지막이 말했다.

"그거라면, 브레이크 타임 끝나기 전에 몇 가지 만들 수 있습니다. 우선 제 주방으로 가서…."

"아닙니다. 저희 집으로 가시죠. 손님을 초대할 거라서요."

"본부장님, 죄송하지만 전 제 주방이 아닌 곳에서 요리하는 게 익숙지 않아서…."

"그건 걱정 마세요. 제가 직접 만들 거니까요."

"네? 본부장님께서… 직접요?"

"음식에는 만드는 사람의 정성과 마음이 담긴다는데, 셰프님처럼 훌륭한 요리사라도, 제 마음을 그대로 담아내진 못할 것 아닙니까?"

"아하하, 맞습니다. 그럼 전 무얼 도와드리면 될까요?"

"옆에서 가이드를 해주세요."

화이트 톤의 아일랜드 주방.

셔츠 소매를 걷어 붙이고, 간이 앞치마를 두른 지욱의 모습은 영락없는 셰프의 자태였다. 재료를 손질하던 그의 팔에 기다란 힘줄이 솟아났다. 지욱은 그 어느 때보다 진지한 눈빛으로 요리를 해나갔다.

킹크랩 스프와 이태리 볼로냐 지방의 레시피로 만든 라자냐 파스타, 피렌체식 조리방법을 재현한 티본스테이크까지.

"정말 처음 해보신 게 맞아요?"

옆에서 지켜보던 데이비드 박은 입을 다물지 못했다.

"레시피를 숙지하고 머릿속으로 시뮬레이션은 해봤죠. 간을 좀 봐주시겠어요?"

지욱의 말에 셰프는 음식마다 차례대로 간을 보기 시작했다. 이윽고 그가 엄지손가락을 치켜들었다. 그제야 지욱은 안도의 미소를 지으며 하얀 김이 모락모락 나는 식탁을 바라보았다.

"주인을 기다리다 사망한 음식이라면… 설마 이거, 저를 위해?"

그의 눈앞에 하얗게 피어나던 김 대신 차갑게 식어버린 음식이 들어왔다

"그래, 널 기다리던 음식들이야."

지욱이 나지막이 대답했다. 은지의 얼굴이 살짝 일그러졌다.

"아까워서 어째…. 이럴 줄 알았으면 식당에 가지 말걸."

"어떻게 너한테 식은 걸 먹여."

"난 진짜 괜찮은데."

은지가 혼잣말처럼 웅얼거렸다. 그리고는 식탁 의자에 털썩 앉더니 포크를 들고 차갑게 식은 라자냐 파스타를 둘둘 말았다.

"지금, 뭐하는 거야?"

그녀는 아랑곳 하지 않고, 포크에 감은 파스타를 한입 가득 넣었다.

"전에 TV에서 봤는데 파스타는 원래 좀 식은 뒤에 먹어야 진짜 맛을 알 수 있대요. 우와! 이거 진짜 맛있어요. 과장이 아니고 진짜 제가 먹어본 파스타 중 베스트예요."

은지가 입안에 음식을 가득 물고 호들갑스럽게 말했다.

지욱이 말릴 새도 없이 은지는 파스타를 마시듯 흡입했다.

"근데, 이거 누가 만든 거예요?"

"도 셰프."

"도 셰프? 유명한 사람이에요? 요새 텔레비전을 안 봐서."

"도 셰프 몰라? 도. 지. 욱."

은지의 두 눈이 순간 휘둥그레졌다.

"정말요? 이걸 본부장님이 만들었다고요? 그럼 이것도? 이것도요?"

은지의 시선이 식탁 위 요리를 따라 움직였다. 지욱은 말없이 고개를 끄덕였다.

"그만 먹어. 식었잖아."

지욱이 걱정스럽게 말했다.

"싫어요."

은지는 아랑곳하지 않고 스프를 한 숟가락 크게 떠 입안으로 넣었다. 진한 킹크랩 향이 단숨에 입안 가득 퍼졌다.

"대박!"

은지가 엄지손가락을 치켜들며 감탄사를 터뜨렸다.

지욱은 못 말린다는 듯 고개를 흔들었다. 그리고는 한동안 그녀의 얼굴을 가만히 들여다보았다. 생기가 너울거리는 눈망울, 아담하지만 제법 매끈하게 빠진 코, 오물거리는 작고 귀여운 입. 한데 모아 보면 더 조화롭고 정감 가는 얼굴에 자꾸만 눈이 갔다.

무엇보다도 차갑게 식은 요리를 맛있다고 생글생글 웃어주는 그 마음이 더 예뻤다. 지욱은 무언가에 이끌리듯 은지가 앉아 있는 자리로 다가갔다. 그리고 그녀의 작은 어깨를 잡아 자기 쪽으로 획 돌렸다.

쨍그랑.

그녀의 손에 들려 있던 숟가락이 바닥에 나동그라졌다. 순식간에 지욱의 입술이 은지의 입술로 포개져왔다.

은지는 당황스러웠다. 그의 키스가 그 어느 때보다 거칠었기 때문이다. 전에 닿았던 그의 입술은 따뜻했다. 종일 닿고 있어도 괜찮을 정도의 온도였다. 하지만 지금은 달랐다. 지나치게 뜨거웠다. 조금만 더 대고 있었다간 입술을 델지도 모른다는 생각까지 들었다.

은지는 반항하듯 고개를 옆으로 돌리며 말했다.

"갑자기 왜 그래요?"

은지는 놀란 눈으로 지욱을 바라봤다. 지욱의 눈빛엔 언제나 그렇듯 따뜻한 사랑이 있었다. 그런데 오늘은 그 눈빛 뒤에 뜨겁고, 확고한 의지까지 보였다.

흡.

지욱은 다시 그녀의 턱을 세게 잡아 당겼다. 그리고는 그녀의 입술을 거칠게 삼켜버렸다. 입술 사이로 넘나드는 뜨거운 숨결이 은지의 몸을 조금씩 달구기 시작했다.

경직되었던 그녀의 입술이 서서히 열리자 그 사이로 그의 부드러운 혀가 들어왔다. 낯선 혀끝이 닿을 때마다 은지는 정신이 아찔했다. 지욱의 혀는 은지의 혀를 휘감고는 그녀의 입속 곳곳을 핥아댔다. 그 동작은 부드럽고도 강렬했다. 그의 혀는 마치 살아 있는 또 하나의 생명체마냥 은지의 입안을 온통 휘젓고 다녔다. 서로의 타액이 뒤섞이며 질척이는 소리가 두 사람을 더욱 흥분케 했다.

"하아…."

은지의 입에서 여린 흐느낌이 새어나왔다. 입술을 녹일 듯 퍼부어대던 키스는 가냘픈 목덜미로 옮겨갔다.

순간 은지는 소스라치듯 온몸을 뒤틀었다. 그녀의 의지가 아니었다. 온몸에 전기가 흐르는 것 같았기 때문이다. 사람의 혀만으로 할 수 있는 일이라고는 믿기지 않을 만큼, 은지는 온몸이 저릿저릿했다.

한참 동안 그녀의 목을 탐닉하던 지욱이 나지막이 내뱉었다.

"못 참겠어, 도저히."

"본부장님…."

무슨 말이라도 해야 할 것 같았다. 하지만 은지의 입에서 흘러나온 건 그 말이 전부였다. 이내 지욱이 은지를 번쩍 들어 안았고, 은지는 순식간에 그의 품으로 풍덩 빠졌다.

은지는 괜스레 작은 몸을 웅크렸다. 그녀는 알고 있었다. 그들이 내딛는 이 걸음의 끝에 무엇이 기다리고 있을지. 마음의 준비를 할 틈도 없이 너무 갑작스러웠다.

지욱은 조심스레 은지를 침대 위에 내려놓았다. 침구의 보드라운 감촉이 느껴지자 은지는 긴장감에 마른 입술을 혀로 적셨다. 일시 정지 버튼이 있다면 당장 누르고 싶은 심정이었다. 그런 그녀의 위로 지욱이 서서히 다가왔다. 그녀의 몸에 지욱이 이불처럼 포개졌다. 성인 남자의 육중한 무게감이 가슴을 짓눌러오자, 그녀의 심장은 더 빠르게 방망이질해댔다.

지욱은 자석처럼 다시 그녀의 입술을 빨아들였다. 조금 전보다 열기가 식은 입술에서 말랑말랑한 촉감이 느껴졌다. 이제 은지도 그의 부드러운 입술을 느끼기 시작했다. 긴장한 그녀를 안심시키려는 듯 키스는 한결 더 부드러워졌다.

그의 입술이 서서히 은지의 목덜미로 내려갔다. 부드럽다 못해 간지러운 입맞춤에 은지는 몸을 움찔거렸다. 지욱은 입술보다 더 부드러운 손길로 그녀의 셔츠 단추를 풀기 시작했다. 하나, 둘, 셋. 단추를 여는 손길이 점점 다급해졌다.

단추가 여미고 있던 하얀 속살이 드러났다. 갸날픈 쇄골을 지나 굴곡진 가슴골이 보였다. 지욱은 단숨에 그녀의 가슴팍으로 파고들었다.

더 이상 두 사람 사이를 가로 막는 것은 그 무엇도 없었다. 살결과 살결이 닿았고, 숨과 숨이 맞부딪혔다. 지욱은 그녀의 하얀 살결에 하나둘 자신의 흔적을 새기기 시작했다. 굳게 닫힌 눈두덩, 앙증맞은 콧방울, 도톰한 입술에 차례로 입을 맞췄다. 그리고 그녀의 봉긋한 가슴 정중앙으로 가로질러 갔다. 그곳에 그의 뜨거운 숨결이 닿자 은지의 입에서 신음이 새어나왔다.

"하아…."

은지는 가슴에 고개를 파묻은 그의 목덜미를 꽉 끌어안았다. 이제 그 다음 무엇이 기다리고 있는지, 은지는 어렴풋이 느끼고 있었다. 그녀는 두 눈을 꼭 감았다. 두 사람 사이에 아무것도 둘 수 없다면, 눈꺼풀이라도 두려하는 듯. 꼭 감겨 가늘게 떨리는 은지의 눈꺼풀이, 마치 주사를 맞기 전 어린아이처럼 보였다.

"눈 떠."

갑작스러운 명령이었다.

"눈 감지 말고, 날 똑바로 봐."

그리고 다정한 부탁이었다. 그녀는 가늘게 눈을 떴다. 그리고 눈앞의 남자를 바라보았다. 지욱은 그 어느 때보다 진지한 눈빛이었다. 뜨거운 눈 맞춤, 찰나의 정적이 흘렀고, 지욱은 세상에서 가장 진실한 한마디 말을 뱉어냈다.

"…사랑해."

입술이 아닌 눈빛으로도 키스하는 당신이란 남자, 뜨거운 애무가 아닌 한마디 말로도 숨을 멎게 하는 당신이란 남자. 은지의 눈엔 눈물 한 방울이 어렸고, 입에선 고운 목소리가 스며 나왔다.

"…사랑해요."

그 순간 지욱은 그녀의 안으로 거침없이 밀려들어갔다. 파도가 해안에 부딪히듯 잔잔하면서 거칠게, 차가운 듯 따스하게 그녀를 휘감았다.

"아, 아…."

은지의 입에서 참을 수 없는 신음이 터져 나왔다. 아랫배에 묵직하고 싸한 느낌이 들었다. 동시에 통증이 찾아왔다. 하지만 떨쳐내고 싶지 않은 아픔이었다. 기꺼이 받아들이고 싶은, 참아내고 싶은, 그런 아픔이었다.

"괜찮아?"

지욱이 동작을 멈추고 걱정스레 물었다.

지욱의 어깨를 바라보던 은지는 그를 똑바로 바라보며 고개를 끄덕였다. 지욱의 눈엔 그 모습이 참 예뻤다. 지욱은 그녀의 머리카락을 쓸어 넘기며 허리를 움직였다. 조심스럽고 차분한 동작이 이어졌다. 그가 다시 유유히 밀려와 그녀를 가득 채웠다. 은지의 표정을 살피느라 떨어져 있던 그의 입술이 갑자기 은지의 입술을 덮쳤다.

지욱은 끊임없이 은지에게 밀려들어갔다. 지치지 않는 파도처럼. 은지는 쉼 없이 밀려오는 그를 몇 번이고 받아들였다. 포근한 모래처럼. 순간, 잔잔하던 파도가 거칠어지기 시작했다. 더 이상 잔잔히 감싸 안을 수만은 없는 상태에 이른 것이었다. 어느덧 지욱은 폭풍우처럼 은지의 몸을 덮쳐대고 있었다.

그의 몸짓은 더욱 격렬해졌다. 무언가에 쫓기기라도 하듯, 삶의 마지막이라도 온 듯 격정적으로 파도쳤다. 은지 또한 숨이 턱 끝까지 차오른 상태였다. 그녀의 몸 안에서 죽은 듯 살아가고 있던 이름 모를 신경들이 하나둘 살아났다. 은지는 생전 처음 느껴보는 생경한 느낌에 정신이 아득해졌다. 가슴 깊숙한 곳에서부터 차오르는 뜨거운 감정을 주체할 수 없었다. 그 순간이었다.

"아…!"

지욱의 목울대에 핏대가 불끈 서며 깊은 탄성이 흘러나왔다. 해변의 모래는 산산이 부서져, 곱디고운 모래로 거듭났고, 그 어느 때보다 반짝반짝 빛을 냈다. 그리고 파도는 그 모래사장에 영원히 살듯 포근히 안겨 있었다. 그렇게 은지라는 모래와 지욱이라는 파도는 온통 뒤섞이고 어우러져 하나가 됐다. 다시는 갈라질 수 없을 듯, 영원히 함께할 듯.

***

"아… 아아, 하… 하앙!"

여자의 달뜬 신음 소리가 터져 나왔다.

"아, 아흐, 앗…! 으응!"

가냘픈 흐느낌 사이로 남자의 묵직한 목소리가 끼어들었다.

"진짜는 이제부터야."

그의 말에 여자는 더 이상 못 참겠다는 듯 교성을 터뜨렸다.

"아… 아앙!"

그때였다.

"아니지, 아니지! 호흡이 그게 아니라니까!"

누군가의 성난 목소리가 은지의 입을 턱 막았다.

강사는 스탠드 마이크를 치우며 말했다.

"누누이 말했듯 멜로신 더빙은 호흡 조절이 생명이에요. 초보들이 자주 하는 실수가 바로 이겁니다. 키스신을 녹음하라고 하면, 베드신으로 만들어놓고 베드신을 녹음하라고 하면, 키스신 정도로 만들어놓는 것. 은지 씨, 좀 더 진하게! 좀 더 에로틱하게 안 될까?"

강사의 말에 수강생들에게서 웃음소리가 터져 나왔다. 은지는 시선 둘 곳을 찾지 못하고 고개를 숙였다. 은지의 두 손에 식은땀이 가득 찼다. 아무리 수업이라지만, 많은 사람들 앞에서 교성을 내지르는 게 그리 쉬운 일은 아니었다.

그때 강의실 뒤쪽에서 누군가가 손을 번쩍 들었다. 앞 사람에 가려져 잘 보이지 않았지만, 왠지 귀에 익은 목소리였다.

"제가 한번 호흡을 맞춰봐도 될까요? 남자 역할이 필요할 것 같은데."

훤칠한 키에 조각 같은 이목구비, 하얀 피부의 귀공자.

'당신이 어떻게….'

지욱을 발견한 은지는 믿을 수 없다는 듯 눈꺼풀을 연신 껌벅였다.

금세 그녀의 옆으로 다가온 지욱이 나지막이 속삭였다.

"이제 괜찮아. 내가 있으니까."

두 사람은 하나의 마이크를 사이에 두고 나란히 섰다. 저만치 떨어진 곳에서 강사가 시작하라는 사인을 보냈다. 은지는 긴장감 때문에 목울대가 벌렁거렸다. 작은 모니터에 외화가 흘러나왔다. 지욱은 영화 속 남자 주인공처럼 예고도 없이 그녀를 와락 끌어안았다. 그러자 은지의 입에서 자연스런 비명이 터져 나왔다. 시작이 썩 나쁘지 않았다. 은지는 지욱이 이끄는 대로 자연스럽게 목소리를 냈다.

"아… 아아, 하… 하앙!"

똑같은 흐느낌도 이전과는 사뭇 달랐다. 그리고 얼마 후 온전히 날것이 된 두 목소리가 뒤엉켜 흘러나왔다.

시각적인 것보다 훨씬 더 자극적이고, 환상적인 장면이 만들어지고 있었다. 세상 그 어떤 것보다 아름다운 하모니가 강의실 안을 가득 채웠다. 그곳에 있던 사람들은 숨죽이며 두 남녀의 베드신에 귀 기울였다.

절정에 달하는 순간, 은지는 자신이 낼 수 있는 가장 아름다운 목소리를 내질렀다. 은지는 마음 깊은 곳에서 솟구쳐 오르는 황홀한 감정을 느꼈다.

"아… 아아, 하아아앗!"

"…괜찮아?"

누군가 뒤에서 그녀를 덥석 잡아당겼다.

놀란 은지는 이불을 차며 자리에서 벌떡 일어났다.

뒤에서 그녀를 껴안고 있던 지욱도 몸을 일으켜 침대 헤드에 기댔다. 그가 낮게 잠긴 목소리로 말했다.

"꿈에서 소프라노라도 된 건가?"

"네? 소프라노요?"

그제야 꿈속에서 마음껏 내지르던 높은 음의 신음이 떠올랐다. 어둠 속에 가려 보이지 않았지만 그녀의 두 볼이 시뻘겋게 물들었다.

"그런 거 아니에요!"

은지가 다급한 목소리로 말했다.

"그럼, 악몽이라도 꾼 거야?"

지욱이 걱정스러운 듯 물었다. 은지는 대답 대신 헝클어진 머리를 빗어 넘겼다.

"이제 괜찮아. 내가 있으니까."

지욱은 꿈속에서처럼 다정하게 말했다. 그러더니 예고도 없이 그녀를 와락 끌어안았다. 따뜻한 백허그에 은지의 눈꺼풀이 다시 슬금슬금 감겨왔다.

***

딩동.

초인종 소리에 지욱의 감겨 있던 두 눈이 찡긋 움직였다.

눈을 가늘게 뜨자 눈부신 아침 햇살이 쏟아져 내렸다. 지욱은 고개를 돌려 은지가 누워 있던 곳을 살폈다. 순간 마음이 휑뎅그렁해졌다.

침대 협탁 위 쪽지가 눈에 들어왔다.

'제 고약한 잠꼬대 때문에 잠을 설쳤을 것 같아, 푹 주무시라고 먼저 가요.'

지욱은 피식 웃음을 삼켰다.

딩동딩동.

누군가의 다급한 성미가 초인종 소리에 묻어났다.

도어가 열리고 익살스러운 목소리가 귀에 박혀왔다.

"굿모닝, 도블리."

정남이 하얀 이를 드러내고 과장된 미소를 짓고 있었다.

"아버지!"

갑작스런 정남의 방문에 지욱은 정신이 번쩍 들었다. 그의 귓가에 성준의 목소리가 되살아났다.

'무슨 영문인지 모르겠지만, 로얄카드 도정남 회장이 나를 직접 불러서… 너를 다시 꼬셔달래. 양은지 너 그렇게 대단한 여자였냐? 회장님이 직접 나서서 관리할 만큼?'

지욱은 날선 눈빛으로 정남을 뚫어질 듯 바라보았다.

"도블리, 무슨 일 있니? 모닝커피 한잔하려고 들렀는데."

'이 녀석 눈빛을 보니, 일이 계획대로 척척 진행되는 모양이군. 하하하.'

정남의 입가에 의미심장한 미소가 번졌다.

지욱은 영국 황실에서 사용하는 로얄 알버트 커피 잔을 들고 와 정남에게 건넸다.

"다른 볼일이 있으신 건 아니고요?"

"녀석, 애비가 아들 얼굴 보러도 못 오니?"

'실연당한 아들을 위로해주러 왔지.'

정남은 속으로 생각했다.

지욱이 자리에서 벌떡 일어났다. 그리고는 라디오를 켰다.

익숙한 음성이 흘러나왔다.

'카드의 품격이 당신의 품격을 만든다면, 아름다운 그대여, 당신은 로얄카드가 어울리는 사람이에요. 당신의 품격을 책임지는 카드, 로얄 크레딧 카드!'

"이 목소리… 아시죠?"

지욱이 정남을 향해 도발하듯 말했다.

'컥!'

정남은 사레가 들려 기침을 해댔다.

"아다마다, 우리 로얄카드 광고잖아."

"아니요, 이 성우 말이에요."

"내가 일개 라디오 광고 성우까지 알아야 하니?"

정남은 감정을 주체하지 못하고 버럭 소리를 질렀다.

한동안 두 사람 사이에 정적이 흘렀다.

"왜 갑자기 화를 내시죠?"

지욱의 말에 정남은 멋쩍은 듯 커피를 벌컥벌컥 들이켰다.

"내가 언제 화를 냈다구… 크흠…."

"아버지, 제가 하려던 말은 말입니다. 이 성우, 목소리가 언제부턴가 거짓처럼 느껴지더라고요. 마치 연기를 하고 있는 것도 같고."

'마치 연기를 하고 있는 것도 같고….'

정남의 귓가에 지욱의 뼈 있는 말이 왕왕 울렸다.

"뭐?"

'이 녀석, 지금 뭘 알고 하는 소리인가?'

"아버지도 잘 아시겠지만, 카드는 신뢰를 바탕으로 하는 장사잖아요. 그런데 이렇게 신뢰가 안 가는 목소리로 우리 카드를 홍보한다는 건…."

"그래서 네가 하고 싶은 말이 뭔데?"

"거짓으로 누군가를 꾀어내는 목소리는 우리 로얄카드의 목소리가 아닙니다. 고로 이 성우는 제가 아웃시키겠습니다."

"뭐?"

정남은 평정심을 잃고 또 한 번 버럭 소리쳤다.

"이 성우를 개인적으로 아시나요?"

"아, 알긴 누가 알아."

정남은 시치미를 뚝 뗐다.

"그렇죠. 아버지께서 일개 성우를 관리할 만큼 시간이 남아도는 분은 아니니까."

탁.

정남은 속이 탔는지 커피를 단숨에 원샷 하고는 잔을 세게 내려놓았다.

"이만 가봐야겠다."

"왜요, 조금 더 있다 가시지."

"아니다."

'대체 어떻게 된 거야!'

정남의 두 주먹이 부들부들 떨렸다. 그는 무언가에 쫓기듯 부리나케 그곳을 빠져나갔다. 지욱은 그의 뒷모습을 한동안 의미심장한 눈으로 바라보았다.

***

새로운 한 주가 시작되는 월요일 오전은 콜이 가장 밀리는 날이었다. 은지는 소낙비처럼 쏟아지는 콜을 받아내느라 정신이 없었다. 평소 같았으면 벌써 지칠 시간이 지났는데 웬일인지 쌩쌩했다. 까다로운 고객의 전화에 힘이 빠지려 할 때마다 지욱의 목소리가 귓가에 재생됐다.

'이제 괜찮아. 내가 있으니까.'

가만히 있어도 실없이 웃음이 나왔다. 그 덕에 업무 효율은 부쩍 높아졌지만, 예상치 못한 부작용도 따랐다.

〔지금 나 비웃는 거예요?〕

헤드셋 너머 고객의 불만 어린 목소리가 터져 나왔다.

"네? 고객님."

〔아니, 내가 카드 대금 연체가 좀 있다고 지금 비웃는 거냐고!〕

"아, 아닙니다. 고객님, 오해세요."

〔아니, 그럼 아까부터 뭘 그렇게 실실 쪼개는 거야? 목소리에 아주 웃음기가 그득해가지고는.〕

목소리는 거짓말을 하지 않았다. 사랑에 빠져 붕 뜬 그녀의 감정 상태가 고객에게 그대로 전달되고 있었다.

"죄송합니다. 고객님. 저는 그냥… 월요일 아침이다 보니 밝은 목소리로 응대하려고 한 건데, 혹시 오해하셨다면 정말 죄송합니다."

〔됐고, 얼른 조회나 해줘요!〕

은지는 민망함에 아랫입술을 깨물었다.

예민한 고객들에게 전화를 무미건조하게 받는다고 지적을 받은 적은 몇 번 있었다. 상담 일을 하다 보면 그런 지적을 받는 것은 일상 다반사였다. 초심을 잃어서가 아니라, 몸은 하나인데 수많은 고객을 응대하다 보니 지친 기색을 숨길 수 없어서였다. 그런데 오늘처럼 실실 웃었다고 지적을 당한 건 처음이었다.

'양은지, 정신 차리자! 왜 이렇게 들떴어. 카암 다운! 카암 다운!'

은지는 애써 마음을 가다듬었다.

소낙비가 장맛비가 되었는지 소강상태를 모르고 콜이 또 연결되었다.

"안녕하십니까, 고객님. 로얄카드 상담원 양. 은. 지. 입니다. 무엇을 도와드릴까요?"

〔크흠, 카드를 해지하려고 합니다.〕

'엇!'

은지는 순간 침을 꼴깍 삼켰다. 무방비 상태에서 가장 듣기 싫은, 상담원들이 가장 두려워 하는 단어를 듣고 말았기 때문이다.

'해지라니!'

그녀는 책상 한편에 놓인 빨간색 파일을 꺼냈다. '해지 방어 스크립트'라는 스티커가 붙어 있는 서류철이었다. 분기마다 시행되는 해지 방어 교육에서 공부한 자료를 모아놓은 것이었다.

상담원들에게 해지 방어는 중요한 능력 중 하나였다. 해지 방어를 얼마나 해내느냐에 따라 인센티브가 결정되었다. 하지만 정 많고 마음이 약한 은지는 해지 방어가 가장 취약한 부분이었다.

은지는 얼른 해지 방어 스크립트 눈으로 읽어 내려갔다. 해지를 요청하는 고객에게 상담원들이 가장 많이 쓰는 방어 방법은 역으로 질문 공세를 하는 거였다.

'어떤 이유로 해지를 생각하시나요, 고객님?'

'그럼, 타사 어떤 카드를 발급 받으실 건가요?'

'계속 사용하실 경우 ○○○ 혜택과 ○○○ 서비스를 받으실 수 있으신데 해지하시겠습니까?'

은지는 머릿속으로 스크립트를 몇 번 되뇌고 상담을 이어갔다.

“네. 해지를 고민 중이시군요, 고객님. 어떤 카드를 해지하고자 하시는지요?”

〔…〕

“고객님? 해지하고자 하시는 카드 말씀해주시면….”

그때였다.

〔은지 양에게만 특별히 발급했던 도정남 카드.〕

목소리가 왠지 귀에 익다 싶었더니! 은지는 뒤통수를 얻어맞은 것처럼 정신이 아득해졌다.

“회, 회장님!”

〔단도직입적으로 물을게요. 은지 양, 우리 아들 계속 만날 건가?〕

“….”

정남의 저돌적인 질문에 은지는 아무 대답도 할 수 없었다. 이미 마음 깊숙한 곳까지 들어와 버린 지욱을 부정할 수 없었다.

“저, 회장님… 죄송하지만….”

〔그러려면 그렇게 하세요!〕

“네?”

은지는 자신의 두 귀를 의심했다. 지긋지긋한 직업병, 환청이 도졌다고 밖에 믿을 수 없는 상황이었다.

〔자식을 이기는 부모는 세상 어디에도 없으니까. 두 사람 좋을 대로 해요.〕

자식의 결혼을 반대하던 부모가 끝내 두 사람의 관계를 인정할 때 내뱉는 가장 고전적인 멘트였다.

‘설마 정말 포기하시는 건가?’

한동안 긴 정적이 흘렀다.

〔마음대로 다 해도 좋은데….〕

"네, 말씀 하세요."

〔그래도 받은 건 뱉어내야겠지? 그 정도 사리분별은 할 줄 아는 사람이잖아, 은지 양.〕

정남은 결코 호락호락한 사람이 아니었다.

"회장님, 그 돈은 제가 어떻게 해서든…."

〔은지 양이 무슨 수로? 상담원 월급 빤히 아는데… 어느 세월에 다 갚으려고!〕

정남이 빈정거리는 투로 말했다.

"무슨 수를 써서라도 갚을 테니까 기다려주세요."

〔내가 성미가 워낙 급해서. 안 되겠다. 그냥 은지 양 아버지한테 직접 이야기해야지.〕

"저, 회장님!"

은지의 다급한 목소리에도, 정남은 가차 없이 전화를 끊어버렸다.

뚜뚜뚜.

허무한 전화 대기음이 그녀의 귓가를 찔러왔다. 은지는 미라처럼 굳은 모습으로 멍하니 허공을 응시했다.

〈2권에서 계속〉